你是年少的欢喜

陈惜——著

百花洲文艺出版社
BAIHUAZHOU LITERATURE AND ART PRESS

图书在版编目（CIP）数据

你是年少的欢喜 / 陈惜著 . — 南昌：百花洲文艺
出版社，2019.11
　ISBN 978-7-5500-3162-3

　Ⅰ . ①你… Ⅱ . ①陈… Ⅲ . ①长篇小说—中国—当代
Ⅳ . ① I247.5

中国版本图书馆 CIP 数据核字（2018）第 290476 号

你是年少的欢喜
Ni Shi Nianshao De Huanxi
陈惜 著

责任编辑	郝玮刚
特约编辑	孙宇航　杜依晴
封面设计	刘芳英
出版发行	百花洲文艺出版社
社　　址	南昌市红谷滩新区世贸路 898 号博能中心 A 座 20 楼
邮　　编	330038
经　　销	全国新华书店
印　　刷	湖南凌宇纸品有限公司
开　　本	880 × 1230 毫米　1/32
印　　张	10
版　　次	2019 年 11 月第 1 版第 1 次印刷
字　　数	287 千字
书　　号	ISBN 978-7-5500-3162-3
定　　价	36.80 元

赣版权登字　05-2018-537
版权所有　侵权必究

网　　址　http://www.bhzwy.com
图书若有印装错误，影响阅读，可向承印厂联系调换。

目录

第一章
容易害羞的女孩

五年后，他们重逢。

男人轻轻推门，走进施桐店里。

施桐站在收银台旁，正沉浸在她从豆瓣上淘来的高分民谣中。

他一开口，嗓音和唱歌的男人一样极富磁性："桐桐，我回来了。"

她吃惊地抬起头，盯着来人，一下子很难将眼前的人同记忆中的少年影像重叠到一起。帅气的脸上隐现时光打磨的痕迹，整个人散发着一股成熟、沉稳的味道。

施桐足足愣了半分钟，而后微微笑了笑："还完债了？"

男人动动唇，挤出来一个字："嗯。"

施桐收回目光，手指随意拨了下收银台上那盆绿萝的叶子，说："那要恭喜你啦。"

俏皮的语气，一如当年。

明明该有的情绪是重逢的喜悦，可是不知怎的，两人都红了眼眶。

歌曲很应景地唱到结尾部分。

"梦倒塌的地方，今已爬满青苔……"

初三下学期开学报到那天，狂风暴雨。

施桐经过长满爬山虎的综合行政楼，到达教学楼门口，她收了伞，朝着地面甩了甩伞上的雨水。

雨确实大，即便撑着伞，施桐的肩膀还是湿了一半，她却丝毫不在意，只随手在肩膀上抹了两下，往自己班的教室走去。

刚走到教室门口，就听见里面传出一个男孩一本正经的说话声："李老师，我真的写了十篇作文，都怪我家狗太不懂事儿，乱翻我书包，结果把我的作文本咬了个稀巴烂。"

这话说得可真让人难以置信。

"其他科的作业怎么没事？"

"那是，那是小黑有眼光呗，知道我作文写得最好。"

"你有这编故事的工夫，都能写两篇作文了。"

"李老师，我没编啊，您别冤枉我，天地良心。"

教室里一片哄笑。

施桐微微勾起唇，似乎是轻笑了一下，随即她紧抿嘴巴。

"啪"，黑板擦被重重拍到讲桌上，打断了底下学生的笑声。

李老师正待再说些什么，施桐推门走了进去，大家的目光齐刷刷地看向施桐。

施桐看向讲台，目光正撞上男生黑得发亮的眼睛，心脏倏地一紧，脸颊发热。

他只是随意地瞥了她一眼，然后转向老师。

施桐走到讲台跟前，取下肩上的书包，书包也湿了一大片，好在是防水布料。她掏出作业放在讲台上，缴了费，低头认真填写表格。

男生没得到回座位的命令，百无聊赖，目光从身边女孩柔软的发顶移到一双白皙细嫩的手上，好小的手。

啧，字还挺好看。

他本来是在心头暗暗赞的，一不留神，声音漏了出来。

施桐的手顿了下。

李老师向男生投去严厉的目光："明天放学之前把作文补齐，交到我办公室来，还有这一个月你跟着各个小组一起做值日。"

男生讨价还价："一天时间哪儿够,那我得通宵写,万一猝死了怎么办?李老师宽限两天呗。"

"陈木,别跟我嬉皮笑脸,没叫你请家长就是好的了。"李老师揉了揉太阳穴,"最迟星期五早读课之前交上来,别搁这儿杵着了,赶紧回你座位去。"

陈木闻言,毫不犹豫转身,单肩挂着书包,迈着大长腿,往教室最后一排走去。到了座位旁,他拉开凳子,大大咧咧一屁股坐下去。

他前桌的余波回头,说:"木哥,老班头上冒青烟了,你看见没?论气人,我就服你。"

陈木把书包塞进课桌里,挑着眉,不置可否。

余波说:"你竟然敢不写老班布置的作文,胆儿肥。"

陈木耸肩:"我写了啊,没听见?"

余波哈哈笑:"听见了听见了,小黑厉害死了,木哥的作文都敢搞破坏。"

陈木笑了一声,余光中,纤瘦的女孩坐到教室另一侧靠窗的角落里,被同桌岳俊峰庞大的身躯完全遮挡住了。

他愣了愣,长臂一伸,百无聊赖趴在桌子上,没劲啊。

学生到齐后照例开班会,讲台上班主任李老师滔滔不绝,着重强调只有最后半年了,升高中关键就靠这半年,要求大家把时间花在正事上,抓紧功课,努力学习,不要到头来临时抱佛脚。

陈木轻轻嗤笑一声,不就升个高中,说得像考清华北大一样。他听得烦,撇撇嘴,手肘搭在课桌上,撑着脑袋发呆。

施桐也在开小差,班主任的话翻来覆去就那几句,她听着听着就自动屏蔽掉,耳朵里是外面的哗哗雨声,以及刚才她填表格时,他那低低的一声"啧"。

她脑子里浮现出那双黑得发亮的眼睛,镶在男生五官立体的脸上,让人心脏怦怦直跳。

他是大家公认的班草。

一副好皮囊还真是挺有优势的。别看陈木经常惹事,也没见班主任多烦他，反而还时时刻刻关注他。

施桐正这么想着，粉笔头划出一道抛物线，准确无误地落在陈木课桌上。

"陈木，你给我把耳朵里的东西取出来，站着听讲。"

施桐看过去，只见陈木漫不经心地从耳朵里抠出两团白色的东西，用脚把凳子往后踢开，耷拉着肩膀，懒洋洋站起来，一脸的无所谓。

李老师皱了皱眉头，倒没再说什么，继续长篇大论讲起来。

施桐看回讲台，定格在李老师鼻头上的黑斑上，也不知怎的，无声地笑了笑。

开学第一天也没正经上课，加上下大雨，开学典礼直接取消了。班主任苦口婆心地讲了大半天，然后发了新书，全体同学一块做好清洁大扫除就放学了。

走出校门，风刮得更大，雨下得更急。

施桐两只手抓紧伞柄，伞似乎也跟她作对，呼啦呼啦，要飞起来似的，她的肩头再次被打湿。

陈木和余波分别后，看见的就是女孩努力与伞抗争的画面，觉得有点搞笑。

事实上他也笑了。

他看不到她的脸，只能看到那双白白细细的手，手背上沾满雨水，湿漉漉的。

陈木叫她："喂。"

她停了停，把伞挪开一些，惊愕地抬起头。

伞沿忽然翻上去。她"啊"了一声，急忙抬手翻下来。

陈木愣了一秒，因为她那双无辜而清澈的眼睛。

然后他动作迅速地把自己的长柄伞给她，顺便拿过她那把小花图案的伞，说："明天拿到教室还我。"

她的伞骨折了一根，塌下一个角。他也不在意，转了一圈移到前面，挥挥手走了。

施桐目瞪口呆，没反应过来发生了什么。

所以，刚才他们是怎么换的伞？

陈木的伞很大，遮两个她都绰绰有余。

施桐将伞撑得很低，她太单薄了，上半身完全笼罩在黑色的伞布底下，给人看见的，就是两条笔直纤细的长腿。

鞋底带起水花，打湿了裤脚。

施桐最后看了眼远处雨雾中那道挺拔的身影，她从前面的路口拐进小胡同。

不到五分钟，施桐进了家门，她去阳台晾雨伞。

施母周虹正好在那儿收衣服，看见了问她："这是谁的伞？你的伞呢？"

施桐说："我的伞坏了，这是我同学的。"她顿了下，"妈妈，可以吃饭了吗？我好饿。"

周虹把衣架挂回竿上，说："就等你回来了，你先回屋换身干衣服，身上都快湿透了，赶紧的，别冻感冒了。"

施桐虽然觉得母亲说得夸张，但她乖乖地说："好。"

而陈木全身上下才真的是湿透了，他个子高，虽然身体还没有完全长开，但比起施桐来显然宽大许多。

她的伞本来就小，折了一根伞骨，更加经不起风雨。陈木握紧了，往下挪了挪，加快脚步。

视线中，伞面的小花承接着雨水。

他心里暗暗道：女孩子就是女孩子，一把伞都要用漂亮的，中看不中用啊。

陈木家比施桐家稍远一点，但也不过十分钟路程。一进屋，一条黝黑壮硕的狗"汪汪汪"叫着扑过来，他胡乱在它脑袋上揉了把，丢了书包往卫生间走。

湿雨冻骨头，他冷得不行。洗了个热水澡，吹干头发后，才牵着给他背了黑锅的小黑下楼，到自己家开的馆子去吃饭。

这场雨一直下到半夜才渐渐停了，清晨六点半，施桐准时起床洗脸刷牙，背了二十分钟单词，吃过早饭后出门。

到楼下，她突然想起忘了陈木的伞，低声嘟囔："糟了。"

不得不爬回七楼去拿，因为运动缺氧，她脸颊红扑扑的。她也懒得从书包里找钥匙，直接伸手敲门。

周虹说："你女儿这丢三落四的性子，不晓得又少带了什么东西。"

施父施云涛笑了笑，收了报纸，去给她开门。

施桐主动说："我忘了带同学的伞。"

周虹也想起来了，她对施云涛说："桐桐的雨伞坏了，你拿点钱给她，买把新的。"

这么一折腾，施桐比平时晚了几分钟，她是踩着上课的铃声进入教室的。

李老师已经站在讲台上，施桐匆匆坐到自己的座位，把伞挂在窗沿上，翻出了语文书开始早读。

隔了两分钟，她偷偷往陈木的位置看过去，座位空着，人还没来，估计是睡过头了。

她不由得替他感到担忧，一会儿准没好果子吃。

果不其然，早自习上到一半陈木才来，他有气无力地喊了一声"报告"，听到老师的"请进"后，推门走进教室。

李老师叫住他："陈木，你还知不知道自己是个学生？"

陈木理所当然地答："知道啊。"

"那你刚开学就迟到？"

"我昨天写作文写到很晚才睡觉。"

陈木还真没瞎说，昨天报完名，李老师给家长打电话告状，结果他妈妈就使出浑身解数威逼利诱，让他写好三篇作文，给她检查了才作数。

"这不是迟到的理由。"李老师见他一副没精打采的样子，便说，"你把眼睛睁开，去，站着预习第一篇课文。"

陈木没给她任何回应，径自走开。

李老师便盯着他，见他卸下书包，拿出语文书站到教室后面了，脸色才好看了点。

整个早读，施桐瞧了陈木好几次，他立着课本挡了脸，看不见表情。

早读一结束，这人就立马自动结束罚站，人趴在桌子上，头埋在胳膊里补觉。

施桐想了想，还是拿着伞走过去。

她叫他："陈木。"

女孩声音太轻太细了，陈木压根没听见。

前边的余波拍了他一下："木哥……"

陈木蓦地抬起头，顺手拿一本书砸到余波身上："干什么？"

余波笑眯了眼："语文课代表找你。"

陈木顺着他目光看过去，抬头，一愣。

他头发微微凌乱，眼神中带着几分迷惘。

施桐抿嘴笑了下："伞还给你，昨天谢谢了。"

陈木反应了两秒，他接过伞来随手放在墙边，对她说："你的伞我落家里了，你还要不要？要的话我下午带来。"

施桐躲开他那双漆黑的眼睛，说："不要了，反正都坏了，你就丢了吧。"

陈木说："行。"

施桐走后，余波挤眉弄眼地说："哟，你们有情况呀，快跟兄弟说说怎么回事。"

陈木重新趴回桌子上。

余波笑得不怀好意："你怎么那么好心呢？还知道助人为乐？看上语文课代表了？"

陈木伸腿用力蹬了一脚余波的凳子："闭嘴。"

余波没有防备，差点摔到地上，不由得骂了一句粗话。

陈木眼神阴郁，跟天边的乌云没两样。

余波立马道歉："木哥，我错了。"

陈木收回阴沉沉的目光，埋头不再理他。

余波心有余悸，这会儿也不敢再惹陈木了，转身去逗同桌女生。

现在已经是初三下学期了，严格算起来，距离中考只有三个多月的时间了，所以年后第一天上课，各科老师都免不了要反复叮嘱孩子们收心，认真对待中考。

陈木没听进去，他觉得读哪个高中都一样。最好是青城五中，离家近，重要的是，那学校出了名的坏学生多，他去了玩得开。

施桐和陈木的想法就完全不一样，她的目标是城里最好的高中——青城中学。而且要进年级最好的班级——飞机班。

课间陈木和同学玩闹时，目光几次不经意扫过施桐，她不是在看书就是在写作业。

他心想，典型的好学生啊。

上晚自习的时候，李老师拿了份名册进来，按照老规矩，每学期都要重新排座位。

岳俊峰收起文具袋，叹口气低声说："都最后一学期了，还换什么座位呀。"

边上就坐着一个学霸，而且是好脾气的学霸，遇到不会的题，找她答疑解难多方便。

施桐笑了笑。

窗子留了一道缝，风钻进来，把教室里沉闷的空气吹散了些。

李老师已经在念名字，对于自己的新同桌，学生们有高兴的，也有不高兴的。

"施桐。"

听见自己的名字，施桐看向讲台。

李老师紧接着念了一个名字："陈木。"

她心里紧了紧，眼底浮过一丝浅淡的笑意。

陈木挑眉，咧嘴，心想，这么有缘啊。

等到排完座位，李老师说："我相信这次的座位安排大家心里也有数，同桌之间一帮一，成绩不好的同学就多向成绩好的同学请教，争取把分数提上来。"

然后开始换座位，重新分配的位置靠墙，陈木看着抱了一大摞书过来的施桐，问她："你想坐里面还是外面？"

施桐想了一秒，不客气地说："里面。"

主要是坐外面经常会被在过道走动的同学碰到，影响她做题。

陈木侧开身子让她进去，她笑着轻声说了一句："谢谢。"

女孩的笑容和声音都很软，陈木愣了愣。

他们坐到一起，两人的胳膊之间只有几厘米的距离。

施桐很快就静下来了，沉浸于看书做题。

倒是陈木心情有点奇怪，总是忍不住偷偷看她。

虽然初中三年他们没说过几句话，但他对她的印象还是比较深的。

即便不爱说话，但是一点不妨碍她在班上极强的存在感。

最开始是因为长得乖巧，男孩子们私底下评价她为小班花。后来渐渐发现，人家不仅长得漂亮，学习也厉害，每次考试成绩都排在年级前十。还有，她作文写得很好，经常被李老师当作范文念给大家听，妥妥的才女。

也不知李老师怎么想的，拿她的话来说，自己就是"一锅好汤里的老鼠屎"，她怎么会安排他做施桐的同桌？

这个年纪的男孩不会让自己有烦恼，起了个念头，转瞬就抛开了。

管她为什么这么安排呢，反正他还挺高兴。

施桐口渴喝水的时候，正好碰上陈木的目光。

他的眼睛很有神，深邃迷人，让她微微窘迫，一抹粉色悄然爬上脸庞，她飞快躲开了。

陈木暗暗道，她好像很容易脸红，怎么那么害羞？

因为还不熟悉，陈木又有作为一名差生的自觉，他一般不打扰她学习。两人虽是同桌，但是除了她进出座位时他给她让位置，以及他偶尔问她老师布置了什么作业之外，没什么交流。

到了星期五的早读课，他还没把作文补交上去，但李老师记着这事，主动来收。

陈木从书包里摸出一个卷了角的本子递过去，李老师翻开，忽略掉字数少和字迹潦草的问题，数了有十篇，合上收起来。

"听说你没跟着各组同学一起做值日？"

"……"

"这么大的块头，总想着偷奸耍滑，多劳动劳动。"

"知道了。"陈木敷衍。

李老师也清楚多说无用，这种不影响学习的事在她看来就是小事。

"施桐。"

施桐正在翻译一篇文言文，突然被点名，她很疑惑地抬起头。

"你作为同桌，又是课代表，以后你就负责帮助陈木提高语文成绩，特别是基础知识掌握牢固，期中考试一定要让他考及格。"

施桐没多想，点头："哦。"

陈木下意识侧头去看她，她这么平静，一定不知道他的语文成绩到底有多糟糕。

他是一个人就可以严重拉低班上平均分的那种水平。

李老师又发话了："你小子多向人家施桐学习，别成天就想着打篮球，快中考了。"

陈木不耐烦地回："我知道。"

李老师走后，陈木才笑嘻嘻地问施桐："要是我考不及格怎么办？"

施桐看着他："你想考及格吗？"

他被问住了，嗓子一噎，旋即趴在桌子上，声音懒洋洋地说："我无所谓啊。"

她认真地思考了会儿，问他："你很困吗？"

"不啊。"陈木说。

她伸手抽过他压着的语文书，打开目录，说："那你记一下这两首诗，下了早自习背给我听。"

陈木愣住了，很奇怪地看着她。

施桐被他看得很不自在，她把书还回去，低声说："你要是不想背也可以。"

陈木觉得自己大概是抽风了，他一下坐直身体："背啊。"他拿起书，"哪两首来着？"

施桐抿唇笑了笑，白皙的手指点了点："这两首。"

说完，她便收回手，继续翻译自己书上那篇文言文。

陈木却恍了下神，他张开自己的手掌看了看，她的手怎么会那么小？

过了一会儿，陈木头疼，别说背下来了，有几个字他都不认识，照着念都要出错，他叫她："施桐。"

施桐集中精力埋头注解，没听见。

于是陈木便把头凑过去。

施桐吓了一跳，手上用力，铅笔芯断了，她往墙壁挪了挪。

陈木盯着她笑："你紧张什么？"

"没啊。"施桐心脏跳了跳，"怎么？"

"只背一首行不行？两首太多了。"

施桐心想两首诗不多啊，但他看上去真的很苦恼，于是她点点头。

陈木又问："这个字怎么读？"

施桐告诉他："miǎo，三声。"她指了指书页底部，"下面有注释。"

陈木"哦"了一声，他一改平时吊儿郎当的态度，左手拿着课本，右手支着头，认真地朗读起来。而且他的声音非常好听，已经过了变声期，略微有些磁性，低低沉沉的，辨识度高。

施桐听着出了会儿神，她很快拉回思绪，静下心来。

早读课下课铃打响，陈木主动背诗，他把书给她。

施桐没要："不用，我记得。"

他便开始边想边背，磕磕巴巴的，施桐还提醒了他两句。

中途余波过来找他，见到这幕场景简直难以置信，咋舌道："你还是我木哥不？哎呀，有个语文课代表当同桌就是不一样，这思想觉悟提高了不少啊。"

这句玩笑话使得施桐脸又红了，她故作镇定，没什么表示。

陈木被打断后十分不爽，抬脚就往他小腿上踢过去。

余波利索躲开了："君子动口不动手。"

"滚。"陈木嫌弃。

他问施桐："我背到哪儿了？"

施桐也有点无奈："我歌月徘徊。"

陈木接下去："哦，我舞影零乱……醒时相交欢，醉后各分散。永结无情游……永结无情游，相……相期邈云汉。"

施桐笑起来："嗯，可以了，就是有点不熟，多背几遍就好了。"

陈木被这笑容迷住了，心里的感觉就是两个字，漂亮。

余波没离开，见他背完了，手搭在他肩上："走，到外面透透气去。"

两人出了教室，懒懒散散靠着阳台栏杆，余波问："你这家伙是不是看上语文课代表了啊？"

陈木扭头看底下操场上奔跑的低年级学生："单纯点，OK？"

余波坏笑。

陈木不知想到了什么，也笑了笑，然后说："你注意点，以后别在她面前乱开玩笑。"

"为啥？"

"人女孩子脸皮薄。"

"这话可真是有意思，以前开玩笑的女生海了去了，你怎么不说人女孩子脸皮薄呢？"

"她和她们不一样。"

"……"余波贱兮兮的，"你求我啊。"

陈木哼笑一声："我求你？"

"嘿嘿，木哥别当真呀。对了，课间操的时候你跟岳俊峰换个位置呗。"

"干吗？"

余波笑容猥琐："你是不是傻？想不想牵你同桌的小手手？"

陈木反应过来："岳俊峰和她跳？"

"啊。"

"你帮我……"

话还没说完就打上课铃了。

"十分钟这么短。"他往教室走，"这节课下了叫岳俊峰出来说说话。"

最后，陈木花了五十块钱搞定了岳俊峰，那时候五十块可了不得，差不多是大部分住校生一周的生活费。

课间操站位时，施桐看着旁边换了人，有些奇怪。

陈木比岳俊峰高一点，本来是他站后面的。不过岳俊峰体形实在太过庞大，调换位置了也不突兀，老师没察觉。

做完体操跳交谊舞，施桐把手放在陈木掌心里的那一瞬间，紧张极了。

和岳俊峰手的肉感明显不同，陈木的手宽大硬实，骨节分明，还很干燥。

他轻轻握住她，带着她转动。

施桐克制着没出错，脸上火烧火燎的，又有些庆幸寒风凛冽，抵消了这份滚烫。

陈木注视着她白里泛红的肌肤，还有手中软绵绵的触感，悄悄地勾起嘴角。

这感觉太美妙了。

这段舞蹈仿佛极其漫长，同时也很短暂。

两颗年轻的心，隐秘地急促跳动，谁也弄不清原因。

结束后回到教室，施桐戴上袖套，问他："你怎么和岳俊锋换位置了？"

"岳俊峰让我跟他换的。"

"为什么呀？"

"不知道啊，不过他和明小佳是好朋友，这学期不是没什么时间玩嘛，我猜他可能想利用课间操这会儿工夫和她说说话吧。"

明小佳是陈木以前的舞伴，男同学们私底下评出来的大班花。

　　施桐没多想："这样啊。"

　　陈木看她信了，"嗯"了一声。

　　心里发笑，叹道，真单纯啊。

　　周五不上晚自习，下午放了学，施桐往书包里装课本、作业、试题等等。

　　陈木看得目瞪口呆："带这么多回去？"

　　施桐点头："嗯。"

　　陈木感到匪夷所思："你全部做得完？"

　　施桐拉上书包锁链："差不多吧，对了，你别忘了写周记，我下周一早自习要收了交给老师。"

　　她一提醒，陈木才想起还有这茬事，躬着身子从课桌里找周记本，好半天才掏出来，皱眉苦恼道："我都不知道写什么。"

　　施桐给他出主意："你可以写写小黑……"

　　陈木惊讶地问："你怎么知道小黑？"

　　她想起开学报到那天他编的瞎话，没忍住笑了起来："你自己说的呀。"

　　她这么轻轻地一笑，就很赏心悦目，陈木愣了愣。

　　他也记起来了，挠了把后脑勺："行吧，那我就写小黑。"

　　陈木还想说什么，余波在后门喊他："木哥，赶紧的。"

　　他只好作罢，把周记本裹成团塞进衣服兜里："我先走了。"

　　施桐说："拜拜。"

　　陈木："星期一见。"

第二章
篮球场上的少年

等到星期一，陈木又迟到了，免不得又挨了一顿批评罚站。

下课后他拿出一袋小笼包，出门时他妈妈硬塞给他的。

他打开递到施桐面前："来个包子？"

施桐说："我吃过早饭了。"

陈木收回手，一口一个："你自己在外面买的？要不以后我给你带早餐呗，我妈包的包子皮薄馅足，还很好吃。"

施桐心想，你一周五天有三天都要迟到，等你带早餐岂不经常饿肚子？

她说："谢谢你，不过不用啦，我都是在家里吃早餐。周记本给我吧，就差你的了。"

他用两根指头抽出书包里的作业本，放到她桌上那一摞周记本上，给施桐让了位置，见她往办公室去。

"别看了，人都走远了。"

余波总喜欢往陈木身边凑，他迅速地从他那里抢了一个包子塞进嘴里。

陈木瞥他一眼："没吃早饭？"

余波一脸谄媚道："吃了啊，不过你家的太好吃，我嘴馋。哎，木哥，以后帮我带早饭呗。"

陈木想都不想："不带。"

"无情，妹子和兄弟的待遇差太多了吧？你的良心被狗吃了吗？"

"良心是什么？"

"还要脸吗？"

"我没有脸。"

两人斗了几句嘴，余波才想起正事："大川叫我们下午一起打篮球。"

"行啊。"

"你同桌回来了，我先撤了。"

"滚吧。"

余波和施桐迎面而走，他对她扯了个大大的笑容，然后往旁边空位退去："女士优先。"

施桐微微笑："谢谢。"

余波这人吧，个子高，长得也不差，就是皮了点，鬼主意特多。

不过他这样的男生，别说在班上，在整个年级也混得开。尤其在女生堆里，挺吃香的。

施桐回到座位，好奇道："你跟余波关系很铁？"

陈木"嗯"了一声："我和他小学同学，一块玩八九年了。"

"他为什么叫你哥？你比他大？"

"不是，他打架没我厉害。"

施桐："……"

陈木以为吓着她了，改口："逗你玩的，他打篮球没我厉害。"

施桐乐了："那你到底是打篮球厉害还是打架厉害？"

"都厉害。"他毫不谦虚，忽然眼睛一亮，"下午放学我们三、四班和一、二班的人打篮球，你来看不？"

她说："我要回家吃晚饭。"

陈木有点失望："那下次吧，我们的球赛挺精彩的。"

令他更加失望的是，星期一的大课间举行升旗仪式，不做操不跳交谊舞，他本来还有点小期待呢。

这直接导致后面两节课陈木完全提不起精神，立了本当堂教科书，躲在后面打瞌睡。

施桐察觉少年情绪低落，不由得看了他好几眼。

这天回家吃中午饭，她对周虹几次欲言又止，到了快吃完的时候，才说出来："妈，我今天下午不回来吃晚饭了。"

周虹抬眼："为什么？"

"我想看班上同学打球。"她实话实说。

"都初三了还打什么球？"

"劳逸结合嘛，也不能光读死书对不对？中考还要考体育呢。"

周虹笑："那我等会儿出门给你留十块钱放桌上。"

施桐开心道："谢谢妈妈。"

陈木听说施桐能看自己打球时，他比她还开心："晚上一起吃饭。"

施桐问："有哪些人？"

"余波，还有三班的几个男生。"

"算了，我又不认识他们，好尴尬。"

"你别怕呀，他们都很好相处。"

"不是，我不怎么会说话。"

"你不说话都行，有我在呢。"

"我……"

"学校食堂挺多人的，他们先去打饭占座，不然时间来不及。"

话说到这份上，施桐便不好再拒绝了："那行吧，多少钱？我先给你。"

陈木笑："我请你。"

施桐脸发热："不用你请。"

"就当你给我指导语文的答谢吧，请你吃顿食堂的饭，别嫌弃啊。"

"……"

这一下午陈木都处在兴奋状态中，他想和施桐说说话，又见她在认真听课做题，忍住了没打扰她。

到了最后一节课的最后十分钟，他几乎是盯着手腕上那块电子表，一秒一秒数过去的。

铃声一响，他对她说："走了，吃饭。"

施桐盖上笔帽，跟着他一起出教室："余波呢？"

"他飞毛腿占位去了。"

"哦。"

他们不是吃的大窗口的套饭，而是单独点了炒菜，一桌六个人，只有施桐一个女生。

因为陈木打过招呼，这些男生没开她玩笑，聊的话题也正常。

但施桐依然不自在……

周围的学生频频投以不同意味的目光，甚至低声议论起来。

他们年级三班是学校出了名的帅哥多，其中三个都在这儿，再加上同样帅气的陈木，和长得也不赖的余波，这组合简直太吸睛了。

施桐后悔得不行，她真不该答应他，来当这个焦点。

幸好没吃几口，就有女生走了过来，说话的是一头齐肩短发的大眼睛女孩："大川，食堂找不到能坐的地方了，我们过来拼个桌行不行？"

也是他们三班的同学。

男生嘴贫："行行行，哪能不行，这儿就是给各位美女留的。"

除了陈木，其他人都哈哈笑。

施桐右手边有空位，坐下来的女生明眸皓齿，长发飘飘，气质古典。

这位就是明小佳。他们一个班，但交集不多，彼此不怎么熟悉，笑了笑算作打招呼。

短发大眼睛女生问："听说你们一会儿要和一班、二班打球啊？"

还是那男生回答："是啊。"

"那我们去给你们加油呗，咱们三、四班可不能输。"

他们这届学生，一班和二班比较熟，三班和四班比较熟，以此类推。

"有美女们加油，那必须赢。"

急着打球，这顿饭吃得比较快，风卷残云似的。

走出食堂，陈木落在后面跟施桐并肩："你是不是没吃饱？打完球给你买面包。"

施桐的脸蓦地发烫："我吃饱了。"

陈木："真的？"

施桐："嗯。"

"那你吃得好少，难怪这么瘦。"

"……"

施桐抿嘴笑，没说什么。

其实她就是看着瘦。

到了操场，一、二班的男生都做好热身运动了，其中一个男生抱着篮球走过来："吃个饭跟妹子一样，慢死了，搞快点哦。"

他们经常约着打球，就是句玩笑话，大伙儿都笑开了。

陈木脱了外套，他里面穿了件宝蓝色的卫衣，配上水洗蓝的宽松牛仔裤，和一双白球鞋。

他个高腿长，身材又匀称结实，这么穿着格外帅气，为这暗灰色的春还未归的季节添了明亮的颜色。

施桐多看了陈木两眼，他突然走到她旁边："帮我拿一下，栏杆上全是水。"

她有点羞，微微脸红。这个年纪对男女关系比较敏感，大庭广众之下，他这样的举动难免让人多想。

但施桐还是从他手里接过衣服，搭在小手臂上抱着。

陈木咧嘴一笑，转身跑回球场上。

其他男生看见有样学样，余波也脱掉外套过来，但他的目标是施桐旁边的明小佳："班花，帮个忙呗。"

明小佳淡淡开口："不帮。"

她的目光落在操场上的一道身影上。

当众被扫面子，余波也不恼，大美女嘛，有点脾气能理解。

还是小美女好说话，他这么想着，看向施桐："语文课代表，拜托你了。"

施桐微微笑，也帮他拿了。

"Thank you！"

余波一回到球场上就被砸了一记篮球，他吃痛，又看见陈木眼神不善，顿时明白过来，乐得不行。

有病啊，这也能吃醋？！

球赛开始，陈木他们一开场就很猛，想速战速决。也许因为今天的观众特殊，便比平时多了几分好胜心。

施桐目光追随着陈木，他奔跑、跳跃、举臂投篮，或者截下对方的球，每一个动作都是充满朝气的帅。

渐渐地，场上围观的同学越来越多，甚至有女生不停地喊着"加油"，特别是当篮球投进篮圈，她们居然拍红了手掌。

阴冷的天气，热烈了起来。

这不是运动会，没有裁判，也没分数公布牌。

施桐不清楚规则，也不知道究竟胜负如何。

她想：应该是陈木他们赢。

她看见他进了不少球。

正这么想着，挺拔的少年再一次跳起来，篮球抛出一道漂亮的弧线，"哐"的一声巨响。

篮球架久久震颤着。

施桐那颗少女心，也跟着怦怦乱动。

太帅了。

篮球落到地上弹跳了两下，被一个男生抓在手掌心。

陈木抬手看了下表，摆摆手："不打了，时间差不多了。"

"明天还打不打？"

"明天不行，老班守晚自习。"

整个年级都知道四班班主任超凶的，但还是忍不住嘲笑："没用，你还怕她？"

陈木扯着嘴角一笑："怕她告状啊，听我妈叨叨叨，烦死了。"

这话算说到大家心坎里了，于是笑作一团。

三班的男生说："周六中午我们去你家馆子吃饭，下午一起到学校来。"

"成。"

围观的同学见他们停下来也就都散了，明小佳转头问施桐："走吗？"

正好陈木走了过来。

明小佳露出一抹笑："打得不错。"

陈木说："谢了。"

然后他看向施桐："我去洗手。"

施桐脑子里还回放着他刚才跳跃投篮的动作，没好意思看他的眼睛，说："那我先回教室了，你们的衣服……"

陈木回头叫了一声："波子。"

余波跑过来："什么事？"

陈木把他衣服丢过去。

余波接住："你故意的吧？爪子脏不脏？"

他没理他，对施桐说："我的你帮我拿回教室。"

余波："……"

陈木和余波勾肩搭背走后，两个女孩一块儿往教学楼走。

这还是同学两年半，她们俩第一次走得这么近。

其实她们个头差不了多少，都是人高腿长型的，但施桐属于温柔细软的妹子，而明小佳的气场就更强些。

上了楼梯，明小佳开口："你和陈木关系很好？"

施桐被问得一愣，她也不晓得怎么定义他们的关系好不好。

想了想，她回答："我们这学期做了同桌才熟悉起来的。"

明小佳笑了笑，但她没有说什么。

洗手台那里，陈木捧了水往脸上抹，刚才运动出了汗，浑身上下都热烘烘的，倒也不觉得冰凉。

余波把外套搭在肩头，一边洗手一边说："刚才耍帅爽不爽？"

陈木甩了甩额前被打湿的头发，坦坦荡荡："爽啊。"

余波哈哈大笑："兄弟就只有祝贺你早日拿下语文课代表。"

陈木黑漆漆的眉眼间尽是笑意："滚。"

接下来的日子，老师把学习抓得更严格了，每天发的模拟考卷总是做不完，教室里充斥着紧张的氛围。

只有两件事情能让陈木感到轻松。

一是施桐给他补习语文知识，或者讲习题。

二嘛，就是不下雨的大课间三十分钟，能借着跳舞的机会牵一下施桐软绵绵的小手，暗戳戳高兴。

施桐在他心里就像棉花一样，看上去那么白生生的，同时又特别软。

十六岁的少年，心思简单纯粹，他也不知为什么，就是想靠近这份纯净的柔软。哪怕只是听一听她的轻声细语，他便觉得好舒服。

到了三月中旬，天气暖和起来。

每年这个时候，学校会组织体操比赛，都是老项目——

广播体操、齐步跑步正步、32步。

全员参与，即便是初三学生也不能例外。

施桐挺讨厌这个比赛的，因为她是同边手，每次都要出丑。

以前出丑倒也算了，但现在……

她十分抗拒。

所以自从听到这个通知后，整个人都处于焦虑状态。

她的焦虑表现得很明显，陈木感觉到了不对劲："有烦心事吗？"

她眉心皱了起来，让他产生了一种想要帮她抚平的冲动。

施桐当然不会说给他听："没有啊。"

陈木眼神直直地盯着她："真的？"

施桐把脸埋进试卷中，鼻子里钻进墨水的味道，低声说："真的。"

她脑袋偏向墙壁，黑栗色的头发扫到他课桌上，细细的很柔顺。

陈木轻轻碰了碰，做贼心虚，心脏差点从胸膛里跳出来，他飞快收回手。

他看着她的后脑勺说："你有事就和我说，没什么大不了的，别让自己不开心啊。"

施桐回了他一个"嗯"字。

恰好今天有体育课，李老师就跟体育老师打了招呼，拿来训练比赛项目。

施桐被编在第一排，怕什么来什么，她就是改不掉同手同脚的毛病。

连续被四次点名纠正后，她两颊红得跟夏日傍晚天边的火霞一样。

想到陈木也听见了，就觉得忒丢脸。

她真希望找条地缝钻进去算了。

不为人知的小心思使得她更加慌张，偏偏自己的四肢非要和自己的意识作对，频频出错。

视线里，李老师满脸写着无奈。而余光中，旁边的同学们偷偷憋笑。

施桐暗暗懊恼，觉得自己像个小丑一样。

最末排的陈木恍然大悟，他弄明白了她愁眉苦脸的原因。

虽然看不见她，但他能想到她此时的样子，一定红脸了。

陈木没忍住开口："李老师，我有个建议，让施桐站第二排呗！"

他的声音不小，一字一句响在施桐的耳中，她不由得想回头看他一眼，但是她没有。

李老师和陈木的想法相同，然后她就被换到后排，松了口气。

接下来的训练，也有其他人因为不同原因被李老师点名，好歹不是她一个，稍稍让施桐好受了点。

这节课结束后回到教室，她立刻拿出试卷做题，试图掩饰自己的尴尬。

过了会儿，陈木才坐到座位上，他放了瓶冰水在她课桌上："热死了，请你喝水。"

余波站在陈木旁边，咕咚咕咚灌了两口："语文课代表你要不要这么热爱学习？就你那分数，青城中学绝对是稳上，不要这么拼嘛。"

施桐抬头，她脸上的热意还没有完全消退，红色浅浮，嘴唇微张，不知道怎么接话。

明明她此时是窘迫的表情，落入两个男孩子眼里，却是另有一番娇俏。

余波呛了水，咳嗽起来。

陈木怼他一句："服了，喝口水都能呛。回你座位去吧，一天到晚就知道往我面前凑，这儿是要香些还是咋的。"

余波一抹嘴，比了个中指："兄弟有眼力见儿，不打扰你了。"

说完把水瓶子捏得哗哗响，摇摇摆摆离开。

施桐把冰水移了个位置放到桌前："谢谢。"

陈木说："别跟我这么客气。"

施桐不说话。

陈木看着她微红的脸，心一动："你是不是还在担心那破比赛？"

"……"

"没事，你在第二排，中间位置，走错了也看不出来。"陈木把瓶盖拧上，"我们都已经初三了，毕业班，不必在乎这些比赛的名次。"

施桐沉默了下，心里直打鼓，轻轻叫他："陈木。"

陈木与她对视："嗯？"

"我是不是挺笨的呀？这么简单的事都做不好。"

女孩子声音又轻又软。

怎么能这么轻、这么软？

陈木怔了两秒，露出大大的笑容："不啊，我想想都觉得你好可爱。不过我站在最后一排没看着，你啥时候走给我瞧瞧。"

施桐脸上的红色加深，垂下眼睑："别开我玩笑。"

陈木侧过身体支着头："我说真的。"

施桐："……"

陈木说："再说你这样的都算笨的话，那我岂不是蠢成猪了。"

施桐被逗乐了："哪有说自己蠢成猪的。"

"嘿嘿……"

经过陈木这么一安慰，施桐似乎觉得没那么难为情了。

她诚恳地对他说："谢谢。"

他仰头转了转脖子："这有什么好谢的，都说了别跟我客气。"

施桐笑了笑。

这天吃过晚饭，陈木和余波站在教室外面的走廊上吹风，两人商量着周末去网吧打游戏。

忽然听到边上两个男生在谈论施桐，陈木黑了脸。

"平时看施桐挺聪明的，没想到光脑子好使了。"

"就是，排练那会儿我差点笑出声，同手同脚太搞笑了……"

陈木顿时火了，冷冷地道："你俩是不是男的？背后说女生坏话，孬种！"

这两个男生面面相觑，都觉得莫名其妙，说句话也能招惹到他？

陈木的话说得实在不好听，他们也不痛快了。

"关你屁事啊？"

"就关我的事，不行？"

"哦，你的意思是施桐是屁啊？"

余波本来还想当和事佬的，一听这话脑子里登时冒出俩字：完了。

果不其然，陈木二话不说，一拳头挥了过去，直接把人打蒙了。

二打一多不公平，何况袖手旁观也不是余波的作风，他很快也加入战局。

那两个明显没他们两个能打，几下就被按在地上。

陈木冷冷瞧着手底下脸红脖子粗的人："给我把嘴巴放干净点，再有下次，不是这么简单就算了。"

放完狠话，他松手："波子，行了。"

余波站起身，笑着对四周围观的同学说："散了散了，该干吗干吗去，谁要是敢跟老师告状，我跟谁急啊。"

两人不想被别人当笑话看热闹，前后脚下楼。

余波笑嘻嘻："说说都不行，你这么护着语文课代表，她知不知道啊？"

"你别到她面前乱扯就行了。"

"哟，不得了，做好事不留名，这思想觉悟高。"

"滚。"

"木哥，我猜你要是以后真跟她在一起了，别是含在嘴里怕化了捧在手里怕碎了吧。"

陈木忽然勾起嘴角："嗯？会吗？"

余波看穿了他的想法，不得不好心提醒道："但是作为兄弟，别怪我泼你冷水，人家三好学生，那是上青城中学的好苗子，以后还要继续念青城大学，我们跟她肯定不走一条路，你自己好好想想。"

余波那句"好好想想"本来也没多大意思，光长个子不长见识的小屁孩一个，哪儿想得到那么长远的事，这话也只是随口一说。

倒是听的人上了心，陈木都想失眠了，他还琢磨着余波的另一句话——

"语文课代表那样的乖女孩，你真招惹上了，也不见得是好事。"

窗外隐隐约约能听见几声鸟叫，以及汽车的鸣笛声。

寂静的深夜，一丁点小动静，都能传入少年的耳中。

陈木双手枕在后脑勺下，脑子里全是女孩乖巧软甜的样子。

一片漆黑中，他动也不动地盯着天花板，心情复杂难言。

他思考的东西并不深刻，一方面是觉得余波的话有几分道理，另一方面有几分不服。

不走一条路怎么了？条条大路通罗马。

另外，怎么就不是好事了？！

最后陈木干脆想，要不他也去青城中学读高中算了。

少年脑中蹦出这突如其来的想法，就再也按捺不下去，直到眼皮子实在撑不住了，才蒙头大睡。

睡得迟，第二天一点不意外地成了起床困难户。

施桐都不知道自己往教室门外看了多少次，就是不见陈木人影。

早读结束后李老师走过来："施桐，陈木来了让他到办公室找我。"

施桐点了下头，看着班主任眉间收拢的"川"字，不由得担心起来。

陈木今天别是不来学校了吧？

迟到和旷课的性质可大不一样。

第一堂政治课上了大半，终于听见他懒洋洋地喊了一声"报告"。

她顺着声音看过去，愣一愣，没忍住笑了。

陈木头顶翘了一撮头发，明显赶时间，没来得及打理。

墙壁上的钟已经快指向九点，施桐暗暗想：他怎么这么能睡呢？

她松了口气，心里的烦扰顿时一扫而空。

幸好还不算太过分，他不会真的被班主任怎么着。

政治老师一向温和，不轻不重地批评了他一句，就让他赶紧进教室。

陈木一边走，一边卸了书包单手拎着，坐到座位上，将书包利落地塞到抽屉里。

他见施桐望着自己，低声解释："我睡过头了。"

施桐"哦"了一声，转回头看向黑板。

下课后，陈木问施桐要湿巾。

施桐撕开包装封口："李老师让你去她办公室。"

"我就知道。"他一点不意外，满不在乎道，"等会儿去。"

陈木从她手里抽了一张湿巾出来，抬脚踩到凳子上，擦掉白球鞋上的脏印子。

他很爱干净，尤其是鞋子。

"你没定闹钟吗？"施桐问。

他抬头："嗯？"

"以后早点来吧，别迟到了，总被李老师罚，你不觉得烦啊？"

烦？他就压根没当回事。

左耳进右耳出，是他的强项。

施桐顿了顿，接着说："七点起床，动作快点的话，能准时到学校。"

陈木换擦另一只鞋，认真想了想，看着她："好吧，我尽量。"

施桐也不知道他这话是不是哄她，反正她情不自禁笑了，心情也随着变得好起来。

陈木不慌不忙地把鞋子擦干净，顺手抹了把凳子，洗干净手后去办公室接受教育，直到下一堂课铃声响起才得到解放。

不过这解放是一时的，李老师让他课间操继续到办公室罚蹲马步。

他们班人头是整数，跳交谊舞时施桐落了单，她绕到队伍最后看大家跳，有点小小的尴尬。

跳完交谊舞后全体集合，施桐莫名其妙地被前面台上的领导点名，给她颁了个一等奖。

李老师就在边上，她也才记起有这事，告诉施桐："忘了跟你说，之前张主任找我要关于生命主题的优秀作文，我就把你写的那篇交上去了。"说着说着自豪起来，"跟我想的一样，这一等奖果然评给你了。"

施桐："……"

周围同学的目光都聚过来了，她觉得更尴尬了。

还要上去领奖状？

她顶着注视礼小跑上台，然后看着底下黑压压的脑袋，脸颊滚烫极了。

也就两分钟的事，同学们眼里的荣耀，对她而言却似煎熬。

实在不习惯这种场面啊。

合完影的一瞬间，她暗自松口气，转身下台。也不知怎的，忽然感觉有人在看她，凭着直觉抬头，心脏咯噔一下。

少年从办公室窗口探出头来，他对着她露出灿烂的笑容，还比出了大拇指。

施桐蓦地心跳加速，迅速低下头，回到班级队伍里。

第三章
我也想天天向上

解散后余波挤到她旁边："语文课代表厉害啊。"

施桐："没……"

"你写作文为啥这么好？有什么妙招不？"

"我爸经常教我。"

"你爸是语文老师啊？"

"不是，他在报社工作。"

"哦哦，大记者，对吗？"

"差不多吧。"

余波："文化人啊，知识分子啊。"

施桐："你别取笑我。"

他们回到教室后没两分钟，陈木也回来了，他拍下余波肩膀："让开。"

余波没让："语文课代表作文又拿一等奖了，近朱者赤，木哥你好好跟人学学。"

陈木一把就把他拉起来了，眼睛看着施桐，说："我还以为自己出现幻听了，一看果然是你，好厉害。"

施桐不好意思道："其实没什么的。"

陈木："你得奖老班长了脸，心情一好就放过我了，大恩不言谢。"

施桐："……"

中午余波去陈木家的馆子里吃饭，吃完了跟着陈木上楼，他把得到的消息全盘托出，末了用两个字评价："难怪。"

陈木将遥控器丢给他："毛病，不爱学习怪爸妈，不能从自己身上找原因？"

"啊，有句话怎么说来着，父母是孩子的第一任老师。"

超级玛丽游戏界面弹出来，余波立马娴熟地按键操作起来。

陈木嗤笑了一声，人往床上一躺："你说我去青城中学读高中怎么样？"

余波受到惊吓，显示器上的马里奥从绿柱子上坠亡，他回头看他："你脑子哪根筋搭错了吧？"

陈木没吭声。

余波也不打游戏了，拖了把凳子到床边，反身坐着："你以为青城中学是你家啊，想上就能上？"

陈木白了他一眼："我决定好好读书了，不就是区区青城中学吗，只要哥们想去，它一定敞开大门热烈欢迎我。"

余波笑哈哈："说实话，我很欣赏你盲目的自信，非常的狂妄，不愧是我木哥。不过你到那儿肯定是纯属找虐。我听说他们德育主任眼里容不得一粒沙子，连检查手指甲长短这种小事都要亲自管，变态得很。"

陈木不以为意："学校那么多人，他管不过来。"

余波说："兄弟，想象总是美好的。我跟你讲，全城的三好学生都在那儿，你这种为非作歹的，去了绝对是他的重点关注对象。"

陈木笑："滚。"

"说正经的，你是怎么想的？真要为了语文课代表去读青城中学？"

"谁说我是为了她去读？"

"少来，你敢说不是。"

"我也想天天向上好不好？"

"哟哟哟。"余波撇嘴，随后吹了下口哨，"得了吧，木哥你可别搞笑了。"

陈木耸耸肩，认真起来："正式通知你一声，中考前我要刻苦学习，你以后下课别来打扰我。"

"说好了一起去踩五中地皮，结果你为了漂亮女孩子就抛弃我，重色轻友，什么玩意儿。"

"……"

余波说："不是兄弟打击你，主要是你醒悟得太晚，毕竟只有三个月时间就中考了，即便你再怎么聪明再怎么努力，也不可能一下子进步那么多，何必自讨苦吃，浪费什么脑细胞。"

陈木挑眉，笑道："没听过'不鸣则已，一鸣惊人'这成语吗？哥们就给你创造奇迹，且等着看我考上青城中学吧。"

"……那你厉害，我敬佩你。"

刚开始余波还以为陈木只是一时兴起，三分钟热度后就会放弃，结果他还真的坚持下来了。不仅天天准时到校，上课专心听讲，而且连下课都超认真，抓紧时间向施桐请教不会的难题。

李老师和各科任老师们都惊讶得大跌眼镜。

这孩子怎么突然转性了？

当然这是好事，李老师还当着全班同学的面专门夸奖他，希望他继续保持、再接再厉。

四月的第一个星期五学校举行体操比赛。

这天，大家统一穿了校服和白球鞋，女生扎高马尾，男生都提前理了发，一个个看着神清气爽。

他们班抽到的上场序号是倒数第三个，下午才上场。在看其他班级表演的间隙，施桐就坐在方阵队伍里做英语阅读训练。

趁着李老师没注意，陈木悄悄跟同学调换位置，端了小板凳坐到她旁边。

施桐做完一篇阅读才发现身边换了人，她微怔："你怎么坐这儿了？"

陈木对她微微一笑："你继续，我给你打掩护。"

谁要你打掩护？

初三年级升学考试在即，所以队伍中多的是看书做题的学生，对此，老师都睁一只眼闭一只眼，毕竟升学考试才是头等大事。

她把自己的英语书递给他："你记会儿单词。"

"不要吧，好不容易有天不上课。"陈木虽然这么说着，却还是乖乖接过来，翻到最后几页。

施桐笑了笑："这个月底就期中考试了，你肯定会有很大进步。"

陈木挠挠后脑勺，很勉强地说："那好吧。"

等轮到他们班已经是下午四点，十分钟就表演完了，最后得了个精神文明奖，也算安慰。

学习生活重新回到正轨，为了六月十七日的中考进入全面备战状态。

很快到了期中考试，果然如施桐所说，陈木进步神速，上升了一百五十七名。

虽然这个排名在年级依然属于中下位置，但他以前都是最后一间考场的人，这次往前提了六间考场。

余波很受伤，嗷嗷叫："木哥，你伤害了我。"

陈木毫无同情心地补刀道："你做好心理准备，下周一开家长会。"

余波一脸恐慌，倒不是因为考得差，而是他考试时帮同学作弊，学校给了通报批评，李老师肯定会就此大做文章的。

结果李老师当天就把电话打到余波家里，晚上一回家，他就被劈头盖脸一通骂，当然还有更惨的代价——扣除一星期零花钱。

陈木境遇就完全不同了，家长会上，被重点表扬树为典型不说，还破天荒地得了两张奖状——

都是进步奖。

一个是总名次进步奖，一个是单科进步奖，这次他语文考得很不错，升了一百多名呢。

陈母头一次觉得脸上有光，拿着这两张黄橙色的纸，笑得合不拢嘴。

然后她注意到自己座位旁的家长领了好几张奖状，什么一等奖、二等奖、优秀班干部奖，心里若有所思。

外面的学生则三五成群聚在一起，讨论教室里的各位家长。

余波趴在走廊的栏杆上："语文课代表，你长得好像你妈妈啊。"

"我也觉得。"陈木笑，"不过你比你妈妈更漂亮些。"

施桐正想接"大家都这么说"，被他后面这话弄得红了脸："我妈妈年轻的时候比我好看多了。"

陈木懒洋洋地说："我怎么不信。"

施桐脸更红了："……"

余波在心底叹口气，暗骂道：有异性没人性的家伙。

开完家长会的这天中午，放学回家后，施桐和陈木都受到各自家长的赞赏。

工作日时间施云涛难得在家里吃午饭，周虹多炒了两个菜。饭桌上，她说："你女儿今天被班主任重点表扬了。"

施云涛淡淡地说："不挺正常吗？"

周虹眉间带着笑："这次不是因为考得好表扬她，而是她帮助同桌学习，那孩子本来成绩倒数的，这次期中考试成绩提高了很多。"

施云涛点头道："不错，同学之间能帮就多帮帮，你给别人讲解知识的同时，自己也得到巩固了。"

施桐正拿勺子舀蛋花，听到爸爸这么说，轻轻"嗯"了一声。

周虹看向施云涛，说："你是没见她那同桌，长得挺帅气一男孩子，瞧着就一脸聪明相。成绩差应该是他爸妈不怎么注重教育，而且那性格也太野了，以前家长会还被批评过几次，我有印象。"

"每个家庭对孩子的期望不同，再说男孩子嘛，难免调皮些。"

"也是。但话又说回来了，我有点担心，不要把咱们桐桐带坏了，要是……"

"妈。"施桐微微皱眉，"你别说我同学坏话，今天他还夸你漂亮呢。"

施云涛哈哈笑起来："你女儿说得对。"

周虹不承认："这哪儿是坏话，我就随口一说。不过桐桐，妈妈可告诉你啊，帮助同学可以，但不能总是和男孩子玩，不许早恋，记住了。"

施云涛不是很赞同地说："你不要限制女儿交朋友。"他告诉施桐，"每个人都有青春期，对异性产生好感没什么的，只要把握好度就行了。"

施桐乖乖地说："我知道的。"

施云涛又说："只是一个中考，考试题的难度不会超纲的，你该玩就玩，放轻松点。我已经拜托过梁校长了，你进飞机班肯定没问题。"

施桐情绪立马低落下来，即使她爸不走关系，她靠自己的实力也能达成目标，好吧。

不过她没把心里的想法说出口，点点头："好。"

倒是周虹听这话高兴起来，她一直没开这个口，没想到他主动办了。

"什么时候请梁校长来家里吃顿便饭？"

"再说吧，我这阵子很忙……"

施桐父母已经谈论起别的事情了，陈木家里才刚刚起头。

馆子里现在不算特别忙，厨师和服务员能招呼得过来。

陈母蒋贞梅喜滋滋地说："儿子，可以啊，这进步巨大啊，谁说你不是读书的料来着？"

陈父陈忠相当高兴，给儿子夹了块大鸡腿，夸道："好样的，我等会儿就回去把两张奖状贴在咱家客厅，等你叔叔婶婶来家里了，让他们都瞧瞧，我老陈的儿子也是好样的！"

陈木咬了一大口肉，乐不可支："爸，可别了吧，进步奖有啥值得炫耀的。"

陈忠"嘿"了一声："进步奖也是奖，这还是你头一回让老爸脸上有光，想要什么奖励尽管说，我和你妈都满足你。"

陈木本来是想要一双阿迪达斯的新款运动鞋，话到嘴边改了主意："我想去青城中学读高中。"

陈忠和蒋贞梅的笑容凝固在脸上，面面相觑。

蒋贞梅还以为自己听错了："你想去哪儿读高中？儿子，再说一遍。"

陈木说："青城中学。"

陈忠爽朗大笑："行啊，青城中学好啊。"

陈木停下筷子，说："可是分数线太高了，我自己可能考不上。"

一个月前他对着余波口出狂言，虽有玩笑成分，但他真挺自信的。这次期中考试成绩一出来，他才猛然意识到，要凭自己本事考上青城中学，还差太远。

陈忠听懂了儿子的言外之意，点了点头，"宁做凤尾不做鸡头，有这个觉悟很好，我同意了。你只管好好努力，别去担心考不上这个问题，爸爸一定会想办法给你解决的。"

陈木一喜："真的？"

陈忠说："当然，爸爸答应你的事哪一次没办到？"

"看你那神气的样子，不知道的还以为多了不得呢。"蒋贞梅也笑。她转而问陈木："你不是说要去读五中，为什么突然改主意了？"

"不为什么，想跟着好学生混呗。"

"就跟你同桌的那个漂亮小姑娘？人家家长领的奖状最多，听你们李老师说，就是她帮助你学习的，好像叫施桐？"

一提起施桐，陈木立马笑着"嗯"了一声，说："她学习很厉害。"

蒋贞梅说："那你得好好感谢人家，什么时候请她来馆子里吃饭，你爸做大餐。"

陈木想了想，说："她比较害羞，肯定不来。"

"你请都不请怎么知道。"

"那我问问吧。"

陈木没睡午觉的习惯，吃完饭回家看球赛，小黑伏在他脚边，伸着舌头喘气。

一点四十分，闹钟准时响起，陈木关了电视出门。

在校门口碰上施桐，两人一起往教室走。

他问她："你周末有时间没？"

她侧过头，微微仰脸："有事吗？"

"我妈听说你帮助我搞好了成绩，她想亲自谢谢你，请你去我家馆子吃顿饭。"

施桐忙摆手说："不用。"她不好意思起来，"是你自己努力了，有付出就有收获，中考还有一个半月，继续加油。"

"肯定的。"陈木点点头，"不过说真的，我这次考这么好必须有你一半功劳，赏个脸，让我表达一下感谢之情呗。"

男孩语气半是认真半是玩笑。

考这么好？！他是不是对高分、低分没什么概念？

施桐弯起嘴角："这算什么功劳，你又不是考进了年级前十名。"

言下之意，揶揄他要求低。

陈木夸张地"啊"了一声："年级前十？这辈子是不可能了。"

施桐被逗笑："你要对自己有信心。"

"不是我不相信自己，而是自己有几斤几两，我还是很清楚的。"他顿了下，问，"你真不去我家馆子吃饭？"

施桐说："我们是同桌，帮助你是应该的。举手之劳，何足挂齿。"

这意思就是拒绝了呗。

陈木早就料到她不会答应，倒也没勉强，笑说："我只知道，滴水之恩，定当涌泉相报。"

"……"

两人说着说着就到了教室，余波远远冲他们吹声口哨，表情暧昧："哟，木哥！"

他一出声，班上不少同学的目光投过来。

施桐被这么多人看着，顿时觉得如芒在背，不由得红了脸。

余波接着来了一句："走，一起上厕所去。"

施桐："……"

陈木摆摆手："不去。"

余波走到后门来，吹了声口哨："走走走，兄弟有正事跟你说。"

陈木椅子都没坐热，无奈站起来跟着出门去。

解决完个人问题，洗手之际，余波一副严肃的表情："你决定了？真的去青城中学上高中？"

陈木斜眼看他："我爸都同意了，你说呢？"

余波手一甩："行吧，为了让你高中生活不寂寞，我也不去五中了，够不够义气？"

"据说青城中学要扩建一个新校区，怎么着啊？你爸准备投巨额赞助费给你争取一个名额？"陈木毫不留情地拆穿他。

"……"余波也不装了，想到这事就来气，"不清楚，没具体问，我也是今天中午才听他顺嘴提了一句。我成绩这么烂，也不明白他非要把我弄进去是图啥。"

陈木拍拍他肩膀，幸灾乐祸："还能图啥，为了面子呗，接受现实吧。"

余波心情倒不算糟糕："还好你抽风，要追随语文课代表的脚步，有你在不孤单，哥们心安了。"

"……"

五月一开始，天气就一天比一天热起来，气温冲破三十摄氏度，不管男生还是女生，纷纷换上清凉的夏装。

每过一天，就离中考更近一天。

除了各门文化科目，他们还得应付体育考试，有立定跳远、五十米短跑、实心球和跳绳这四个项目。

大概人无完人吧，对于施桐而言，体育绝对是拖后腿的存在。

她认栽，也看得开。尽力而为，能做到什么程度就做到什么程度，对得起自己就行了。

这天下午第一节课就是体育，湛蓝的天空中缀着一轮太阳，把整个世界照得白晃晃的，让人眼睛都睁不开。

整整四十分钟都在训练跳远和短跑，烈日下，施桐出了一身汗，尤其是额头、鼻子和手腕，湿腻腻的，很难受，下课后她去水池洗脸。

她身体前倾，把两只小手臂放到水龙头底下冲凉快了后，才捧了水轻轻往脸上泼。汗一去掉，连心情都好很多。

刚好陈木和余波也在旁边，这俩看着少女湿漉漉的粉嫩脸颊，忍不住呆了。

出水芙蓉啊。

余波起了玩心，往施桐脸上洒水。她猝不及防，眨眨眼，"呀"了一声。

陈木踹了余波一脚："发什么神经。"

三人一块上楼，这才一分钟时间，走廊上居然挤满了人。

不仅他们班级外面的走廊，楼上楼下，对面教学楼的走廊都探出一大片脑袋。

笑声阵阵，指指点点，似乎是在看什么"好戏"。

"好搞笑，十二班的傻子又开始表演了……"

施桐还没反应过来什么意思，陈木已经拨开边上的同学上前看了过去。

操场正中央，一个身穿校服、体形微胖的男孩手舞足蹈地跳着新疆舞，一会儿转圈一会儿动脖子，还呵呵地傻笑着，似乎对自己在大庭广众之下的"表演"颇为满意。

有两个男生围着他转，只见他俩手里拿着MP3，开着外放功能，不亦乐乎地逗他。

陈木骂了一句脏话，然后转身飞快跑下楼。

施桐不明所以："怎么了？"

"等会儿再说。"余波来不及解释，也跟着跑下去。

平时施桐不会关注这种"热闹"，但这次情况特殊，她留在走廊观望。

只见陈木和余波跑过去，先是和那两个使坏的男生推搡了两下，然后也不知道陈木说了什么，那两个男生径直跑走了。

最后，陈木和余波努力安抚那个不停跳舞的男生，让他停下来，拽着他离开操场。

没戏看了，同学们悻悻散去。

施桐等了一会儿，直到上课铃声响了，才回到教室。

　　陈木和余波迟到了两分钟，这节语文课，大概是由于陈木最近表现好，李老师鲜见地和颜悦色，点点头就示意他俩进教室。

　　陈木脸色很臭，眼神阴沉，看上去挺生气的。

　　施桐不清楚原因，看了眼讲台上讲得眉飞色舞的李老师，然后拿出草稿纸写了一句话，轻轻推陈木的胳膊。

　　陈木侧过脸。

　　她下巴点了点，示意他看字。

　　他垂下眼眸。

　　一行娟秀的字映入眼帘："你怎么了？"

　　陈木这才意识到自己的恶劣情绪都摆在脸上了，尝试着柔和了一下，拿起支笔回复："一点小事，没什么的。"

　　施桐看过后，知道他不愿意说，便没继续问。她收起草稿纸，目光集中在黑板上。

　　下课后陈木和余波一块从后门出去了，施桐忍不住回头看了看他俩的背影，总觉得哪里不太正常。

　　这天晚自习，两人踩着铃声一前一后走进教室，身上的衣服和鞋子都脏兮兮的。

　　当值的老师还没来，所以班里乱哄哄的。

　　他们前桌的男同学问："木哥，你和波子做啥大事了，整得一身狼狈。"

　　陈木眼睛一翻，语气慵懒："管那么多呢。"

　　男生哈哈笑。

　　他们逗了几句嘴，施桐一直盯着陈木结实的手臂，上面有一道抓痕，血迹已经干涸了。

　　她蹙起眉头，越锁越深。

　　陈木先前还没发觉，顺着她的目光看，嘴里吐了句脏话出来。

　　施桐皱鼻子："怎么弄的？"

　　他答非所问，轻扯嘴角笑道："你说我要不要请假去打针狂犬疫苗？"

　　但显然这不是狗咬的。

施桐心底叹口气，从书包里拿出湿巾给他，还有一个创可贴。

陈木愣了愣，然后接过来，小窃喜道："谢了。"

她摇摇头。

放学后余波过来冲施桐说道："语文课代表，我也要创可贴啊。"

施桐抱歉地对他说："不好意思，我没有了。"

唯一的一个，还是上星期穿新买的单鞋，为了保护脚后跟，贴剩下的。

他们一块往校门口走，余波笑得贱兮兮地说："你应该把创可贴给我，木哥皮厚，他那点小伤口根本用不着。"

施桐沉默两秒，问："你们打架了？"

陈木还来不及说话，余波便痛快地招了："十二班那俩浑蛋，居然找了三个帮手，要是单挑，绝对让他丫跪着叫爸爸。"

施桐："……"

陈木手往余波肩头重重一拍，余波大叫出声。

"没事，他们没打赢。"陈木说。

"就他们那种货色，再多来几个人也赢不了，咱木哥的流星拳可不是吹的。"余波补充。

施桐："……"

出了学校，余波和他们告别，往反方向走去。

路灯照亮夜色，走读生们乘车的乘车，步行的步行。喧闹了片刻的街道，匆匆忙忙恢复平静。

到了拐角，施桐停下来，轻轻叫他："陈木。"

陈木低头看她，昏黄的灯光下，她白皙的皮肤稍稍暗了些，更添温柔。

她的眼睛依旧清澈而明亮，里头仿佛蓄着两汪柔软的春水，并泛着宝石一样的光华。

陈木想，说不定他也是被她这双眼睛吸引了。

管他是被什么吸引了。

反正自己已经被深深迷住了。

施桐本来有话想说，犹豫再三后，她还是放弃了："明天见。"

陈木呆了一下："嗯，注意安全。"

女孩点了下头，走过拐角，纤细的身影隐没在昏暗的巷子中。

入睡前，施桐想了会儿今天发生的事。

她之前有听说过，在操场上跳舞的十二班的那个男生，名字叫周勇。他有一些轻微的自闭症。

那些同学不尊重周勇，甚至聚众嘲笑他，施桐很不喜欢他们这样的行为。

所以，那两个男生明知道，周勇一听节奏感强点的新疆歌曲，就会不分时候、不顾场合、不由自主跳起舞来，却故意搞恶作剧整他。

而陈木阻拦他们的恶劣行径，导致双方最后打了一架。

那么陈木和周勇是有什么交情吗？可是她没见他俩有过接触呀。

朋友？或者是远房亲戚？

她没理出头绪，生物钟准时催眠，不知不觉沉入梦中，第二天又是崭新的一天。

只是这风波还没完。

又过了两天，施桐回家吃了晚饭后回学校上晚自习，到了教室发现班上许多同学都往自己这儿看。

她正疑惑着，前桌两位同学转过身来："木哥被张主任叫办公室去了，他惨了，不晓得会不会被处分。"

施桐心里咯噔了下："为什么会被处分？发生什么事了？"

男同学面露古怪，挠挠后脑勺，吭哧半天，也没好意思张嘴，最终还是让自己同桌告诉她。

女同学脸色绯红："龚洪他们从陈木课桌兜里翻出一个……"

她顿住了，站起来俯身凑到施桐耳边，压低嗓音吐出三个字。

施桐年纪小，这个物品对她来说很陌生，但她知道是什么。

读幼儿园时，有次周虹带她去超市，她被那些花花绿绿的包装吸引，还以为是口香糖，天真地让周虹买，当场闹了笑话。回家后，周虹告诉她那是大人才可以用的，再后来她自然而然就明白了。

这会儿听说陈木课桌兜里有这东西，一下瞪大眼，耳根子都红了，脸颊烧起来，她不信："怎么可能？"

女同学坐了回去，斩钉截铁道："当时张主任正好来我们班巡视，看见后，脸都青了，他骂陈木小小年纪不学好，然后就把他带办公室去了。"

她还"咦"了一声："没想到陈木这么……他居然还把那种东西带来学校。"

施桐下意识反驳："也许不是他的。"

男同学开口："木哥也说不是他的，但张主任不信。"

施桐问："那你信吗？"

他摸了摸鼻子，没回答。

施桐脑子里已经转了一圈，不解道："龚洪怎么知道陈木课桌兜里有……他们又不熟，陈木没可能告诉他啊。"

男同学挠头："也是哈。"

女同学眼里有光："对了，我想起来了，别是龚洪和曹明故意报复陈木吧，上个月他俩不是被他揍了吗？"

施桐还不知道这事，一脸茫然："陈木跟他们打架了？"

"哪儿是打架啊？龚洪、曹明就嘴皮子厉害，说话贱得很，动起真格来，就只有单方面挨打咯。"

施桐问："他们为什么打架？"

女同学耸肩："不知道啊。"

这时余波走过来，一屁股坐到陈木凳子上："语文课代表，你别听他们瞎说，那玩意儿不是木哥的。"

施桐点点头："嗯，我也觉得不是。"

余波还以为自己得花费口舌解释一番，没想到她这么个反应，可以说十分惊讶了："你相信他？"

第四章
你是棉花做的吗

施桐下意识反问："不然呢？"

余波愣了下，"嘿嘿"一笑："你相信就好，否则木哥跳进黄河也洗不清了。我木哥虽然不怎么纯洁，但还不至于这么龌龊。"

施桐："……"

余波骂骂咧咧："厚颜无耻的人简直天下无敌，没想到龚洪、曹明心眼那么小。我真郁闷，学校为什么这么抠门，要是装了摄像头，啥事都摆平了。"

施桐："……"

余波继续愤愤不平："不过他俩的胆子比针眼还小，做不出这些栽赃陷害的事，我猜绝对是十二班那群人指使的，打不赢就来阴招，气死我了。"

施桐抽出一点闲心想，说人胆子比针眼小，也太夸张了。

她更多的是担心陈木："他真的会被处分吗？"

余波也很惆怅，张主任是个老古板，这事还真不好说。

他想到一个主意："哎，语文课代表，你文笔好，要不你写个请求信，就说木哥品行端正，那玩意儿绝对不是他带来的，咱们再叫上其他同学联名上书，求张主任别给他处分。"

施桐心一动："这样能行吗？"

余波心里也没底，但还是点头说道："只能试试了，咱们也没有别的办法，你负责写，我负责召集班上的同学签名。"

施桐点头："好吧。"

她没有信纸，就用作业本纸书写。

标题：关于不要处分陈木同学的请求信

内容——

尊敬的张主任：

您好，我们是09级4班的学生，我们请求您不要处分陈木同学。

…………

洋洋洒洒一大篇很快就写好了，重点夸了陈木的人品好和近段时间的突出表现，并表示大家都相信陈木。

施桐先签了自己的名字，然后余波拿着这张纸挨个去找同学签名。

走读生只上两节晚自习，第二节下课后，全班联名信还没完全搞定，陈木也没从办公室出来。

余波留了下来，利用第三节晚自习继续拜托同学签字。

陈木虽然不爱学习，另外性格痞了点，但他长得帅啊，打球又棒，人也不讨厌，班上女生缘很好，甚至不少女生还暗恋着他。

再加上他够义气，大方磊落，在男生中间更是混得开。

大家都很爽快地在请求信上写下了自己的名字。

除了龚洪和曹明，当然余波也没找他们俩。

而施桐其实也想跟着一起留下来，但她家里有妈妈定的门禁，必须准点到家。一路上，女孩内心都充满担忧，心里脑里装的全部是陈木会不会被处分。

她非常虔诚地祈祷着，希望联名信有点用，希望张主任网开一面，这事就算了。

办公室的白炽灯亮晃晃的，有两只小飞蛾在灯下飞来飞去，它们犹豫着，到底要不要扑上去。

灯光给少年帅气的脸庞添了层美白效果，他的眼睛也无比干净，坦坦荡荡，没有一丝一毫心虚。

年过半百的张主任痛心疾首，又循循善诱："陈木啊，犯错不可怕，只要你勇于承认错误，老师一定会给你改正的机会。"

"承认啥错误？我不需要什么改正机会，那东西又不是我的。"陈木站得笔直，说话语气也冲冲的。

变相的"屈打成招"吗？想把屎盆子往他脑袋上扣？不可能。

张主任气结："你……"

这都已经教育了整整两节晚自习，他硬是不承认。而四班那两个男孩子，又一口咬定就是在他课桌兜里找出来的。

老头从教大半辈子，头一次遇到这种问题，而且眼看着要中考了，真是头疼啊。

办公室外的走廊里，李老师依然从龚洪、曹明嘴里套不出任何话，不得不让他们回教室。

她又把陈木叫出来单独谈话："陈木，你跟老师说实话，那个真不是你带来的？"

陈木早就不耐烦了，甚至非常愤怒："不是，我已经说过很多遍了！"

李老师不动声色地观察着他的表情，此时的少年就像一个炮仗，一点就燃。

和班上的学生相处了快三年，哪个学生是什么样的性格，她太清楚了。

陈木其实很有分寸。除了上课爱迟到和学习成绩差，其他方面还真没给各科任课老师制造过什么麻烦，也从未捣乱影响班上其他学生学习，绝对和她心中坏学生的形象不沾边。

还有，一个人的眼睛是骗不了人的，那两个学生都不敢和她对视，其中必定有鬼。

从内心来讲，李老师是相信陈木的。

"不要激动。你说不是你的，龚洪和曹明却说确实是从你课桌兜里发现的，那你自己分析一下，究竟怎么回事？"

陈木冷冷笑了一声："我要知道怎么回事，还在这里站着干什么。"

"……"

没毛病。

第三节晚自习上到一半，陈忠和蒋贞梅从四十公里远的小镇赶回来，今天是陈木外婆的生日，他们本来计划去给老人过生日的。

陈忠的车还没停稳，蒋贞梅已经打开车门，抢先一步下车，火急火燎往教学楼奔去。

当着陈木父母的面，张主任又问了一遍。

根本就是徒劳的。少年一身傲气，再问多少遍，都是相同的答案。

蒋贞梅亲耳听见陈木否认了，大松了口气，一脸坚定地站在儿子身边："张主任，李老师，这里面是不是有什么误会？我们家陈木年纪轻轻，那绝对不可能是他的东西。"

陈忠想的却是另一方面，自己儿子一向敢做敢当，那东西如果真是他的，别说是处分了，就算是要开除学籍，这小子也敢认，哪会跟老师耗这么长的时间。

他出声道："我相信我家孩子，他说不是，就一定不是。"

张主任想，这下难了。他原本打算的是，让学生父母来施加点压力，孩子撑不住了，总会把事实都说出来。

结果一听这父母的口气，自己小孩说不是，做父母的就义无反顾地相信了。

张主任严肃道："你们不要包庇，我这也是为了你们好，孩子正处于青春期，一定要谨防他误入歧途。"

蒋贞梅心里有点不乐意了，但语气不带一丝情绪："主任您说得在理，但我们也不能随便冤枉了孩子。要真是他的，我和他爸肯定不会轻饶他。"

事情陷入僵局，正好余波敲门，拿了请求信来。

张主任看完，转手交给李老师。

还能怎么办？孩子不承认，家长又护着，这边班上同学还搞义气弄了个全班签名来。老头心底重重叹气，只能让陈忠和蒋贞梅先把人领走。

办公室里只剩下张主任和李老师。

张主任问："李老师，这事你怎么看？"

刚才当着学生和家长的面，即使有心护陈木，她也不好扫领导的面子。这会儿终于可以实话实说："陈木是调皮了些，但他不是社会上那种不良少年，我相信他。"

"你的意思是，你班上另外两个男同学撒谎了？"

"不好说。"

张主任叹口气："那……就这么算了？"

李老师笑："还能怎么办？我们不能非给孩子安个罪名吧。"

张主任摇摇头："哎，算了算了，反正也快中考了，还是先让他在最后阶段安心学习，争取考个好高中。"

李老师舒口气："张主任，你说得有道理。"

出了办公室，陈忠和蒋贞梅先去停车场，陈木和余波往教室走。

陈木对余波说："谢了。"

余波"嗨"了一声："谢啥啊？是兄弟不？"

陈木笑笑，拍了拍他肩膀。

"你要真谢，就该谢语文课代表，信是她写的。"余波不忘损他，"说起来，我咋不知道你有这么多优点啊。"

陈木心里某处突然就那么一动，他有点后悔在办公室，没伸脖子去看信上的内容，好奇地问余波："写什么了？"

两句话工夫就到教室门口了，余波吊他胃口："我记不住啊，想知道明天问她呗。"

两人走进教室，班上还在上第三节晚自习课的住宿生们齐刷刷抬头，陈木笑嘻嘻地说："谢谢了啊各位，明天请大家喝脉动吃薯片。"

有男生附和："木哥大方啊。"

有男生问："张主任怎么说的，不会被处分吧？"

陈木耸肩："还不知道。"

经过龚洪座位的时候，陈木丢了一句话："敢阴我？记住你了。"

他目光投向曹明，轻描淡写地说："你也是。"

陈木表情酷酷的，一副惹了我有你好果子吃的派头，好多女生心都跟着紧了紧。

龚洪和曹明竟然被他的气势震慑住了，没敢吭声，更别提反驳。

然后在座的同学大概清楚了怎么回事。

"陈木、余波，你俩还不赶紧回家，在这儿影响班级纪律呢？我在办公室都听见说话声了。"

李老师走了进来。

教室里的各种声音一秒消失，同学们个个都迅速低下头，假装看书。

两人拎着书包离开，下楼的时候，陈木又问："说说，信上到底写了啥？"

"真记不住了。"

"这学期的饮料我包了。"

"噢，想起来了，她夸你帅，阳光开朗，热爱运动，打篮球好，讲义气，乐于助人，最近又努力学习。"

余波每说一句，陈木的嘴角就上扬一分。

"还有没？"

"差不多得了，人家为了求情随便夸夸的，你还真以为自己这么棒啊。"

陈木无声笑了，嘴巴咧得极大。

余波相当无语。

"木哥，这事怎么搞？老子气炸了。"

陈木看了眼停车场亮着的车灯："明天说。"

"行。"

第二天，施桐到教室的时候，陈木已经来了。

明小佳坐在她的位置上，见她来了，对着陈木说了句什么就起身离开。

陈木看向施桐，眉毛眼睛一并弯起。

施桐心想，还笑得出来，那应该没事了。

陈木跟她打招呼："早啊。"

施桐从他身后挤进去，轻轻笑："早。"

他侧过身，看着她取下书包后坐到座位上："昨天晚上多谢你了。"

"不用谢。"她眼里流露出关心的情绪，"张主任不会给你处分了吧？"

陈木却答非所问，很认真地解释："那个……真不是我的。"

施桐"嗯"了一声："我相信你。"

陈木愣了愣，有一种要飞起来的感觉，咧嘴露出大白牙，怎么都合不拢。

施桐被感染，也跟着笑："没事了，对吧？"

陈木点头："没事，他们不能拿我怎么样。"

施桐："那就好。"

少年只是为了让女孩安心，随口一说。

但确实也没事了。

这天大课间结束，李老师找陈木单独谈了会儿，通知他结果，并再三嘱咐他肚量大些，不要去找龚洪和曹明麻烦，别给她惹事。

陈木没想到平时对他意见挺大的班主任居然相信自己，他被感动了，满口答应。

"真不追究了？"余波不可置信。

"嗯，出尔反尔非君子。"陈木说。

"就这么算了？平白吃个闷亏，想不开。"

"反正没掉块肉，快毕业了，给老班一个面子。"陈木分析，"还有，我想肯定是十二班那几个白痴出的主意，无非就是再揍他们一顿，他们不和我作对了，转头又去欺负周勇，这不是没完没了嘛。"

余波点头："跟我想到一块去了，行吧，算他们走狗屎运。"

下午上课前，陈木在学校对面的小卖部买了五十瓶脉动和五十包乐事薯片，和余波一起拿到教室，再次表示感谢后，分发给同学。

班上一片欢呼。

当然，没龚洪和曹明的份儿。

不教训他俩，制造点尴尬总可以吧。

陈木发完东西，正好见到施桐拧几次都没拧开瓶盖，她放弃了，把脉动放回桌上。

他不由得一乐，回座位顺手拿过来，轻轻一拧递给她："给，开了。"

施桐脸红了红，心跳加速，接过来喝了口，她想起来问他："你和周勇是朋友？"

陈木说："嗯，我们小学同桌，他就是喜欢跳舞，人很单纯的，又有点内向，不是大家说的傻子。"

施桐明白了："难怪。"

"什么？"

"没什么。"

她心里又给陈木加了两个优点：仗义、善良。

离中考的日子越来越近，初三教室外的走廊上只有稀稀落落几个学生，偶尔两三人经过，也是疾步奔往厕所。

整个年级弥漫着无言的压力，在这压力中，人手一本、全班传阅的同学录，便是唯一的一点乐趣了。

施桐收了厚厚一摞同学录，有些发愁，不知道啥时候才能写完。

忽然前桌递了本签名册给她，表情暧昧。施桐垂眼一看，自己和陈木的名字并排挨着签在一块儿，还画了个心形将两个名字框起来。

施桐心脏狠狠一缩，整张脸发烫。签名册全班人人转手一次，不知道是谁的恶作剧。

她扭头看了陈木一眼，飞快收起来。

心想，他应该没注意到吧。

这件事很快淹没在如期而至的中考当中，考试一科一科到来，又一科一科结束。

考完后，大家统一在学校计算机教室填志愿，施桐惊讶地发现，陈木和她填的学校一模一样。

第一志愿、第二志愿、第三志愿，全是青城中学。

他疯了吧？

她虽然夸他进步大，但他的成绩也没有提高到可以被青城中学录取的地步啊。

"陈木。"

女孩的声音在耳边响起，陈木侧过头。

她的目光从他面前那台电脑屏幕上收回来："你好好填，别全写一样的。"

陈木愣了一愣，旋即笑起来，去看她的，说："你也全一样啊。"

施桐："……"

她心说，我俩能一样吗？

陈木不逗她了："放心吧，咱们开学后学校见。"

到了高中就只能是校友了，他还是有自知之明的，同班同学是不可能的了。

"你考得很好？"

"还行。"

"能上六百五吗？"

青城中学去年录取分数线就是六百五十分。

陈木："应该可以吧。"

总分七百五十，陈木预估了一下，总共应该不至于扣掉一百分。

他的体育成绩是满分，政治、历史、地理三科开卷考试，百分之九十九的题都能在书上找到正确答案，而今年的语数英和理化生考得非常简单，他这学期付出了极大的努力专攻基础题，因此绝大部分都会做，他超常发挥，自我感觉很不错。

"就算差几分，也许青城中学负责招生的老师看我三个志愿都写的是他们学校，被我十足的诚意打动，说不定就把我录了。"陈木开玩笑。

"……"施桐建议，"你可以把第二志愿改成实验中学，实验中学也挺好的。"

陈木瞧出她的担忧，肯定地说："你就相信我吧。"

还因为陈忠打包票许下承诺，他一定会顺利进入青城中学。

只是如果最后是走捷径去重点学校读书的话怎么想都不光彩，再者陈木还打算给施桐个惊喜，就没跟她说。

这会儿她看见了，瞒着就没意思了。

陈木说："我爸放了话，他砸锅卖铁、求爷爷告奶奶都要让我去青城中学读高中。他觉得青城中学师资力量比别的学校好，我最近表现不错，还可以挽救一下。他还说青城的好学生全部在那儿，让我多跟榜样们待一块，以后也不至于无可救药。"

明明是他自己想去，这会儿说得一套一套的，全推到他爹头上。

施桐听得乐了，忍不住夸道："你挺好的。其实你很聪明，认真学的话，进步比谁都快。"

"你真这么想？"

"嗯，所以你要继续努力。"

"好啊。"

填完志愿，初中生活就算翻篇了。

现在施桐终于不用做试题了，在电脑上看了部电影，洗漱完毕，回到卧室准备睡觉。一进卧室，她就瞥见书桌上的粉色硬壳子包着的同学录。

差点忘了，同学录收回来后还没来得及看。

施桐没什么睡意，走过去翻开消磨时间。

正面填了姓名、电话等基本信息，偶像那一栏，女生们大多都填的吴彦祖、周杰伦，男生们则填的科比、贝克汉姆。

反面的留言页，有的密密麻麻写满了，有的用大字号占了两三行，都是些赞美和祝福的话。

只有陈木写得最简单，一个问句："施桐，你是棉花做的吗？"

加上标点符号，总共才十一个字。

可不知怎的，她脑海里不由自主浮现出少年眉眼上挑、神情慵懒的样子，又帅又痞。

施桐蓦地红了脸，她阅读理解向来很好，一点不难翻译。

棉花的特点是什么？

白，软。

他夸人的方式真别致，施桐轻轻笑出声来。

下一页是余波写的，他的留言也让她笑了。

"美丽的语文课代表，我有一个秘密想告诉你……"

然后就没了。

所以呢？是什么秘密？

施桐摇摇头，写个同学录也能搞怪。

隔了几天领录取通知书，施桐考了七百三十七分，毫不意外地被青城中学录取了。

陈木运气特别好，今年最低录取分数线六百六十六分，他刚刚好就考了六百六十六分，一分不多，一分不少。

余波比出数字"6"的手势："六六六，木哥你确实创造了奇迹，让我不得不刮目相看。"

施桐问余波："你读哪一所高中呢？"

余波挤眉弄眼："到时你就知道了。"

陈木偏偏不让他故作神秘："他和我们一个学校，开学的时候直接去办理入学手续。"

中午仨人一块吃饭，陈木拿张字条递给施桐，上面写着一串号码。

他说："我爸给我买了手机，你有事找我打这个号码。"

施桐点点头，放进书包内层。

陈木又说："你回家登下 QQ，我加你了，你还没同意我的申请。"

余波在旁边说："还有我，我网名叫小李飞刀。"

施桐暗自吐槽，怎么不叫李寻欢呢？嘴上却说："好。"

因为知道高中也读一个学校，所以他们都没什么分别的伤感，吃完饭就各自回家了。

施桐回到家第一件事就是上 QQ，提示音嘀嘀响，右下角的喇叭符号跳个不停。

　　加她好友的人当然不止陈木和余波，还有班上一些平时都没说过几句话的同学。

　　应该是她在同学录留下 QQ 号后加的。

　　她全部点了同意。

　　陈木用了柯南的图片当头像，他也在线，问她："你暑假有什么安排？"

　　施桐回复："我妈给我报了舞蹈班。"

　　"你喜欢跳舞啊？"

　　"也谈不上喜欢，就是培养一个兴趣特长。你呢？"

　　"我没什么安排，就打打球，打打游戏，然后去我外婆家小住半个月。"

　　"哪儿？"

　　"合镇。"

　　"我知道，那儿的柚子挺有名。"

　　"熟了给你带啊，我外婆家超多，很好吃。"

　　…………

　　陈木去外婆家的时候，施桐跟着她爸飞到泰国游玩去了。

　　施云涛单位组织旅游，家里有小孩的同事，都自己出钱把小孩带出去看世界。

　　七天六夜的旅程，对于施桐来说一切都好新鲜，她玩得十分开心。

　　而陈木连续一周没收到施桐的 QQ 消息回复，过得极不是滋味。

　　所以他每天时时刻刻关注着她的头像，当它终于亮起时，他立刻发了条消息过去。

　　"你终于上线了。"

　　这次很快收到回复："不好意思，我前几天不在家。"

　　她一解释，陈木心情瞬间变好，问："出去玩了？"

　　施桐回："嗯。"

　　"你去哪儿了？好玩吗？"

"泰国，挺好玩的。"

陈木嘴角上扬："哇！好羡慕，我要看照片。"

施桐发了个笑脸过来："你等一会儿。"

"好。"

施桐走出书房："爸，你把相片拷到电脑上了没？"

"就在电脑桌面上，名字是'泰国'的那个文件夹。"

她"哦"了一声，去挑了几张有当地特色的发送给陈木。

他还挺不满意："没你啊？"

接着又是一句："我想看你。"

施桐盯着这几个字，心脏一紧。

过了很久，陈木才收到一张有她背影的照片。

碧天白云下，蓝色大海边，泛着银白色光的沙滩上，女孩光着脚，藕粉色的长裙随风飘扬。

只是一抹背影，陈木保存下来，却看了又看。

为什么连她的背影都这么美？

他突然涌上一股强烈的愿望，要是明天开学就好了，好想见到她啊。

终于熬到八月三十一日，高中生活正式拉开帷幕。

从家里到学校需要乘十五分钟公交车，因为今天是开学第一天，施云涛开车送施桐去学校报到。

青城中学已经有百年的悠久历史，校园绿树成荫，建筑古色古香，书香气息浓郁。

大门进去，映入眼帘的是一幢新建的教学楼，楼体正中竖排着几个烫金大字——青城中学。

恢宏大气。

施桐很快在公示栏找到自己的名字，她果然进了飞机班。报名交费后，施云涛带她去校长办公室。

没想到余波正坐在沙发上，两人都是一愣。

施桐礼貌地叫道："梁叔叔好。"

戴着眼镜的中年男人笑眯眯地说："桐桐可以啊，这次语文考了咱们全青城第一名。"

余波下意识"哇"了一声："牛……"

下面的话没说出口，就挨了旁边他爸一记栗暴："闭嘴吧，不说话没人把你当哑巴。"

施桐忍住没笑，轻轻抿了抿嘴唇。

余波父亲说："梁校长，那我就带这小子去十七班报到了。"

"去吧，我已经跟班主任打过招呼了。"

余波站起来："语文课代表，过会儿见啊。"

施桐"嗯"了一声。

余波和他爸走后，梁校长问："桐桐和那个男同学认识？"

施桐说："我们初中一个班的。"

梁校长又问："听说挺调皮？"

施桐说："他比较活泼。"

梁校长笑。

施云涛问："看你头疼的样子，是个烫手山芋？"

梁校长叹口气，说："你应该懂，我也实在是没办法……"

施云涛安慰他："放宽心，只要不给你闯祸惹事，就不要紧。"

"但愿吧……对了，桐桐，我让你作为今年的新生代表发言，怎么没答应？"

施云涛看了眼女儿："这孩子胆子小，她不愿意上台，怕搞砸了。"

梁校长也看她："这可不行啊，以后梁叔叔多给你锻炼的机会。"

施桐："……"

她心想，可以不要这种机会吗？

梁校长工作忙，只聊了片刻工夫。告辞的时候，两个中年男人约了改天有空一起喝酒。

大人们的改天不知道改的是哪天，有空也不知道空的是哪时。

不像他们小孩,今天、明天、后天,或者下个周末,一定会说好准确日期。

哪怕就是"过会儿",也真的只是过一会儿。

余波靠在校长办公室门外的墙上,见到施桐出来,忙站直身体,说:"语文课代表。"

施桐讶异:"你在这儿干吗呢?"

"我在等你啊。"余波说。

施云涛要赶回报社,给施桐留了两百块钱就先走了。

"他就是你爸啊?"

"怎么了?"

"果然一看就是文化人。"

"……"

余波好奇:"校长是你家亲戚吗?"

施桐解释:"不是,他和我爸是高中同学,关系挺好的。"

余波"哦"了一声,正准备说什么时,兜里传出电话铃声,他一边摸手机一边说:"肯定是木哥。"

施桐莫名有点紧张。

余波摸出手机,得意地笑:"嘿!我说什么来着,真是他。"

他接通:"哎,嗯,等着等着,我们马上来。"

陈木也被分到了十七班,他已经办完所有报到手续了。

到教室后,余波走到讲台处找老师报到。

陈木和施桐看着彼此,心里都冒出相同的想法——

他(她)长高了?

不是错觉。

事实上,两人暑假里个子都拔高了不少。

陈木比施桐多冒出一个想法——

啊,终于见到她了!

第五章
我们的高中时代

施桐今天穿得很淑女，像个公主。

一条奶白色的复古连衣裙，纤细优美的脖颈处立了一圈蕾丝花边，荷花裙摆微微荡漾着，和她头上的蝴蝶结发带一样，像要飞起来。

陈木从来没见她这么穿过，太好看了。

他盯着她移不开视线，漆黑的眼睛里燃烧火焰。

当然不止陈木，教室里已经有好几个男孩子在注视着施桐。青春期的少年们，总是容易被长得漂亮的女同学吸引。

陈木察觉到了，莫名地有一种被侵犯的感觉，他不动声色用自己的身体隔绝这些目光。

他说："我在公示栏看见你名字了，你果然被分到了最好的班。"

施桐笑："你和余波又成了同班同学，真羡慕啊。"

陈木看着她纯净的笑容直犯傻："羡慕什么？"

施桐说："你和余波一个班啊。"

这有什么好羡慕的？他一点没感觉。

突然，陈木灵光一闪，他想到一个好主意，跟施桐约饭："以后我们可以每天一起吃晚饭。"

青城中学离家远了很多，下午放学到上晚自习只有一个小时的时间，回家挺不方便。

施桐笑着应道："好啊。"

陈木笑了起来："那就这么说定了。"

"嗯。"

余波凑过来插上一句："你俩说定什么了？"

施桐见陈木没有回答的意思，只好自己来说："我要加入你们的小团体了。"

余波立马表示欢迎："荣幸之至啊。"

他朝陈木挤眉弄眼，然而被无情无视了。

报到后住校生要忙宿舍的事，他们走读生可以回家，下午两点准时到教室集合。

余波建议："都别回家吃午饭了，我们中午下馆子去吧，庆祝我们仨再次成为校友。"

陈木看向施桐征求她的意见，她想了两秒，点头道："好，但是我要给我妈打个电话……"

话还没说完，陈木已经从裤子口袋里掏出手机递给她。

施桐说："谢谢。"

等她打完电话，余波问："语文课代表，你怎么不让你爸给你买个手机呀？"

"我不需要啊，每天都可以回家。"施桐解释说，"你能不能别叫我语文课代表了？好奇怪啊。"

余波笑嘻嘻地说："不奇怪不奇怪，我敢打赌你高中还会成为你们班语文课代表的。"

施桐："……"

陈木淡淡瞥了余波一眼，充满了警告意味。

余波改口："好好好，不叫了。不过说真的，现在谁读高中不用手机啊，同学有事找你多不方便。"

"可以打我家里的座机。"

"万一你没在家呢？"

施桐正想说一般不会有同学在节假日找她，但她发现陈木一直看着自己，忽然想起暑假去泰国玩没有及时回复他 QQ 消息的事情，于是她说："那我回家跟我爸申请买一个吧。"

陈木适时开口："你选好了把电话号码发给我。"

余波跟着说："还有我，我也要。"

施桐笑笑："好。"

三人一起走在校园里面，俊男美女的组合很吸睛，回头率百分之百。

余波一边走一边四处瞎看，忽然他眼睛亮了："有美女，木哥。"

陈木懒得理他，倒是施桐顺着他视线看去，只见一个穿着衬衣搭配短裤的女孩，身材特别好，两条腿又白又直。

也许是余波声音太大，前面女孩回头，又迅速转回去。

余波表情很僵硬，脱口而出："背影杀手，长一脸斑，可惜了。"

施桐皱皱眉，没忍住说："我觉得挺好看的，你不要这么随意评价女生，太不尊重人了。"

余波也没有恶意，他们男生都喜欢这么开玩笑。

当然，要排除掉陈木。

在施桐之前，他从来没有把目光放在哪个女生身上过，也从来不屑参与他们对女生的点评。

以往他都一只耳朵进一只耳朵出地听着，但刚才施桐说话后，余波觉得自己又收到他警告的目光了，赶忙端正态度："Sorry，我无心的，以后注意。"

施桐眉头松开。

三人就在学校外的江湖菜馆吃了午饭，吃完了结账时，施桐坚持要AA，陈木无奈妥协。

时间还早，两个男孩陪她去文具店逛了一圈，又去奶茶店坐了半个小时，才回学校。

报到过后迎来了整整一个星期的入学军训。军训太艰苦，恰好遇到秋老虎，施桐简直身心俱疲，而且皮肤还被晒伤了。

这场所谓的高中生见面礼，简直是要命啊！

好在一周的时间不算长，应付完最后的阅兵仪式，一切终于结束。

新班级排座位，她的新同桌是个瘦瘦高高的女生，留着短发，脸特别小，目光沉静，看上去冷冷淡淡的。

施桐对她的第一印象是，有点傲。

正这么想着，同学突然侧过头笑着做自我介绍："你好，我叫冉薇。"

施桐看得一怔。

女孩笑起来眼里有光，那份冷淡瞬间便消散了。

她也笑着应答："你好，我叫施桐。"

和女孩子做同桌，施桐很满意，以前小学、初中都是和男生一块坐，以至于她都没有要好的女生朋友。

和余波断言的一样，施桐直接被班主任钦点为语文课代表。她语文考了全青城第一名，当个语文课代表也是理所当然。

这让她又成为全班的关注点，施桐很不自在。幸好班上都是尖子生，数学第一和英语第一也全部在这儿，她这个语文第一并不是很稀奇。

所以相比于她的成绩，同学们更关注的是她的长相，尤其是男同学。

飞机班一共五十二个人，女同学只有二十个，其中长得漂亮的两个居然成了同桌，自然这对同桌也成了大家注目的焦点。

这天下午放学，冉薇约施桐吃晚饭。

施桐说："我和我初中同学约好了一块吃，你要是不介意的话，我们一起吧。"

第一个星期军训，别说晚饭了，午饭都没能回家吃，全班统一列队到学校食堂用餐。

陈木怕施桐忘了晚饭之约，刚才特意发短信告知，他在教学楼外面等她。

施桐跟家里说了想要部手机后，施云涛第二天就给她买了一部。

冉薇问："男的女的？哪个班的？"

施桐："十七班，男的。"

冉薇对十七班略有耳闻，班上大部分都是成绩不好的学生，至于怎么被青城中学录取了，大家都心照不宣。

她转身问后桌的人："我们和桐桐一起吗？"

女生关系好起来就是快，才一天同桌，对彼此的称呼就变得如此亲昵。

男生笑着拒绝："不认识，算了吧。"

不一起吃饭，但可以一起出去。

冉薇看见陈木的时候，低声告诉施桐："前面有帅哥哎，看上去有点痞。"

一句"帅哥"引来了旁边人的不满："有我帅吗？"

冉薇说："你们不是一个类型……"

帅哥朝他们露出笑容，那股痞劲儿一下就没了，变成阳光少年。

冉薇重新下结论："不相上下吧。"

许乐亦不以为然地哼了哼。

然而冉薇并没有在意，她恍然大悟道："他就是你同学？"

施桐点点头："嗯，他旁边那个也是。"

冉薇说："后悔了，我要和你们一起吃饭。"

施桐"好啊"还没说出口。

许乐亦就比了个"拜拜"的手势，拽着冉薇走了。

施桐不由得笑了笑。

太阳底下军训了一周，陈木和余波都黑了不少，不过施桐觉得，这并不影响他们的颜值。

她才是真的惨，由于皮肤太嫩，轻易就被晒得发红发痒。

说起这个，还要多亏陈木及时察觉，给她带了一瓶芦荟胶来，涂上后脸上的肌肤得以修复，这两天开始脱皮了。

她笑着走近他们。

余波问："你们班第一天正式上课就拖堂啊？"

施桐耸肩，歉意地说："不好意思，让你俩久等了，老师题没讲完，就占用了课间两分钟。"

陈木看着她："没事，又不急。"

吃晚饭的时候，余波告诉施桐一个秘密："有女生给木哥写情书了。"

施桐望向陈木，清澈的眼睛里染上八卦之光。

陈木说："我没有收。"

余波不怀好意："其实那个女生长得挺洋气的，有点像混血儿，眼睛大，鼻子高，腿特长。"

施桐把嘴里的米饭咽下："那肯定很漂亮了。"

余波说："挺漂亮的，对吧，木哥？"

陈木在桌下踢了余波一脚，脸上淡淡地说："还好。"

余波咂嘴："木哥就是眼光高。"他决定助攻一回，"我们语文课代表这样的，你觉得漂亮不？"

施桐半分钟后才反应过来他口中的语文课代表是自己，不是都说了不要这么叫？！

她和陈木同时出声。

"别开……"

"漂亮。"

施桐清楚地感觉到自己脸庞的温度正在不断攀升，越来越烫。

她索性低下头，专心吃饭。

余波得逞，笑意加大："我们语文课代表这种长相，传统美人，那是相当漂亮了。"

陈木十分诚恳地"嗯"了一声。

施桐："……"

她心底是高兴的。

这个年纪，被男孩子夸漂亮，谁不开心呢？

回到教室后施桐又收到陈木的短信："下晚自习一起坐车啊。"

他们同一条路线，都坐 107 路公交车。

施桐想也不想，直接回复一个"好"字。

陈木盯着这个"好"字，挑着眉，低低笑出声。

余波凑过来，往屏幕上瞧。

陈木推开他的脸："看什么看。"

"哟！和语文课代表发短信呢——"余波拉长声音。

陈木低头打字："放学后我来找你。"

还没发出去，反倒先收到一条短信。

不过不是施桐发来的。

余波看见了挤眉弄眼，把手搭在他肩上："可以啊木哥，行情不错。"

陈木扫了一眼，没细看，直接删除。

他拍开余波的手："你把我的号码抖出去，我还没找你算账呢。"

余波脸皮厚："娇滴滴的女生在你面前撒娇，求你帮忙，你能忍心拒绝？"

陈木嗤笑了一声："出息。"

余波："我又不是你。"

陈木："没意思。"

余波碰了碰他手臂："知道，你就只觉得语文课代表有意思。"

陈木想起施桐，想起她脸红的样子，想起她的粉红背影和白色裙摆，又笑了。

余波真想让他照照镜子："瞧你笑得春心荡漾的样子。"

陈木摸了把脸，春心荡漾吗？

他笑意愈浓。

第二节晚自习下课铃一响，陈木从课桌兜里抽出书包，单肩挂着，抬腿就走。

余波追上来："木哥一起啊。"

陈木头也不回："不顺路。"

出了教室，他转身奔往飞机班方向。

余波明白了，笑骂道："什么玩意儿，敢不敢不重色轻友？"

"不敢啊。"

"得，那哥们先撤了，拜拜。"

陈木背对着他挥了挥手。

不同于其他班鱼贯而出的状况，飞机班前后俩门都紧闭着。

陈木躬身低头，透过门上的一块方形小玻璃，看见讲台上老师拿着三角尺比画。

他目光一转去找施桐，但是没看着，她的座位不在他狭窄的视线范围内。

陈木放弃了，懒洋洋靠在门边，等她下课。

忽然有人跟他打招呼："陈木，你在这儿干吗呢？"

是明小佳，她左右两边各有一个女生，皆露出好奇的目光。

陈木回："等人啊。"

明小佳笑着："谁啊？刘映晖？你俩什么时候好到一起上下学了？"

刘映晖是他们初中同学，跟施桐一样的尖子生，两耳不闻窗外事、一心只读圣贤书那种。

陈木说："不是，我等施桐。"

明小佳脸上的笑容僵了僵，转瞬即逝，嘴角依然飞扬："好吧，那我先走了。"

"嗯。"

两分钟后，走廊变得空旷，偶尔路过的女生，都会不自觉看他一眼。

陈木却十分不自知，无聊地盯着对面班级门牌，直到旁边教室门打开，一身粉笔灰的老师从他身边经过，紧接着才有学生从里面出来。

于是他站了进去，一看她果然位置隐蔽，小小一只挨着墙，他笑了。

门边第一排的女生看到帅哥愣了愣，问："你找谁？"

陈木没回答她，下巴往后一抬。

女生转过头，正好看到施桐对着帅哥露出笑容。

赏心悦目啊。

施桐跟冉薇说了"拜拜"后就走向陈木："又害你等。"

陈木说："我也没怎么等啊，就一会儿。"

施桐还是不好意思："要是我们班以后经常拖堂的话，你就别等我了。"

陈木垂下眼睛，嗓音沉沉："你不想和我一起回家？"

她慌忙摇头："我不是这个意思……我怕耽搁你时间。"

陈木便笑了："不差这一会儿。"他转了话题，"刘映晖跟你一个班？"

"嗯，怎么了？"

"我就问问，咱们初中有几个进了飞机班？"

"七个，还有五个是其他班的。"

"这么多……"

两人一边聊天一边走出学校，到了站台，107路公交车正好缓缓驶来。这会儿学生已经少了许多，他们上去还有座位，两个人挨着坐下。

到了车上，施桐不说话了，静静地看向窗外。

玻璃映出来的一张脸，眼睛更亮，皮肤更白，嘴唇更红。

陈木看得怔住了。

日子就这么一天又一天地过着，施桐没有发觉，她成了陈木身边出现次数最多的女生。

有时十七班的人见到他们在一块儿，都会露出暧昧的笑容，调皮的更是吹起口哨。

和陈木、余波混得熟的那几个男生开玩笑："木哥不得了，女朋友长得漂亮就算了，居然还是个大学霸。"

这话听着受用，不过陈木还是决定维护施桐的名声："别乱说啊，不是女朋友。"

余波笑哈哈："纠正一下，是女性朋友。"

"明白了，木哥还没拿下妹子。"

"早晚的事，还有木哥拿不下的妹子？"

"扎心了……"

…………

很快就到了月底，放假这天下午，施桐班上只上两节英语课。

英语老师烫着一头大波浪，很是时髦，她不像其他科老师那么古板，更注重开放式教育。

老师没讲正课，用投影仪播放英文原声且无中文字幕的电影给学生看。

今天是个阴天，外面天色灰蒙蒙的。拉上窗帘、熄灯关门后，教室立马暗下来，氛围特好。

放的是《哈利·波特》第一部，大多数同学都看得津津有味。

施桐兴趣不大，她已经看过了，脑子想着一会儿同学聚会的事情。

初中班长脑子一热组织的。她妈妈听了还觉得好笑，调侃现在的小孩想法多，这才毕业多久聚什么会。

施桐盯着投影仪上的画面出神，旁边冉薇把书往课桌上一摔，"啪"的一声，施桐被吓了一跳。

施桐侧头，用眼神询问："怎么了？"

冉薇耸肩，眼睛往身后瞥。

施桐凑过去，好一会儿，她听清楚了。许乐亦在后面哼唱着歌，声音很低很小，《爱转角》的旋律。

冉薇身体靠后，回头压低声音警告："许乐亦，你烦不烦，别影响我看电影。"

男生气定神闲："你已经看过三遍了。"

他又接着哼，冉薇黑脸，毫不客气："难听得要死。"

许乐亦轻轻笑出声，趴在课桌上："爱转角以后的街，能不能……"

冉薇双手捂着耳朵气得直摇头，施桐挤眉弄眼笑起来。

青春啊，是谁暗暗萌生出别样的小心思呢？

电影画面放到赫敏念了悬浮咒，白羽毛慢慢飘起来，罗恩目瞪口呆。

陈木发来消息："一会儿放学我和余波在校门口等你。"

施桐看时间，还有半小时放学，她低头回复："好。"

他又发过来："你不用着急，我们正好也有点事。"

施桐问："什么事？"

陈木："好好上课，别玩手机了。"

施桐："……"

大家都一样，他怎么理直气壮的口吻，好意思？

施桐忍不住翘嘴角。

冉薇瞧着她，一语中的："春心荡漾。"

施桐脸颊发热，烧起来："什么呀。"

冉薇笑而不语。

下课后电影没看完，英语老师关掉画面，表示以后再找时间继续。

许乐亦把早就准备好的书包往肩上一挂："走了。"

冉薇不慌不忙："急什么急。"

施桐也跟他们一起，冉薇觉得奇怪："你们不是搞同学聚会吗，陈木不去啊？"

"去啊，他在校门口等我。"

"啧啧。"

走出学校，和冉薇分别后，施桐正准备给陈木打电话，就听见他用那颇具磁性的嗓音叫自己的名字。

施桐心脏突突了两下，抬起头，她眼睛亮了。

陈木身上穿着黑色 T 恤和牛仔裤，两条腿又直又长。

他几步走过来，眼含笑意："你走路都不看人？"

施桐笑笑，有点羞赧。

余波晃过来："我等凡人哪能入语文课代表的眼。"

相处得久了，她已经习惯他的玩笑话，问："你们事情办好没？"

陈木心情愉悦，说："好了。"

施桐好奇："你还没告诉我是什么事。"

余波抢先开口："不可说，不可说，是女孩子不能知道的事。"

陈木笑，并不拆穿。

也没什么，余波想追隔壁班班花，刚堵了人告白，被拒绝了丢脸呗。他倒不伤心，天下美女千千万，这个不行那就换。

施桐撇撇嘴，小声地挤出来一个字："嘁。"

班长提前订好了火锅店，离青城中学不远，坐公交车只有两站路。

五点半集合，这会儿还早，他们决定溜达着过去打发时间。一路说说笑笑很快就到了，走进店一看，靠窗那几桌坐满熟面孔，能来的都来了。

大家看着这仨，目光别有深意。

班长安排好了，男生人多三桌，女生两桌，方便喝酒聊天。给他们留了座位，施桐刚坐下就听见笑声："难怪你不和我们一道，原来有情况。"

初中同学考上青城中学的不少，虽然没在一个班，但大家私下约好一起出发。

陈木提前和她说，让她拒绝。

施桐笑笑，抽了张纸巾擦桌面，只当没听见。

旁边明小佳挑眉笑："一个个啥眼神，就不能纯洁点？"

有女生"嘁"了一声："咱班谁不知道施桐和陈木好上了。"

施桐手一顿，抬眼："我们没有。"

明小佳淡淡地说："我就不知道。"

女生不信："真没有？"

施桐摇头："真的没有，谁说我们……好了？"

女生手一指，被指的是余波曾经的同桌。

那个女生连忙说："当时写同学录的时候，我亲眼看见陈木在余波的签名册上把自己名字挨着你的，还画了个心形，我以为……"

施桐心下恍然大悟：原来是陈木干的。

她下意识朝他那桌看去，他正笑着和身边同学说话。

似乎有所感应，陈木忽然把目光投过来。

两人视线相撞，施桐赶紧扭回头，耳朵发烫。

陈木不由得笑了下，她躲什么。

一人问："陈木，看什么呢？"

一人答："看施桐呗。"

陈木回神，抄着手："看穿不说穿，不懂？"

男生们哄笑："懂懂懂，木哥可以啊。"

陈木心想，当然可以。

他看的就是施桐，她好看，他爱看。

谁管得着？

因为同学录签名画心形图案事件，施桐吃得心不在焉。

她本来都忘了这事，忽然被人摆到桌面上说起，难免觉得窘迫。

那心形竟然出自陈木之手？

他是什么意思呢？

一个恶作剧？

或者，他……

某个念头生出来，施桐心跳加速，脸庞仿佛锅里的菜，被蒸得熟透了。

她坐的位置正好被风吹过来缭绕白烟，遮住了此时神情。

这顿饭吃了两个小时，散场后天色已然黑透了，整座城市被昏黄的灯光包围，显得无比温情。

107 路公交车没有空位，陈木和施桐拉着扶手站在一起，边上还有几个顺路的同学。

其中有个男同学，盯着施桐问："语文课代表，你怎么和木哥玩到一块了啊？"

施桐听得一愣，一脸的不知所措。

男生接着说："我说你们乖乖女是不是都容易被坏学生吸引？"

他声音响亮，车厢里的大人都看了过来，各种各样的目光，难以用言语形容。

施桐只觉得尴尬，她假装没听见，不接这话。

陈木低头，女孩耳朵上的粉红色已经蔓延到颈间，他的心格外柔软，侧头警告那男生："不要乱开玩笑啊。"

旁边的车窗突然被推开，凉爽的夜风吹进来，男同学清醒了些，哈哈一笑，闭上嘴巴。

月假这两天，施桐总想着签名画心形的事，心情说不清道不明。她差点给陈木发 QQ 消息询问答案，最后理智战胜了冲动。

星期一回到学校，第一次月考的成绩出来了，施桐年级第七名。

这次月考她还写出一篇满分作文，被语文老师推荐进入校文学社。

施桐本来没兴趣，但是老师拿提高写作能力的理由强烈建议她参加，她无法拒绝。

这天下午放学后，施桐照着字条上的号码拨出电话，那边许久才接，一道温和的男声："喂？"

施桐问："请问是许微生学长吗？我叫施桐，孙老师让我联系你的。"

那边声音带笑："是你呀，孙老师已经和我打过招呼了，你现在有时间吗？"

施桐莫名松了口气："有。"

"那你来一趟，二教学楼负一楼 03 教室，我等你。"

"我需要带什么吗？"

"不用……哎，还是把这次月考的语文作文带上吧。"

"好。"

挂断电话，施桐翻出语文试卷，揣进校服兜里。

冉薇敲她课桌，神情疑惑："这是要干吗？当宝贝收藏呢？"

施桐笑笑："是呀。"

冉薇："……"

施桐先和陈木、余波碰面："等会儿不和你们一起吃饭了，我有点事。"

陈木问："什么事？"

施桐告诉他："语文老师让我参加文学社，我去报个到。"

余波说："文学社，这么高级？语文课代表厉害啊。"

施桐："……"

陈木说："吃完饭再去呗。"

施桐："不行，刚打电话约好了。"

陈木："那我帮你带份饭。"

施桐摇头："不用了，校卫队查得好严。"

按照青城中学校规，不能从外面带吃的进学校。每天下午放学，都有戴着红袖章的同学守在校门口检查。

上个星期，一个女生带了杯奶茶都被拦下了，让人要么喝完了才进去，要么就扔了，一点情面都不留。

"不怕，没事。"

"那也好麻烦的，等会儿我去小卖部吃泡面就好了。"

陈木不同意："不麻烦，我给你买饭，就这么说定了，你去吧。"

余波说："就是，一点都不麻烦，吃泡面容易发育不良哦……"

陈木没让余波说完，直接踢了他一脚。

第六章
你的青春里有我

两人走后，施桐才去找许微生。

二教学楼就在隔壁一栋，施桐穿过相连的走廊，到负一层，03 室的正门上贴了张 A4 纸，上面印着"文学社"三个大字。

门开着，她从外面望进去，教室里只有一个男生。

他低着头，看不见脸。

施桐敲了三下门，男生抬起头，直直望过来。

施桐脑子里不由自主蹦出一个字——帅。

是她在现实生活中见过最帅的男生，看上去很有味道。

当然，陈木也很帅。

但和这个男生比起来，好像差了一点点。

只是一点点而已。

不过，为什么她觉得他有些眼熟？

男生开口，尾音上扬："施桐？"

和电话里的声音差别不大，施桐点头："你是许微生学长？"

他点头微笑："嗯，这么快就来了，进来坐。"

施桐走进去，在他对面坐下。

许微生看着她："经常听孙老师说起你，高一的才女，中考语文考了全青城第一名，作文写得特别棒。"

施桐听得脸红了："太夸张了，我没那么厉害。"

许微生见她不好意思了，换个话题："欢迎加入文学社，不过现在其他社员都不在，周五开周会介绍你们认识。"

施桐"嗯"了一声。

"月考的作文带来了没？"

她从兜里把语文试卷拿出来，展开，放到他面前。

他仔仔细细看了一遍，说："你这篇作文被孙老师当范文在我们班上念过，要是她不说，我完全不相信高一的女生能写出这样精彩的作文。"

施桐笑了笑："谢谢。"

"我想把它刊登到校报，你觉得怎么样？"

施桐惊诧："校报？"

他放下试卷："不行？"

她连忙摇头："可以的。"

然后一阵沉默。

许微生似笑非笑地盯着她："你不知道校报是我们文学社负责的？"

她实话实说："不知道。"

当时语文老师没提这茬。

许微生告诉她："我们文学社的主要任务就是做校报，一个月出两刊，以后你主要负责专题和征文版的内容。"

他随手拿了几份报纸给她："你拿回去看看，熟悉一下。"

施桐有点紧张："我没写过校报文章，不知道……"

只是没做过，心里没底，她爸就是专业干这行的，耳濡目染，她肯定不会差。

他认真地看着她，鼓励道："放心，你没问题的，我相信你。"

他顿了顿，说："你是不是还没吃晚饭？我也没吃，咱俩一起去吃。"

施桐歉意地拒绝了。

许微生没有勉强，再次嘱咐："星期五下午放学开周会，五点半准时开始，别忘了。"

"好。"

施桐回教室没多久，陈木就来了。

她惊讶地说："这么快？"

陈木手一抬，他拎了两份饭。怕她饿肚子，他把自己那份也打包回学校吃。

施桐问："校卫队的人没拦你？"

陈木笑："有熟人。"

"……"

教室里不能用餐，两人决定到楼顶天台去吃，并排爬楼梯，施桐问："余波呢？"

"他就在外面吃。"陈木问，"你们语文老师让你参加文学社干吗？"

"提高写作能力。"

到了天台，陈木取出盒饭，揭开盖子递给她："专门安排你去写八百字作文？"

施桐想起刚才看过的报纸："可能不止八百字。"

"你怎么不拒绝？学习不辛苦吗？"

"我没好意思。"

陈木："……"

想想也是，她脸皮薄。

他换了个思路，表示支持："这是好事，你能锻炼一下自己。"

施桐"嗯"了一声："就当练习写作文了。"

陈木低头看她："你作文已经写得很好了，根本不需要到那儿去练。"

施桐仰着脸，很困惑。

"我的意思是，你到文学社后，可以多和同学交流，锻炼一下胆量。"

他补充："你胆子太小了，还容易脸红。"

施桐愣愣地瞧着他，半晌后，低声反驳："我天生的。"

"胆小还是脸红？"

"……"

施桐想了想，觉得不对劲："我胆子不小。"

他神情慵懒，隐隐透着一丝意味深长的笑意，从喉咙里挤出一个"哦"。

奇怪的是，施桐并不觉得是敷衍冷淡，大概是因为他拉长的尾音。

施桐心里咯噔一下，脸发热。

真是迷了心窍。

她没话找话："我们社长是个帅哥。"

陈木挑眉："多帅？"

施桐开玩笑道："神似吴彦祖吧。"

陈木："不信啊。"

施桐忍不住笑出声。

陈木不爽了，停下筷子："比我还帅？"

施桐没回答他。

这天晚上施桐躺在被窝里，正要睡觉的时候，床头柜上的手机震动了一下，屏幕亮起来。

她拿过来打开一看，是陈木发来的彩信，一张他的照片。

红绿相间的塑胶球场，少年穿一身球服，单手抱了个篮球，看上去，手臂和小腿都充满力量。

照这张相片的时候他应该刚打完球，湿润的发梢贴在额头上，有种运动过后的不羁。

施桐愣愣盯着，心跳飞快。

他发来消息问她："我帅还是他帅？"

施桐乐了，闷声笑，迅速回复："当然你帅。"

陈木："不真诚。"

施桐笑得直颤："真的，我不骗你。"

"勉强信了。"

很快他又发来一条："早点睡觉，晚安。"

晚安？

晚安。

冉薇告诉她，网上说不能随便对人道晚安。

因为晚安的拼音有着很特别的意思。

Wan，an。

我爱你，爱你。

施桐心脏紧了又紧，少女心怦怦乱跳。

她失眠了。

施桐浮想联翩，一颗心飘忽不定。

再次打开陈木发来的照片，看着帅气的少年，她不自觉翘起嘴角。

也不知怎么了，突然觉得好热，她踢开被子，翻身把整张脸埋在枕头上，直到透不过气了，才躺平。

青春期的少女，陷入茫然的躁动。

但是最后她还是告诉自己不要自作多情。他说晚安，只是出于朋友的礼貌，说不定他根本不知道这俩字还有这么个意思。

施桐没睡足，第二天，她迷迷糊糊间关掉闹钟，心里想着再眯两分钟，结果当然不止两分钟。

要不是周虹叫她起床，还不知要睡到什么时候。

本来就起床晚了，偏偏公交车迟迟不来，施桐简直欲哭无泪。

这种运气，也是没谁了。

终于，在施桐的翘首以盼中，107路公交车姗姗来迟。施桐上车刷卡，在驾驶员身后的空位坐下。

过了一会儿，有人走到她身边，她抬头，少年满眼含笑地看她。

施桐诧异道："你也起晚了？"

她挪到里面座位，陈木一屁股坐下来："纠正一下，不是也，是又。"

施桐："……"

这是很值得骄傲的事吗？

"你没睡好？"

"嗯？"

陈木突然伸手，指尖碰了下她颈后的头发。

同时带来的，还有少年身上独有的青春荷尔蒙气息。

施桐的心脏停了一秒，紧接着疯狂蹦跶："你……"

他若无其事："你头发没有扎好。"

施桐抬手一摸，果然有几绺没扎上去。她微微羞赧，扯下皮筋，把漏掉的几绺也一并束起来。

陈木就一动不动地看着她："你眼睛肿了。"

"……"

施桐心说，还不是怪你，又发照片又说晚安，害我大半夜睡不着觉。

陈木一点没有始作俑者的自觉性，他又问："你睡了几个小时？"

施桐有点不想理他。

她抬手看时间，还有五分钟就上早读课了。

陈木安慰她："没事，你迟到了老师也不会说什么。"

施桐："……"

到达校门口，四周空空如也，能听见从教学楼传出来的琅琅读书声。

两人一前一后走到侧门，施桐两只手同时伸到校服口袋里一摸，表情顿时僵硬，不会这么悲摧吧？

事实就是这么悲摧，她忘记带校园卡了。

陈木一脸疑惑，不明所以。

施桐侧身让开门口："你先进去。"

他想了一秒，明白了，把自己手里的绿色卡片塞到她手里。

施桐摇摇头，坚决不要。

陈木拉过她手往感应器上一贴，嘀的一声响，他顺势把她推进去了。

施桐："……"

然后她便见到陈木懒洋洋趴在学校值班室的窗口，对里面的门卫说："我登个记，忘记带卡了。"

　　一边说，一边主动拿过登记簿，潇洒写下自己的班级和名字，完了丢下笔，走向施桐。

　　简直一气呵成，施桐看得傻眼了。

　　陈木笑着看她："还不走，不着急了？"

　　施桐回过神，把校园卡还给他："谢谢你。"

　　他一挑眉："我俩谁跟谁？"

　　这话听着挺暧昧的，她脸颊微微发烫。

　　陈木轻轻按了下她脑袋："走了。"

　　这次他走在前面，施桐愣了两秒，才跟上去。

　　头顶似乎还残留着他掌心的温度，通过头皮窜进脑部血液中。

　　到了教学楼，各自回班上。

　　施桐喊了一声"报告"，英语老师点点头，示意她回座位。

　　旁边冉薇的位置是空着的，她也迟到了？

　　后桌许乐亦"喂"了一声。

　　施桐回头看他。

　　许乐亦咧嘴笑："你俩约好了？怎么不加我一个，不够意思。"

　　施桐："……"

　　她没理他，转过身。

　　这时又响起一声清脆的"报告"，冉薇来了，英语老师依旧没说什么，放她进教室。

　　早自习结束后，冉薇神采奕奕地说："跟你们说个事。"

　　许乐亦非常欠扁地回："明天一起迟到？"

　　冉薇赏了他一个白眼，她看着施桐："我忘带校园卡了，就做了个假动作，随手用手机一刷，居然蒙混过关了。"

　　施桐一脸惊愕："这么神奇？"

　　冉薇一脸得意："啊，就是这么神奇，也响了一声。学校领导唬人呢，吹得那么厉害，不信明天你试试，大 bug 啊。"

　　许乐亦附和："你行啊，这都被你发现了。"

冉薇压低声音："低调，低调。"

她发觉施桐脸上表情复杂，伸出手指点了点她肩头："怎么了你？"

施桐一声叹息，有点懊恼："我怎么没有想到呢？"

那陈木就不用被记名字了。

她这么想着，听见班上同学叫自己的名字："施桐，有人找。"

施桐顺着声音看过去，见陈木在后门对她招手。

冉薇笑得暧昧，让开位置。

施桐走出教室："找我有事？"

陈木把手里的面包牛奶递给她。

"你怎么知道我没吃早餐？"

"我猜的啊。"

"……多少钱？"

"请你的，走了。"

说完，陈木利落转身，迈着大长腿离开。

施桐看着他挺拔的背影，心中暖流涌动，微微笑了。

但是下一秒，施桐就笑不出来了。

十七班班主任出现在走廊，声音洪亮："陈木，我正找你，来办公室。"

因为早晨的事？

施桐担心陈木，整节课都心不在焉。

别看十七班班主任是个女老师，但是脾气格外暴躁，学生轻易不敢招惹她。

有次他们班上住校的男同学在宿舍玩斗地主被发现，都夜里两点了，一个电话她就赶来了，对着几个学生劈头盖脸一顿训斥，据说把那几个犯事的男生吓得大气都不敢出。

陈木别是要被她骂了吧？

要是他顶嘴怎么办？

弄不好还有可能被处分的。

施桐越想越心慌，下课铃一响，就去十七班找他，没想到正好碰见他和余波说说笑笑出来。

余波吹口哨："哟，语文课代表。"

陈木眼睛笑着："找我？"

看样子没事了，施桐摇摇头。

余波说："自作多情了木哥，人家不找你。"

陈木手肘直接顶上他的肚子。

余波一声大叫。

他们班又有男生围上来，嬉皮笑脸地看着她。

施桐脸热："我看见你们班主任找你了。"

陈木恍然大悟："她找我说篮球比赛的事。"

施桐"哦"了一声："我回教室了。"

身后嘻嘻哈哈的声音让她背脊紧绷，直到走出他们的视线，施桐才长长松口气。

大课间的时候，教导主任宣布高一、高二年级要举办篮球比赛，每天下午最后一节课开赛，通知各班体育委员今天晚自习课到二教学楼负一楼01教室开会，并抽签决定对手。

施桐想起来了，陈木是他们班体育委员。

难怪。

解散后回到教室，她手机显示有一条未读短信，他一个小时前发来的。

"担心我？"

施桐想到他的神情和语气，不禁暗暗发笑，打字回复："嗯，毕竟你是替我背锅呢。"

陈木的眼里只有一个字——

嗯。

他控制不住笑意，这个字在脑子里转换成一个认知，她担心他。

他咧嘴乐，高兴得很。

余波往他的手机屏上一瞥："你别是个傻子吧，又不是追到手了，至于吗？"

陈木把手机往兜里一揣："追你妹，你有窥屏癖好吗？"

余波："我没有妹。"

"……"

飞机班的体育委员是许乐亦，晚自习课他开完会，带回来一个消息："明天下午第一场篮球赛，我们班和十七班打。"

冉薇乐了，转向施桐："哎，到时你给哪个班加油啊？这可是个大问题。"

施桐说："当然是我们班了。"

"我预感陈木要伤心了。"

"他伤什么心呀？"

施桐嘴上这么说，心里想，我不去看这场比赛行不行？

"桐桐好绝情。"冉薇故意逗她，"陈木对你这么好，你竟然不给他加油？如果我是陈木的话，我肯定很伤心。"

施桐愣了愣，声音轻轻地说："我在心里给他加油就行了。"

冉薇说："你在心里加油他又不知道，这样吧，我做好人好事，帮你跟他说一声。"

施桐窘迫："冉冉……"

许乐亦看戏看得有趣，没忍住笑出声。

施桐羞急之时，猛地想起了一件事："许乐亦，你认识许微生吗？"

许乐亦点头："认识啊，那是我亲哥，怎么？"

怪不得她觉得许微生看着眼熟，原来和许乐亦是兄弟啊。

提起许微生，冉薇来了兴趣："你怎么认识他哥的？正经帅哥，那长相，堪称完美。"

施桐还没有回答，许乐亦不乐意了："他有我帅？"

"你想听真话还是假话？"

"他显然没我帅气。"

"拉倒吧你。"

"还有，我哥就是假正经……"

施桐听着两人的对话，啼笑皆非。

不仅是陈木，看来大多数男生也都很在意自己的长相。

刷新认知了。

第二天是个大晴天，温度骤然回升，如八月盛夏热浪翻滚。

这时教室里的老式空调吹出来的风力就如隔靴搔痒，还不如头顶的三叶吊扇够劲儿。

大课间的时候，学生们站在操场直面阳光，一个个被晒红了脸。

说起高中的课间操，一开始陈木还有些不快，当他发现压根没有初中的交谊舞项目时，心里别提多高兴了。

既然轮不到他和施桐组对，他不想别人牵她的手。

而初三最后那段日子，女孩将柔软的手放在自己手中，所带来的那心悸美妙的体验，永远铭刻在他脑海里。

陈木确信，当他垂垂老矣的时刻，他仍能清楚记得这种感觉。

这天下午最后一节课，是飞机班和十七班的比赛。施桐"避嫌"的想法当然没能成功，一到时间，冉薇便迫不及待拉着她去篮球场占据最佳观战位置。

不过十七班的人更早到达，因为他们上一节课刚好是体育课。

施桐一眼就看到了陈木。

陈木和余波，以及他们班另几个男生正在球场中央做着热身练习，只见他单手拍着篮球，一副胸有成竹的样子。

不可否认，此刻现场绝大多数女生的目光都集中在他身上。

他穿着一套蓝色的运动T恤短裤，衣服前胸后背上印着硕大的数字7。由于已经充分运动过，他结实的手臂和小腿都被薄汗覆了一层，泛出迷人的光泽。

帅气十足，精力旺盛，充满阳刚活力。

谁能不注意到他呢？

冉薇在旁边揶揄道："看哪儿呢，收回来收回来，还没开始打呢，谁刚才说只在心里给他加油呢？"

施桐被调侃得脸红耳热。

有男生提醒陈木朝着她的方向看，他扭过头，看到她就露出大大的笑容，并对着她招了招手。

余波更是张扬，不仅招手，还非常高兴地"嗨"了一声。

场上的其他几个男孩附和地吹起口哨。

十七班的人不约而同看向施桐的位置。

施桐："……"

她对陈木笑笑，然后挽上乐不可支的冉薇，站到自己班的啦啦队中。

许乐亦他们也上场了，球员们穿的是白球服。

冉薇问施桐："你觉得许乐亦帅吗？"

施桐点头："还用问吗？"

她突然想起了只见过一面的许微生，心想，帅哥怎么都跑他们家遗传了？

冉薇听到她的答案，眉眼染笑，眼睛发光："我也这么觉得。"

施桐看了看冉薇，又看了看许乐亦，心里很莫名地冒出一句感叹：真好啊！

比赛开始了，她的目光始终落在陈木身上。

其实她用不着为他加油，毫无疑问，自己班肯定要输——

因为只有许乐亦一个人打得好。

而十七班，上场的球员个个人高马大，都是经常打球的，配合得特别好。

两方实力悬殊，从抽签开始结局就已注定。

所以她只需默默看着他。

进入高中，只有短短几个月的时间，陈木身体变化巨大。

那会儿他身上还没有明显的肌肉，现在居然能用健美这个词来形容，当他弯腰运球的时候，还能从领口看到他结实有力的胸膛。

施桐眼睛跟着他走，他仿佛和她心有灵犀，进球的瞬间，主动撞上她的视线。

空气里出现了涌动的电流，连接了两个人，一片麻。

上半场很快就结束了，飞机班被压制得很惨，还好许乐亦进了两个三分球，不至于得零蛋。

十七班居然超出飞机班整整四十分，那边一片欢呼。

冉薇对着那边，隔空翻了个白眼，转身安慰自己班球员："友谊第一，比赛第二，重在参与嘛。"

许乐亦一口气喝了半瓶水，笑："各有所长，我们就打着玩玩……"

顿时，飞机班这边一片笑声。

这时众目睽睽下，陈木拎着瓶矿泉水走到飞机班这边来，他走到施桐身边，低头看她："一会儿结束别回教室了，我快饿死了。"

施桐对上他黑亮的眼睛，笑着答："好。"

这两人，不知道现在身处对立面吗？

冉薇看不过去了，开口："陈木，你跟我们桐桐关系这么好，这样压着我们班打，不太合适吧。"

陈木挑眉："亲兄弟在球场上都要明算账啊。"

"得了啊。"冉薇激他，"你就直说，敢不敢看在桐桐的份儿上，下半场友谊第一，不要让我们班输得那么难看啊。"

施桐："……"

许乐亦："……"

"怎么不敢，行啊。"陈木满口答应。

转过来，他对施桐说："待会儿打完了等我两分钟。"

施桐点点头。

他转身走回自己班的位置，不知道跟余波他们说了什么，对方频频看过来。

施桐："……"

她正打算避开他们，忽然看到明小佳走到陈木身边，笑着和他打招呼。

施桐怔了怔。

下半场开始后，十七班的人果然故意放水，飞机班的球员轻易地频频进球得分。

冉薇很满意："我这招美人计用得可还行？"

施桐嘴角弯起来："只要你别把我卖了就行。"

两人说笑了一会儿，冉薇目光从球场移开，落到对面观众位置中一抹鹅黄身影上："那女生你认识吗？"

其实明小佳在高一年级挺有名，长得好看，人缘很好。

只是他们飞机班的同学不太关注与学习无关的事。

施桐告诉冉薇："她叫明小佳，我初中同学。"

冉薇若有所思："她和陈木玩得好吗？"

"还行，怎么了？"

"给你提个醒，我觉得她多半对陈木有点小心思。"

"关我什么事呀……"

冉薇嗤笑一声。

球赛结束，最后当然还是十七班赢了，只不过比分只相差了七分，给够飞机班面子了。

许乐亦跟陈木碰了碰拳头："谢了。"

陈木抬胳膊擦汗："你投三分球可以啊。"

"什么时候组个队？"

"行。"

两个男生笑起来，陈木跟着许乐亦一起离开球场，被明小佳叫住。

他停下脚步，回头。

明小佳小跑两步，裙摆翩翩，她笑着："恭喜呀，你们班赢了。"

陈木点头："谢谢。"

她说："星期五你们班和我们班打，到时一定要手下留情啊。"

陈木笑了笑："俗话说，球场上面没朋友。"

明小佳无语，当她瞎啊。

陈木问："还有事？"

明小佳耸肩："没事了，拜拜。"

她离开之前，遥遥对着施桐笑了笑。

施桐抿唇，也笑了下。

人都散得差不多了，陈木走到施桐身边："去吃炒菜怎么样？和我们班几个打球的一起。"

施桐跟着他去洗手："赢了聚餐？"

陈木听出来了："你不想跟他们一起？都认识，没什么的。"

施桐心说，也不是不想，主要这些人总是喜欢开她玩笑，弄得她很不自在。

陈木没听到回答："嗯？"

施桐抬头，说："你让他们以后别开我俩玩笑了。"

陈木一愣："他们没恶意的。"

"我知道……"

"你不好意思？"

"你说呢？"

"好吧，我回头转告他们。"

最终，施桐还是跟着陈木去聚餐了。

陈木给余波发了短信通气，让几个人把不该说的话憋回肚子，这顿他请客。

请客的是老大，大家愉快地达成一致意见。

就施桐一个女生，坐在五个穿着球衣的男孩子中间，那叫一个扎眼。这让她想起了那次他邀请她看球，也是这般场景。

施桐想，也许这也是年少时代一种特殊的体验。

这种经历，是陈木带给她的。

她只是有点不习惯。

但看着身边帅气的少年和他的小伙伴们说说笑笑，谈论与学习无关的事情，她竟然十分羡慕。

　　施桐知道，自己内心深处，是开心充盈的。

　　感觉很好，一点不坏。

第七章
秘而不宣的暧昧

时间到了星期五，下午放学后，施桐要去文学社开周会。

因为许微生短信告知她今晚社团成员一起吃饭，施桐提前和陈木说了这事，他就没等她了。

文学社加上社长总共只有五个人。

除了施桐，还有一个新成员，和她一样也是高一年级的，是个男生，之前开学招新时面试进来的。

当初报名的不止他一个，不过其他的人都被社团的严格要求吓跑了。

另外两个社员是高二年级的学姐，一个胖胖的话很多，一个笑起来像大白兔奶糖一样甜。

总而言之很好相处，施桐受到大家的热烈欢迎。

互相认识后开始讨论本期校报的事。

虽然是第一次参与这种讨论会，而且也没花多长时间，短短一刻钟的样子吧，施桐就领教了许微生超强的组织领导能力。他讲话头头是道，却也言简意赅，非常注重效率。大家对他所言也是频频点头认可。

而且他认真谈事情的样子，真是帅到没朋友。

施桐好几次忍不住盯着他的脸，明显的犯花痴状。本来她挺不好意思的，结果看两个学姐比她更花痴，于是释然了——

爱美之心人皆有之嘛。

吃饭的时候，施桐更加深刻地感受到了女生们对许微生的喜欢。

这种喜欢不一定全是女同学对男同学的爱慕之情，很大一部分是，这个年纪的女生，对身边帅气的男生的单纯欣赏。

施桐就是典型的后者。

吃完饭回学校，碰到陈木一行人。

陈木笑着走到施桐身边，然后把目光落到许微生身上。

三分打量，七分不善。

陈木打量许微生的同时，许微生也在打量陈木。这陌生学弟眼睛里的敌意太明显了，他想不注意都难。

许微生何等聪明，他一看就知道是什么原因，心里觉得好笑，面上却不动声色。

正好走到高二年级所在的教学楼，他微笑着告别，步伐从容不迫地走出他们视线。

等到许微生的身影消失，陈木问施桐："他就是你说的那个神似吴彦祖的社长？"

施桐心思细，同样也察觉到他的低气压，仰着脸弯起嘴角："你干什么这副表情？要吃人了。"

女孩声音带笑，如轻软的羽毛划过面颊，带起醉人的酥麻感。

陈木喉间升起一股躁意，突然觉得口干。他开口嗓子略微哑了："没什么，我就问问。"

施桐双眼清澈明亮，逗他："你不服气吗？"

陈木一脸"怎么可能"的表情，他摸出手机翻开短信给她看："不是我自恋啊，你自己说的。"

就是那晚上他给她发了张照片问谁帅，她给出的肯定回复。

施桐忍不住笑出声，"嗯"了一声。

余波凑过来想看什么内容，被陈木推开。他表示很受伤："木哥，你有小秘密瞒着我了，我们再也不是无话不说的好兄弟了。"

陈木送他俩字："滚蛋。"

余波犯了戏瘾，开始表演："小白菜呀，地里黄呀，没了兄弟，泪两行呀……"

陈木耳朵疼，笑骂："你有病吧。"

余波贱兮兮："你有药吗？"

陈木："药我没有，可以送你去精神病院治一治。"

"……"

施桐见怪不怪。

等各自回到教室，余波停止耍宝："啧啧啧，木哥，你这是把学长当成仇人了。"

陈木淡淡瞥了他一眼："我从来不跟人结仇。"

他只是莫名很不爽。

或许仅仅是因为施桐夸了他帅，又或许是因为隐隐约约的危机感。

"哟哟哟，你就装吧。"余波笑道，"木哥，我没想到你也有窝囊的时候。"

"我窝囊？"

余波意有所指："那你为什么不敢跟语文课代表说？"

陈木心里想，不是不敢，他只是觉得时机未到。

他明知故问："说什么？"

"少来，说什么你自己心里没数？还是你当语文课代表是你肚子里的蛔虫啊？"

"滚，你才是蛔虫。"

这时铃声响起，两人各自坐回座位。

也就在这天晚上，学校发生了一件很轰动的事，高一年级一对情侣在教学楼楼顶天台约会，被教导主任抓了个正着。

全校通报批评、受到警告处分、请家长谈话、责令分手，一整套程序都齐活了，以儆效尤。

这事成了不少同学的谈资，过了个周末，就广泛传开了。

星期一吃饭的时候，余波对着不知道具体情况的施桐绘声绘色地说：

"事情是这样的，在一个夜黑风高的夜晚，孤男寡……"

陈木屈指敲了敲桌面："说重点。"

余波干笑了两声："十一班那对情侣躲到天台看星星看月亮，女生问男生，要是被老师发现了怎么办？"

说到这里，他顿了一下，咧着嘴巴乐个不停："这时候教导主任突然从他们身后冒出来，幽幽来了一句，'凉拌'，那俩还以为见鬼了，哈哈哈哈……"

等他说完，陈木哼笑了两声。

施桐也觉得太戏剧化了，跟着笑起来。

服务员端来热气腾腾的羊肉米粉，陈木顺手取了双筷子递给她。

余波拿过醋瓶子往碗里倒，问："你俩吃醋不？"

施桐和陈木都没要。

余波还想着小情侣被抓包的事："这真是个悲伤的故事，也太搞笑了。"

施桐和陈木专心吸粉，没有理他。

余波不满："你俩倒是给点反应啊？"

陈木淡淡地说："如果是你，你还笑得出来吗？"

"……"

短暂的沉默，余波又说："教导主任怕是感情不顺吧，最近盯学校小情侣盯得紧，神出鬼没的，好怕怕。"

陈木对着他嗤笑一声："首先你得有个女朋友。"

"人艰不拆啊。"余波转头问，"语文课代表，你们班有没有搞对象的？"

施桐抬起脸，白皙小巧的鼻子上有几颗晶莹的汗珠，她想了想摇摇头："没有吧。"

"好学生就是不一样，思想觉悟高。但是说真的，不谈恋爱的高中多没意思啊，木哥你说是吧？"

陈木抽了张纸巾递给施桐，在桌子底下踢了余波一脚，漫不经心地说："是吗？"

余波暗暗骂了一声，心说，我正给你创造机会，你还能再蠢些吗？

脸上却笑嘻嘻："反正我一定要找个女朋友，不能辜负了这大好时光。语文课代表，你呢？"

施桐擦了擦鼻子，把纸捏在手心里，她下意识去看陈木，而他也正好看着她。

她脸红了，声音很轻："我没想过。"

说完了，她感觉自己的话没什么说服力，补充道："我们现在的主要任务是学习。"

陈木愣了一下，转即默默给自己点了个赞，告白这种事，果然还是要天时地利人和才行，要不吓到她就完蛋了。

余波叹气："哎，你们这些好学生啊。"

周四下午，文学社的新一期校报分发到各个班级。

陈木对报纸没兴趣，低着头玩手机，忽然听到施桐的名字。

前面女生说："这篇是飞机班施桐写的哎，她文采好好啊。"

他扬眉，手放到前面的椅子上轻轻一拉："给我看看。"

女生回头："什么？"

陈木探身从她桌上拿过报纸，这一页最上面的红色大标题下俨然就是施桐的名字。他就这么站着，快速扫了一遍。

啧，写得真好。

陈木说："报纸给我了啊。"

女生扬眉笑："你说给你就给你啊，这是班级公共财产。"

"放我这儿保管行不行？"

"你先还我，我看完了再说。"

"成吧，看完了给我啊。"

他一副不给就不还的无赖样子。

女生："……服了你了。"

学生们觉得过得极其缓慢的高中生活，实际上一刻不停在前行。转眼又过一星期，篮球赛落下帷幕，十七班拿下了高一年级组的第一名。

陈木他们将和高二年级的第一名打一场友谊赛，时间定在期中考试过后。

不过施桐没去看这场球赛，因为他们打球那会儿，语文老师叫她到办公室帮忙批改这次考试的语文试卷。

后来晚自习课下课后，才听许乐亦说高二年级的第一名是许微生的班级，然后陈木他们输了。

施桐非常惊诧："许微生不是飞机班的吗？"

同样是飞机班，差别这么大？！

许乐亦笑起来阳光十足："他们班德智体美全面发展呗，有两个校篮球队的，我哥虽然不是，不过打球猛着呢，你真以为他像看上去那么斯文？"

冉薇撇嘴："又说你哥坏话，不诋毁他你心里不舒服是吧？"

许乐亦拍了拍冉薇的脑袋："什么诋毁？我实话实说，你可千万别污蔑我！"

冉薇没躲得开他的手，横眉冷竖："说话就说话，别对我动手动脚的，小心我翻脸不认人。"

许乐亦立马端正态度："下不为例。"

施桐笑了笑，转回身做试题。

过了一会儿，许乐亦又叫她："问你个事，陈木看不惯我哥是不是？"

施桐没明白："什么？"

许乐亦说："比赛的时候他全程臭脸，跟个豹子似的紧咬着我哥，搞得他俩谁也没进几个球。"

"……"

许乐亦："不过，看不惯我哥也正常，有时候我都想揍他，一脸正人君子的样子，太讨厌了。"

施桐："他真是你亲哥？"

"比珍珠还真。"

"看不出来。"

"……"

放学后，陈木照例懒洋洋靠在飞机班门边墙上等施桐出来，哪知她见到他第一句话就是："听许乐亦说，你们班输了？"

陈木神色不自然。为这事他还被余波几个人集体鄙视了，他要不怼着许微生打，还不定谁输谁赢呢。

少年把头歪向另一边："就差一个三分球。"

少女笑盈盈地"嗯"了一声："你们很厉害了，毕竟他们有校队的球员。"

陈木想说校队的不算啥，不过事实是自己班输了，再说这些，她还以为他逞强。

施桐换了话题："你这次期中考得怎么样？"

陈木更加不自然了，没吭声。

进入高中以后，没她在耳边督促，十七班班风散漫，整体学习氛围不浓厚，他哪有心思好好听课。

考得怎么样？

不怎么样。

施桐就是故意敲打他的。

今天批试卷，她认出他的字迹，错得简直惨不忍睹。

"陈木，你别松懈啊。"

晚风拂过来，校园里桂花香气浓郁，沁人心脾。

女孩软声轻语，说不出地动听。

陈木怔了怔，两手插在校服兜里，笑起来："知道了。"

这次期中考试，施桐的年级名次没变，还是第七，陈木却已经滑到一千名以后了。

A4纸打印出来的排名表贴在走廊外的公共黑板上，陈木看着自己吊车尾的名字，又看看第一页上施桐的名字，意识到他和她之间的差距不啻于天与地的距离。

他听施桐的话，决心把成绩捡起来，也确实认真了几天。

但是由于十七班班级风气实在太差，再加上没有初三那份自发动力，坚持了不到两星期，就又没有学习劲头了。

不过上课的时候他还是用了五分心思，反正他现在的水平是，基础题会做，增加一点难度就不行了。考试成绩好不好，全看老师出什么程度的题了。

今年的冬天来得格外早，十二月没开头，就已经寒风凛凛，要穿羽绒服才能出门。

周末休息两天，陈木去了外婆家玩，星期一上学，他难得起了个早，坐在客厅沙发里剥柚子。

只见陈木熟练划了几刀，两三下就把柚子皮完整剥离下来，顺手扣在小黑头上。

小黑摇摇脑袋甩开，叫了两声表达不满。

陈木一笑，又剥出来一个，再次给小黑盖上。

他细心地撕了白瓤，搓了搓手，放在嘴边哈气，这天儿太冷了。

出门之前，还拿了两个没剥皮的，一起带到学校。

没剥皮的给了余波，这厮眼尖："我要换一个。"

陈木站起来拉开凳子："换毛线，自己弄。"

余波看着他奔向飞机班的背影："服了，女人捧手上，兄弟狗不如。"

施桐都忘了柚子这事，陈木拿给她的时候，才想起之前暑假他说熟了给她带。

她道了谢，回班上跟冉薇和前后两排同学一起分享。

冉薇一边夸好吃，一边夸陈木："他对你也太好了吧，一个男的做到这份上，那真是够贴心的。"

柚子果肉酸甜酸甜，施桐却满心如蜂蜜一样甜。

冉薇问："说实话，你对陈木没想法？"

施桐心脏骤然一紧，答非所问："现在学习最重要。"

冉薇歪着头看她："有什么关系？只要不影响就好了。"

施桐抿抿唇，没有说话。

时间飞逝，转眼就到了平安夜，学生间流行送平安果。

连学校外的文具店门口，都摆满了用红色纸盒精心包装的苹果。平时五块钱一斤，换了个洋气的名字立马身价上涨，五块钱一个。

一般都是男生送给女生，也有关系要好的女生之间互相赠送。

毫无悬念，施桐收到了陈木送的苹果。

不知是不是他授意，连带余波和另外几个和他玩得好的男生，也每人给了她一个。

施桐课桌兜里都塞满了，一天一个，吃了一个星期。

很快就到了期末考试，考试之前填了文理科志愿表，他们几个人不约而同选了理科。

这年除夕夜跨年，到了零点，陈木回卧室给施桐打电话。

嘟声响了许久女孩才接起，声音软软糯糯的，又轻又娇："嗯？"

陈木心脏像被猫爪子挠了两下，痒得不行，他下意识地说："桐桐……"

其实很早之前，他就想这么亲昵地叫她了。

那边又"嗯"了一声，感觉说话有气无力的。

陈木紧张极了，一颗心仿佛要从喉咙里蹦出来："新年快乐。"

这次他没收到回应，等了半分钟，陈木叫她："施桐？"

"施桐……"

"桐桐……"

话筒里传来细微的呼吸声，原来已经睡着了。陈木咧嘴笑，静静地听了会儿，才挂掉电话。

初一早晨，施桐五点钟就被外面噼里啪啦的鞭炮声惊醒。手机里躺着好多条祝福短信，其中有陈木的，有冉薇的，有余波的，还有一些是同学群发的，她一一回复。

寒假是过一天少一天，离开学越来越近。陈木每天都会主动找施桐聊两句，有时是QQ，有时是短信，话题毫无营养，两个人却都乐在其中。

开学报到那天在校门口碰上，她被他的新造型惊呆了。

陈木烫了个发，小卷毛蓬松，走在校园里，可吸引目光了。

大概是看偶像剧的原因，那两年男生中间挺流行这种发型。

不过说实话，施桐并不觉得有多好看，她更喜欢男生蓄一头清爽利落的短发。

但别人不这样想，另类不羁的高颜值少年，总是容易被人关注。

施桐发现，不仅是女生，好多男生也在看他。

她忍不住开口："你的头发……"

陈木正大光明顶着这头卷毛来学校，主要就是给她瞧的，他问："怎么样，还行吗？我表姐给我弄的。"

施桐点头："还行，不过一会儿你班主任肯定会让你先去理发。"

陈木笑："嗯，我知道。"

他心说，只要你看见了就可以了。

陈木表姐开了家理发店，过年那会儿，非要给他烫个头试试效果，陈木本来挺不乐意的，但经不住软磨硬泡，无奈屈从了。

没想到烫出来效果还可以，他左看右看都觉得满意，有点自恋，就想把自己帅气的一面展现在施桐面前。

他当然能预感到头上的卷发命不久矣。

陈木问她："除夕晚上你没有看春晚吗？"

施桐惊讶："你怎么知道？"

"你忘了？我给你打了电话的。"

"你给我打了电话？我怎么没印象。"

"你翻翻通话记录，就初一那天零点。"

施桐一看还真是，通话时长两分二十三秒，可她脑子一点关于这通电话的记忆都没有。

"我睡迷糊了，什么都记不得了……"

陈木低笑一声："嗯。"

施桐问："我和你说了什么？"

别说了些不该说的话吧？

"没什么。"

就"嗯"了两声，软得不行，他心都化了。

施桐笑了笑。

他们一起去看分班情况，陈木和余波还在十七班，施桐看到了一个熟悉的名字，明小佳也和他们一个班了。

飞机班则被拆成了文科班和理科班，除了原先的同学，还有少数一部分是由于上学期进步巨大，被老师调进来的。

各自到班上报到，陈木一进教室就引起轰动，他那发型太扎眼了，平时玩得好的男同学一阵怪叫。

余波就在前门站着，他伸手去摸他的头发，被陈木躲开了，笑道："干什么，对我礼貌点，男人的头不能随便摸。"

明小佳走过来："你挺有个性啊。"

陈木挑了下眉。

这时讲台上班主任开口："陈木，你过来。"

余波忍不住幸灾乐祸："完了，你的头保不住了。"

陈木给了他一记冷眼，转身走上讲台。

班主任笑说："你这什么发型，在脑袋上搭了个鸟窝吗？一点学生样子都没有。"

陈木从书包里拿出寒假作业，嘴贫："蔡姐，我没留长发啊，前不扫眉，旁不遮耳，后不过颈，是规范的啊。"

他们班主任还是以前脾气很暴躁的那个，她脾气暴归暴，但能和学生们打成一片，大家都喜欢叫她蔡姐。

班主任指了指墙上的学生守则："你再去看看要求，学校不允许烫发，今天之内去剃了，要是明天我再看到你这副样子，办公室有剪刀，我不收费的。"

陈木笑嘻嘻："蔡姐，不劳您亲自操刀了，我自己处理。"

蔡姐在作业记录表格上打钩，头也不抬："你也别给我剃成光头了。"

陈木："……"

十七班由班主任安排座位，陈木的新同桌是张新面孔，他以前没见过。

飞机班却可以自由选择同桌，所以施桐还是和冉薇坐一块，许乐亦还是坐她俩后面。

班主任按照惯例进行新学期训话，老生常谈，施桐耳朵都快听出茧子了。

就在她神游太空的时候，兜里手机震动了两下，她悄悄摸出来看，陈木发来短信——

"中午别回家了，我们去吃香辣排骨。"

施桐回复他："好。"

她预料得没错，早晨出门就和妈妈说了，中午可能在外面吃。

陈木又发来信息："吃完饭陪我去剪头发？"

施桐没忍住笑了："嗯。"

冉薇凑过来，小声问："你笑什么？"

施桐摇摇头，收起手机。

冉薇已经看出来了，就这小表情透露了一切："又和陈木聊短信了吧？"

施桐："……"

冉薇："哼，我还不知道你？"

明明还是寒冷的冬天，施桐脸颊却越来越烫，觉得好热。

出校门再次受到大家的注目礼，陈木浑然不觉，没事人似的。

施桐走在他身边，也习惯了这些视线。反正没这头型，也有不少人偷看他，只是今天特别多罢了。

上了饭桌，余波吐槽："这些人真是少见多怪，不就烫个头，当什么稀奇把戏一样。"

陈木勾唇一笑。

余波说："木哥，要不你跟蔡姐斗争一下，剪了真可惜。"

陈木掀眼皮，淡淡地说："你烫个头试试。"

"算了，我是怕了她了。"

陈木不置可否。

余波总是爱把问题抛给施桐："语文课代表，你觉得木哥的新发型帅气不帅气？"

施桐笑："挺帅的。"

余波便对陈木挤眉弄眼："看看，咱语文课代表都说帅了，你还剪？"

得，这是给他挖坑了。

但陈木高兴，毫不犹豫跳坑。他正思考着怎么把这头卷发多留几天，又听施桐说："不过我还是觉得以前那样更帅。"

余波："……"

陈木："行，一会儿就整回来。"

余波没兴趣看陈木剪头发，放了筷子一抹嘴，就跑去网吧打游戏，留给他们二人独处的空间。

也不算独处，还有理发师和其他被责令理发的同学。

等陈木的时候，施桐随手拿了本美发书翻着看，上面模特的脸很大，配上一个赛一个奇异的发型，她觉得自己一点都不想烫头发。

陈木的卷发变成了板寸，清爽干净，好看的五官完完全全展露出来，施桐眼睛亮了。

他还是这样更有型。

无论哪个角度都无可挑剔。

显然陈木不太确信，那会儿男生们都想把头发留长点。

施桐走在前面，陈木叫她："你真的觉得这样更帅？"

她停下脚步回身，而他正好低下头，嘴唇碰上了她的额头。

施桐感觉到了一片温热。

陈木感觉到了一片细腻。

这突然的意外，使得两人同时呆住了，心脏阵阵紧缩，然后跳起来如小鹿乱撞。

施桐急忙后退一步，转过去不敢看他眼睛，非常不自然且非常小声地说："嗯。"

嘴唇和额头不经意地触碰，大概只有一秒……不，零点五秒。

为什么会有那么强烈的感觉呢？

发生的一瞬，仿佛比电影的慢镜头更慢。

每一个感官都清晰到了极点。

他若有似无的呼吸，她肌肤上的芳香，在此时此刻，永永远远存入彼此的灵魂当中，不可磨灭。

两人都红了脸，心跳加速的同时，用沉默达成共识，闭口不提刚才的"吻"。

也许只是错觉。

但真的是错觉吗？

不是的。

这天晚上，施桐出现在陈木的梦中，她含羞带怯，整个人软得像棉花一样，任由他捏扁搓圆。

半夜醒来，裤子上湿漉漉的，黑暗中少年睁着眼睛沉重喘息，第一次感到羞耻。

陈木不知道，他也是自己梦中人的梦中人。

不同的是，少女怀春，总是纯洁而浪漫。

施桐只是梦见她和陈木早恋了，就像偶像剧中的小情侣一样，他们手拉着手，坐在游乐场的旋转木马上，笑开了花。

第二天两人见面，难免都有些不自在。

同时又不约而同地，偷偷将自己隐秘的小心思藏起来，不让对方发现。

第八章
和春天有个约会

陈木第一次约施桐出去玩，是这年的春意最浓时。

少男少女们迫不及待脱掉臃肿的秋裤棉袄，换上单薄好看的衣衫。

古老的青城被绿色包围。

爬山虎活过来，占据一面又一面石壁或高墙。

榕树不知何时长出了新叶，嫩得撩人。

柳树枝条垂进波光粼粼的湖中，漾起圈圈涟漪。

还有万千姹紫嫣红做点缀，一树一树的白玉兰，开满街道的海棠和樱花。

在施桐记忆之中，这一年的春天，是青城最美丽的春天。不管从前还是以后，都没有比得上的。

放假前一天，陈木约施桐去樱花路骑自行车。

施桐不会，他就顺势表示可以教她，几句话忽悠得她心动，答应了他。

这日天空瓦蓝澄澈，白云软绵绵的，被风吹着缓慢游走。

天气晴朗，风和日丽，令人心情愉悦。

他们约了下午见面，吃过午饭，施桐跟父母打了招呼后，雀跃地出了家门。

陈木就在她家小区门口等她，少年身姿挺拔，站在树下阴影中，笑着朝她招手。

施桐眼睛亮了亮，她笑着走向他。

陈木穿得很帅气，格子衬衫，破洞裤，脚上的运动鞋就和天上的云一样白。

他浑身洋溢着青春的气息，像漫画里走出来的美少年。

美少年递了杯温热的珍珠奶茶给她，并对她说："你这样真好看。"

他语气诚恳，目光锁定她，丝毫不遮掩自己的赞美之意。

施桐今天没扎马尾，柔顺的黑色直发散在脑后，随风飞扬。陈木不确定自己闻到的是洗发水的味道，还是她身上特有的芬芳。

本来她就长得白，又穿了件粉色的针织衫，衬得皮肤更白。两条长腿包裹在牛仔裤中，露出一截纤细的脚踝，极为优美。

陈木看着她，心里痒痒的，手指蠢蠢欲动。

施桐红了脸，低头吸奶茶："谢谢。"

他到底没忍住，伸手揉了揉她的发。

细细的，软软的，手感很舒服。

陈木想，怎么连头发都这么软？

施桐脸更红了，小声嘟囔："你别……把我头发弄乱了……"

陈木笑出声："没乱。"

两人坐公交车到樱花路，那一片儿，街道两边全是樱花树。花开得正盛，恍如置身浪漫仙境。

没有哪一个女孩子不喜欢这样的景色。施桐的少女心完完全全被激发出来了。

真的好美。

街角有一家租车店，门口整齐停放着几十辆自行车，各种各样的颜色，而且每一辆看上去都崭新如初。

陈木押了自己的学生证和二十块钱给店主，选了辆粉红色的自行车推出来。

他把车子交给施桐，自己绕到后面，躬身抓住后座，稳稳定住了，让她坐上去。

施桐照着他教的方式，握紧把手，一点一点蹬车。不过力不从心，自行车摇摇晃晃，她自己感觉万分危险。

心里想的全是——

怎么办？要摔了！要摔了！要摔了！

她终于忍不住扭回头，可怜兮兮道："我害怕……"

陈木心都融化了，看着她笑："别怕，我在后面扶着。放轻松，慢慢来。"

他目光太温柔，她看到后颇感安心，"嗯"了一声。

可施桐平衡力实在是太差了，重心不稳，她哪只脚踩下去，自行车就往哪边倒。

前两次都勉强控制好了，第三次却怎么也调整不好，眼看着就要摔出去，她四肢紧绷到极致，"啊啊啊啊"尖叫起来。

陈木一乐，她怎么这么怕？

都说了有他在。

他放了手，两步冲上前抓住车把，用了点力，连人带车摆正了。

少年干燥宽大的手覆在女孩柔软白净的手上，以示安慰。看着她一脸的惊慌失措，他轻轻把她圈在怀里，低头就能吻到她的发顶。

他深深吸了口气，心猿意马。

施桐额头、鼻尖冒出了汗，心脏咚咚狂跳，后怕得不行。过了半分钟平复过来，又因为这暧昧姿势，一颗心再次疯狂蹦跶。

顷刻间，她脸颊滚烫，烧起来了似的。

施桐动了动手指，陈木回神，放开她勾唇一笑："你下来，我骑给你看。"

她呆呆地说："哦。"

只见他抬腿利落地跨上车，两只脚上下蹬，车链条滚着圈，然后就载着他驶出去了。

施桐想，看着挺简单，怎么她骑起来就那么难呢？

和煦的微风把他的格子衬衫吹得鼓起，轮子轧过满地粉色花瓣，她脑子里蹦出来一句古诗："当时年少春衫薄。骑马倚斜桥，满楼红袖招。"

真是令人心动啊。

自行车转了个弯掉回头，陈木帅气地骑行在樱花路上，施桐一时间看迷了。很快他到了她面前，停下来："其实很好学的，你别紧张，也别怕啊。"

施桐又试着练习了一会儿，她总是回头看他，一见他偷偷放手了，就说："你别放手呀。"

陈木无奈，只好重新抓着后座："你继续，我不放。"

施桐很怕被摔倒，她怕疼。

越是害怕，就越学不会。半个小时后，她几乎仍旧原地踏步，于是不干了："陈木，我不学了，好难啊。"

这时旁边有两个看上去像是初中生的小女孩笑嘻嘻地说："哥哥，姐姐也太笨了吧，这都学不会。"

施桐："……"

被嘲笑了哎。

她一张小脸涨得通红，觉得羞愧。

俩小姑娘也是初学自行车，一会儿工夫，人家就会了。

陈木板着脸："谁笨？她可是青城中学飞机班的学霸。"

施桐更不好意思了，用眼神示意他别这样说。

小女生一点都不怕，轻"哼"一声："那很了不起吗？"

陈木叉腰："当然了不起了。"

"有什么呀，我们也考得上青城中学。"

"那你们能进飞机班吗？"

"……"

陈木手一指："那边去骑着玩，别在这儿烦人。"

小女孩做个鬼脸，按着车铃铛，蹬远了。

施桐失笑："你怎么欺负小孩子？"

"逗她们玩，小丫头嘴巴厉害。"他定定地看着她，"真不学了？"

施桐躲开他的眼睛，不知怎的，忽然想起以前同手同脚的窘境："陈木，我好像真的很笨。"

陈木笑了一声，一本正经："这叫可爱。"

"乱说……"

"谁乱说，本来就是。"

他接过自行车："不学就不学了吧，我载你。"

施桐仰着脸看他："你载我？"

陈木"嗯"了一声："等我一下，先换辆车，这辆太矮了。"

他重新挑了辆黑色的，单脚支地："上来。"

施桐坐上去，陈木又说："抓住我衣服。"

她害羞了，有点犹豫。

他催促："快点，我们去追那俩小丫头，敢说你笨，我让她们看看什么叫速度。"

施桐："……"

她小心翼翼捏住陈木腰两侧的衬衣，指尖捕捉到了他灼热的体温。

陈木回头，扬眉笑："坐稳了。"

施桐羞涩笑笑，点头。

他提醒她："出发了。"

话音刚落，少年背脊前倾，自行车一下子驶出去，没两分钟，他们就出现在两个小女孩身边。

陈木慢下来，与她们齐头并进，懒洋洋地说："喂，你们看，姐姐这不是会了吗？"

施桐："……"

小女孩不满："什么呀，又不是她自己骑的，有本事你让她自己骑呀。"

陈木装作没听见，超过她们："还比你们快哟。"

小女孩翻白眼："嘁，你们耍赖。"

施桐扯了扯他衣角："你别说了。"

丢脸死了。

陈木哈哈大笑，脚上用力一蹬，把她们甩在身后。

两个小女孩追了一会儿，累得不行，愤愤不平地放弃了。

美丽樱花街道的某一处，少女小声嘟囔："陈木，你好幼稚呀。"

少年回头，眉眼飞扬："开心吗？"

少女沉默两秒，点点头，灿烂地笑起来："开心。"

是的，她真的好开心呀。

施桐记得读幼儿园的时候，那会儿家里还没有买车。有一次周虹骑自行车载她出去玩，回来的路上碰到卖苹果的小贩，就买了一袋放在前面的筐里。结果快到家了，车子出了点问题，母女二人齐齐摔倒。

苹果被摔得稀巴烂，她也摔得不轻。

因为受伤休养了好久，所以施桐印象深刻，后来就再也不肯坐妈妈的自行车了。

施桐没有想到，时隔多年，自己会坐在一个同龄男孩的自行车后座上，而且居然觉得很惬意，希望永远都别停下来。

陈木也不想停，他踩着脚蹬子，沿着这条樱花路一直骑着。

微风轻轻吹拂，偶尔有柔软的花瓣从空中坠落，停在她的发梢或他的肩头，简直妙不可言。

少年体力再好，也不是用之不竭的，再加上樱花路再美，也只有这一条街。来回骑了三圈后，施桐问他："你累了吗？"

陈木一口否认："不累。"

她就是他的发电机，他感觉自己可以骑到地老天荒。

施桐说："我有点累了。"

后座一块钢架子，坐得久了，她不太舒服。

陈木抬起手腕，看了下时间："还早呢。"

他想和施桐多玩会儿。

她抿抿唇，没好意思说自己屁股有点疼。

陈木没听见回应，以为她不开心了，妥协了。

还了车后陈木又建议："我们去东街逛逛吧，一起吃了晚饭再回家。"

东街离这儿不远，既有小吃街，又有游乐场，好多人喜欢去玩。

施桐也舍不得早早分别："我要先给妈妈打电话问一下，看她是否同意。"

她避开陈木给周虹打电话，因为为了顺利出门，她撒了个小谎，跟父母说是和班上几个同学一起玩。

电话里，周虹一听她要去小吃街，就不太乐意："小摊上的东西多不干净哪，都是用地沟油做的。平时上学在外面吃就算了，放个假也不在家里吃，吃烦我做的菜啦？"

施桐连忙说："没有，妈妈，就今天一次。"

周虹倒也就是嘴上抱怨两句，然后同意了，叮嘱她："完了早点回来，太晚了不安全的，八点之前要到家，能做到吗？"

施桐答应她："能。"

挂了电话回到陈木身边，他看着她脸上的笑容，也跟着笑了。

从樱花路到东街只有三站地，由于周末的缘故，车上人很多，两人挤在拥挤的乘客中间。

因为乘客多，所以车厢内格外闷，混合着女人身上不同的香水味，还有少许中年男人衣服上的烟草味道，施桐感到难以呼吸。

她整个脑袋都是昏沉沉的，胸腔里仿佛堵了团棉絮，有点想吐，于是赶紧捂住嘴。

陈木见她不适，到了第一站，就拉着她下车。

他见她难受，自己也不好受："等着，我去给你买瓶水。"

少年风风火火跑开了，施桐一呆。

没了那难闻的味道，呼吸渐渐顺畅起来，眉头也展开了。

不到两分钟，陈木跑回来，他拧开瓶盖，把水递给她："喝点。"

施桐喝了一口，伸手："瓶盖给我。"

陈木问："不喝了？"

施桐摇摇头。

他顺手接回去，盖上盖子。

"给我自己拿吧。"

"你要喝的时候再给你。"

施桐暗暗想，平时出门，都是爸爸给妈妈拎包拿水。

她又想，如果她今天背了包，他是不是也要帮她啊？

陈木低头问她："好些了吗？"

施桐"嗯"了一声："好多了……哎，公交车来了。"

"不坐了，我们打个车过去。"

"不用，我没事了。"

陈木没听她的，事实上他现在非常恼自己。

为什么一开始没想到打车？明明看见公交车上那么多人，还非要去挤，真是蠢到家了，被自己气死了。

这时正好有一辆亮着"空车"字样的绿色出租车驶过来，他伸手拦下，拉开车门："上去吧。"

看施桐坐进去了，他才坐到副驾驶，跟司机报了地址。

进入东街就能听见此起彼伏的尖叫声，他们看见刚从跳楼机上下来的一个女孩面色惨白，哇哇大吐。

施桐也能想到自己的下场，所以陈木问玩不玩时，她直接拒绝了。

等逛到旋转木马前，陈木说："这个不会晕，玩不玩？"

施桐一看到旋转木马就想到那天晚上做的梦，有点心虚："这个是小孩玩的，我不合适。"

这也不玩，那也不玩，她自己都感到不好意思，忽然见到斜对面有鬼屋，于是指了指："我们进去看看吧。"

陈木听施桐这么说，很意外："你确定？不害怕？"

施桐肯定地说："我确定。"

装神弄鬼而已，有什么吓人的。

也的确不怎么吓人，就是氛围营造得还行，显得阴森森的。

里面是一个山洞，弯弯曲曲的，只留了仅容一个人行走的路。不知道什么时候就会从哪个石洞里伸出一只枯手，抓住来人的胳膊或小腿。

施桐经过这些地方留了个心眼，每次都侥幸躲过。

陈木躬身低头，紧紧跟在她身后，他看着她小心翼翼的样子，忍不住发笑。

她怎么这么可爱，简直犯规啊。

眼瞧着就要到出口了，施桐还是中招了，一只骷髅手突然扣在她肩头上。

她知道这不是真的，也不害怕，但身体出现自然反应，心脏咯噔一下，惊呼出声。

陈木反应很快，一把拍出去，骷髅手缩回洞中。

他拉住她胳膊："假的，没事了。"

施桐脸热。

早知道就不说那句"我确定"了，好尴尬啊，他还以为她逞强呢。

出去了，她解释："我刚才叫不是因为害怕。"

陈木肩膀一耸，笑道："嗯，知道。"

施桐："……"

算了，越描越黑，就让他误会好了。

他们没再玩其他项目，就随便逛了逛，然后去吃烧烤。

陈木早就默默记下施桐的喜好，点的菜基本都是她爱吃的，完了对老板说："不要麻，微辣就行。"

老板一连串烧烤动作行云流水："没问题，坐着耐心等一会儿。"

吃烧烤就是等待的时间长，不过正合陈木心意，他巴不得有更多的时间和她待在一起。

两人坐成一个直角，陈木问她："今天高兴吗？"

施桐点点头，说："高兴。"

陈木等的就是这句："那下次放假还出来吗？去别的地方玩。"

"去哪儿？"

"你想去哪儿？"

"我不知道。"

"你这是答应了？"

"到时再说吧，看作业多不多。"

"别啊，一天写作业一天玩，合理安排，劳逸结合呗。"

"还要看我妈同意不。"

"她管你这么严？"

"也不是严，就是出门都得让她知道。"

"那好吧，到时间了我再问你。"

"好。"

大概过了十多分钟，香气腾腾的烧烤上桌，两人一边吃一边聊学校里发生的趣事。

吃到一半，隔壁桌的年轻男人猛地一下站起来，脱掉衣服，又要解皮带。

谁都没想到这人会来这么一出，陈木眼疾手快，迅速捂住施桐眼睛。

施桐本来在专心啃玉米，她什么都没看见，被他弄得愣住了："怎么……"

话还没问完，她就听见一声大吼："放开，我要洗澡！"

又有人劝："行了，别耍酒疯，这么多人看着你好意思？要洗回家洗。"

施桐明白了，暗道，奇葩，真是喝醉了什么人都有。

她感觉到覆在眼睛上的手，温热干燥，掌心应该有茧子，磨得她有点发痒。

陈木也发痒。女孩纤长的睫毛一眨一眨轻轻扫动，他手痒痒，心更痒。

直到出丑那人被同伴连拉带拖拽走了，他才把手挪开。

结果当然是谁也吃不下东西了，结了账打车回家。

虽然这半天经历了一些小意外，但是并不妨碍陈木和施桐的快乐。

多快乐呢？

傻笑着入睡，这晚所有的梦都是甜的。

不久，他们的晚饭三人小分队发生了变化。

余波退出了。

他交了新朋友，是和明小佳关系好的一个女生，叫李茉莉。他和她打了几次游戏，被她直爽大方的性格吸引，两人迅速建立起友谊。

余波果断抛弃了陈木，去跟李茉莉与明小佳搭伙吃晚饭了。

当然，校外的馆子就只有那几家，有偶尔碰巧遇到的时候，他们就会拼桌，一来二去，施桐也和她们熟了起来。

这个月学校组织开展黑板报评比活动，因为这事，施桐大课间没有下楼做操。中途去上厕所，碰到了李茉莉和明小佳，互相微微笑着打了个招呼。

李茉莉问："今天这么早就解散了？"

施桐说："没，我没有下去。"

李茉莉挑眉笑："你也跟我一样拉肚子？"

施桐愣了一下，旋即反应过来，这是她请假不做操的借口，摇摇头："我办黑板报。"

李茉莉随口问："你也是学画画的？"

明小佳替施桐回答了："她写的一手好字。"

被当面夸奖，施桐不太好意思，她对明小佳说："你也写得很好。"

李茉莉乐了，开玩笑："行了，你俩就别互相吹捧了，我的字很难看，听着非常不是滋味。"

上完厕所，施桐先回了教室，李茉莉和明小佳站在过道隐秘的角落聊天。

李茉莉没拉校服外套拉链，里面是一件黑色紧身 T 恤，展露出她姣好的身材。

她对明小佳说："我以前说她假，现在不觉得了，她真挺单纯的。"

那时还未分文理科，因为明小佳的缘故，李茉莉注意到施桐，有些看不惯她那种软绵绵的女生。

明小佳笑了一声："是吧？我说了，你和她相处一段时间就知道了。"

施桐一看就是被保护得很好的乖乖女，她的眼睛太干净了。说话温柔，脾气也好，就是看着很好欺负，可谁都不忍欺负那种。

以前初中一个班的时候，明小佳就对施桐有好感，她觉得如果自己是个男生，一定会去保护她。

李茉莉不置可否："其实我以为你是装出来的。"

"你以为我讨厌她？"明小佳好奇，"为什么？"

"还不是因为你经常去招惹陈木，他都摆出一副爱理不理的样子了，你还不死心，我以为你……"说到这里，李茉莉暧昧地笑了。

明小佳明白她的意思，解释："我只是想和他做朋友而已。"

李茉莉吐槽："得了吧，帅哥和美女怎么可能单纯做朋友？"

明小佳白了她一眼："你这个人思想有问题。"

李茉莉哼了哼："太过分了，你居然对我进行人身攻击。"

"这就算人身攻击？"

"什么算？分明就是啊……"

两人你一句我一句调侃着，笑作一团。

之后一天比一天更暖和。火气旺盛的少年，已经穿上短袖，陈木就是其中之一。

自从上次和施桐约定了去别的地方玩，陈木一整个月都在思考到底去哪儿，计划了无数行程。

好不容易到了月底，却被学校的一则通知打乱了。

青城中学组织高一和高二年级到南青山观看航模表演。

月假第一天早晨八点，统一从学校出发。到了山脚，负责这次活动的教导主任着重强调了安全注意事项，明确十一点山顶集合后，就放学生自由行动。

陈木可不就等着自由行动嘛。

他压根没听讲话，光顾着注意飞机班的情况，一听"解散"两个字，人瞬间跑到施桐那儿了。

飞机班班主任见到陈木，眉头皱了又皱。

这小子总来找施桐，一看就没把心思放在学习上，不要把他的好学生给带坏了。

班主任心里忖着，月假结束后，得找施桐谈谈心。

陈木明显感觉到施桐班主任眼里的不爽，但他才不管他呢，对施桐笑道："我们走呗。"

施桐点了下头。

通往山顶的路有很多，七拐八拐，陈木就带着施桐脱离了大队伍。

南青山陡峭，少有平坦的地段，要爬上近一千米海拔高度的山顶，还是得费些体力。

学校组织这次活动，有部分原因，就是为了锻炼学生们的意志力。

没多久施桐就喘起气来，又过了两分钟，她连气都喘不匀了。

施桐叫停："歇一会儿……"

陈木终于找到机会："你书包给我背吧。"

施桐弯腰，双手撑在膝盖上平复呼吸："不用。"

他已经抓住她的书包带子："听话。"

施桐愣了愣，乖巧地说："哦。"

女孩书包很小一只，陈木单肩挂着，看上去有点搞笑。

但附近的女生看过来，目光中满是羡慕。

休息了两分钟，他们继续拾级而上。两人走走停停，没怎么说话。

山中凉爽，但越走越热。施桐脱了校服外套，后来她的校服外套也到了他手上。

如果比体力，男生女生真是相差悬殊。走到一半，施桐脚心泛起微微痛感，两条腿酸得打战，而陈木却没事人似的，连呼吸都还是那么顺畅。

陈木见她累得满脸通红，建议道："我背你上去吧。"

施桐想都没想："别闹。"

"我说真的。"

"我也说真的。"

他要真背了她，周围这么多双眼睛看着，还指不定被同学们传成什么样子，然后就等着被老师进行思想教育吧。

"你是不是不相信我能把你背到山顶啊？"

"没。"

"你看着就轻，我连气都不带喘的。"

"……"

施桐不理他了，站起来往上面走。

陈木哼笑一声，不紧不慢跟着。

这一路，陈木替施桐背书包、拿衣服、递水擦汗，还逗她乐。

幸好爬山缺氧使得施桐脸蛋通红，不然他一定能发现，她因他有意无意的亲昵动作而害羞了。

后来遇上余波、李茉莉和明小佳。李茉莉指着陈木："你学学人家，多绅士，服务多周到。"

余波大喊冤枉："你和班花没背书包啊。"

李茉莉斜眼："我们没背书包还没穿校服？"

她和明小佳的校服外套都系在自个儿纤细的腰上，看上去很潇洒。

余波说："你们这样太酷了，我怎么能让你们失去个人魅力呢？"

李茉莉笑起来："算你会说话。"

五个人有说有笑地向上爬，没多久到达山顶，视线豁然开朗，眼前一片高尔夫球场，还有姹紫嫣红的格桑花，特漂亮。

施桐情不自禁地"哇"了一声。

陈木侧过头，只见她两只眼晶亮晶亮的，面颊红扑扑的像嫩苹果，粉唇微启，要多美有多美。

他眼神被强力胶粘在她脸上，怎么都移不开。

心脏狠狠跳动，如篮球在空旷的室内体育场落地弹跳，"咚、咚、咚……"声声巨响。

第九章
超越友谊的界限

这时候，负责此次活动的老师拿了个扩音喇叭，声音粗旷响亮，召唤各个班站队。

施桐转头，想找陈木要回自己的书包，恰好撞进他灼热的视线里。

她从他又黑又亮的眼睛中，看到自己脸庞微红的样子，心脏不知被谁的手轻轻攥住了，感到紧张。

陈木丝毫没有偷看被抓包的尴尬，其实他根本就认为自己看得坦坦荡荡，这会儿被她发现，他扯开嘴角笑起来。

施桐呆了下才说："集合了，书包和校服给我。"

陈木抬手看了看时间，不满道："时间都没到，还差十分钟。"

虽然这么说着，他还是老老实实把两样东西交到她手里："一会儿结束了和我一起走。"

施桐背上书包，点点头。

她回到飞机班队伍，冉薇和许乐亦凑在一起看手机，不知在看什么好笑的东西，笑得肩膀直抖。

冉薇见施桐来了，招招手："过来，你站我前面。"

施桐插队进去，冉薇自然而然从后面抱她，下巴垫在她肩上："你腰好细啊。"

说着捏了捏，施桐反应强烈，扭身就躲，不小心撞到了隔壁班的同学。

她连忙道歉："对不起。"

被撞到的是高二年级的一个男生，对施桐笑笑，摆摆手表示没事。

倒是他身后的男同学发出起哄声："小学妹你是不是看上我们侯哥了，故意投怀送抱啊。"

这话挺不好听的，施桐感到窘迫，脸倏地红了："是我不小心的。"

起哄的男同学见她这样愈发放肆，故意道："不小心？那还真有缘分，加个QQ聊聊呗，说不定很合得来噢。"

施桐极不自在，她正想告诉对方不要乱开玩笑，冉薇淡淡看过去："撞到你了？有你什么事儿？"

男生一脸欠扁地说："我这人就是热心肠，没别的意思，撮合他们交个朋友咯。"

冉薇丢了一个字："滚。"

男生自以为幽默："怎么滚？要不你示范一下。"

冉薇无语，骂了句脏话。

周围的人都笑了。

被高一的小女生骂，男生觉得掉了面子，脸色变了："你骂谁？"

施桐担心闹起来，一时忘了自己的不愉快，立马接口道："这是她的口头禅，不是成心的。"

冉薇被施桐逗乐了，本来想回一句"骂的就是你"，看在她这么可爱的分上，把话忍回肚里，不再搭理他。

男生也不好再跟女生计较，但又不甘心这么算了，恨恨来了一句："没教养。"

他可能没意识到，说女生没教养是很过分的话。

施桐皱了眉，冉薇冷了脸。

突然，许乐亦拉开冉薇，走过去一把扯住男生衣领："嘴巴放干净点。"

他一改平时的阳光开朗，凶巴巴的。

男生没有防备，脸涨得通红，又怒又急，偏偏还挣不脱。

这时一道愠怒的声音响起："许乐亦，你干什么？"

来人是许微生。

恰好这就是他读的班，班主任今天有事，就交给许微生这个班长带队。

许乐亦脸色变了变，不情不愿放手。

许微生扫了许乐亦一眼："你横什么？"

冉薇抢先开口："微生哥，你别……"

话还没说完，许乐亦打断她："哥，这是你们班啊？"

许微生问："怎么回事？"

许乐亦说："没怎么。"

许微生去看他班上的男生，那男生也摇摇头："没什么。"

正是年少气盛的时候，男生之间常有一言不合就打架的事，许微生也没追根问底。

他警告许乐亦："你消停点，别给我惹事。"

许乐亦余光看到自己班主任也从队伍前面走过来了，退回去，不耐烦："行行行，我知道了。"

许微生把和许乐亦起冲突的男生调了位置，不知他说了什么，男生笑起来。

许乐亦撇嘴："假正经。"

这场冲突引起一点轰动，又很快平息了，班主任完全不知道刚才的暗流涌动，背着手，经过他们，站到队伍最后面。

冉薇小声问许乐亦："等会儿回家，你哥不会找你算账吧？"

许乐亦笑："不会，他就当着外人这样，再说我又没做错什么。"

冉薇说："你以后别这么冲动了，刚才我都蒙了。"

许乐亦扬眉："帅不帅？"

冉薇点点头："帅呆了。"

许乐亦挑眉得意地笑了笑。

冉薇没敢再抱施桐，她玩她的发梢："我就抱抱你，你怎么反应那么大？"

施桐回头："你捏我腰了，我怕痒啊。"

冉薇捏了捏自己的腰："不痒啊，有这么痒吗？你捏我试试。"

施桐伸手轻轻捏了下："痒吗？"

冉薇笑："好像是有点。"

施桐"嗯"了一声："冉冉，刚才谢谢你。"

"小事儿。"

广播响起负责人的声音，请同学们安静下来。下面要请大领导讲话了。

这次航模表演是教育局主办的，请了航天学院的学生来展示飞机模型模拟飞行，青城所有高中都聚集在这山顶上观看，乌压压全是人头。

难怪上山路上碰到了穿其他学校校服的学生。

教育局局长讲了三分钟官方话，什么"开拓眼界，培养科技精神"之类的，然后航模飞行就开始了。

各种造型的小飞机依次飞上天，然后俯冲下来，在空中炫酷翻滚，有的还拉出五颜六色的尾烟。

时间不长，不过挺精彩的，女孩子们惊叹地"哇哇"叫，男孩儿们则激动地跃跃欲试。

活动结束之后，大家还意犹未尽。

和上山一样，下山也是自由行动，班主任嘱咐大家注意安全，又说下午会给每个家长打电话询问是否到家，然后就让学生开始下山。

来的时候学校分散上山，不觉得拥挤。这会儿都在一起，走哪儿都是人，场面一度很混乱。

幸好陈木个子高，看得远，他看到施桐，就直接来到施桐旁边："往哪儿看呢？我在这儿。"

这回他非常自然地取过她肩上的书包。

施桐肩上一松，要拿回来："还是我自己背吧。"

陈木没给："刚才许乐亦干吗了？"

"这么远你看见了？"

十七班和她们班隔的人可不少。

"没，传过来的。"

一个班传一个班，说高一飞机班的班草和高二飞机班的一个男生差点打起来了。

两人一边走，施桐就一边和陈木说事情始末，才说了个开头，他就不爽了："他谁啊？下周升旗的时候你指给我认一下，刷什么存在感，我不……"

施桐打断他："你要这样我就不说了。"

陈木沉默片刻："我闭嘴，你继续说。"

施桐说完了，想着他刚才的反应："你们怎么都这么冲动？不要冲动好不好？"

陈木心说，自己想保护的女孩，就算把全世界的温柔赠予她犹觉不够，哪能忍受别人对她的一丁点不友善呢？

但这样的心声他说不出来，满口答应："好。"

一路向下，气不喘腿不疼，速度比上山时快得多。

只是没想到会在一个隐蔽的转角处碰见许微生。

他贴着石壁，被一个漂亮的女生纠缠。两个人似乎发生了争执，脸色都太好看。

这种情况下，施桐正犹豫着打不打招呼，反而是许微生先对她笑了下。

于是施桐微笑："社长。"

许微生找到摆脱眼前女生的机会，对施桐说："我和你们一起走吧，正好跟你说说下期校报选题。"

陈木表示不满："又不给工资，还要占用放假的时间啊。"

许微生："……"

他也不想这么尴尬。

施桐看出来许微生是想利用她解围，想了两秒，点点头。

陈木向她投去抗议的目光。

施桐却看着许微生："你们说完了吗？我们一起吧。"

又给他解了围，又没有让那女生难堪，完美。

那女生本来脸色沉沉的，一听这话转阴为晴："没呢，还没说完。你俩先走，别管我们了，这又不是在学校，他社长的头衔不顶用。"

许微生："……"

陈木拉着施桐："我们走了。"

抓着手腕的手掌滚烫有力，施桐心都乱了，什么都来不及思考就被陈木带走了。

直到走了很远，她才小声说："陈木，你别拉着我了。"

陈木一点没有不自然的神色，他松开她："怎么这么细？像没捏着一样。"

其实才不是没有。

细细的，软乎乎。感觉很好，他都舍不得放手了。

施桐没有接话。

陈木又问："你体重多少？"

施桐不想回答他，问："你和我们社长有过节吗？"

我们社长？！

我们！！

他妈妈经常跟别人说他的事，都是"我们陈木，我们陈木"的，听起来很亲呢。

陈木"哼"了一声："有啊，我和他过节大了。"

施桐没听出来深层意思，心想难怪他很针对他，又感到好奇："你们有什么矛盾？"

"就男生之间的矛盾，你别问了。"

"……"

"我挺讨厌他的，反正你别和他走太近了。"

"……"

"你听见没？"

"你好幼稚。"

"你答应我好不？"

"……"

"答应我？"

"……"

"答应我？"

"知道了。"

第二天上午，施桐在家里做试卷，接到陈木电话，他让她出来玩，说李茉莉过生日请客。

施桐当然拒绝了，虽然和李茉莉熟了起来，但还没有熟到邀请对方参加自己生日聚会的程度。

何况，李茉莉本人也没有邀请她。

陈木没再勉强她，结果挂了电话两分钟后，寿星就拨来电话了。

论口才，施桐显然说不过李茉莉，最后她说："我要问问我妈，如果她不同意，我就来不了。"

李茉莉笑了一会儿，才说："那好吧，我等你回话啊。"

旁边余波问："莉姐，你和语文课代表讲几句话就这么开心？"

李茉莉掐断通话，乐得不行："施桐是个小学生吧。"

余波没明白："什么意思？"

陈木大概知道怎么回事，笑了一声："她乖嘛。"

周虹一听女儿说同学生日，就自动转换成她不在家里吃饭的概念，于是问："你不是说腿疼，不能出门吗？"

施桐不爱运动，平时太缺乏锻炼了，身体素质不行。

昨天爬山，运动量一下子超过负荷，睡醒后，两条腿灌了铅一样，轻轻动一动都疼，吃早饭的时候跟父母诉苦来着。

她回答："现在好点了。"

周虹正拖地，直起身问："谁过生日，冉薇？"

"不是，李茉莉，你没见过。"

"不是你们班的？"

"嗯。"

"那你怎么认识的？"

施桐说："陈木班上的，有时一起吃饭。"

周虹问："你还经常跟陈木一起玩呢？"

施桐点了点头。

"他学习咋样？还跟初中时一样调皮？"

"他不调皮。"

"你跟他玩得好是一码事，但别被他影响成绩。也不许早恋啊，我可不赞成你爸说的那一套，在什么年纪就做什么年纪该做的事儿。"

"……"

"怎么不说话了？"

"妈妈，你到底同不同意我去参加同学生日聚会啊？她还在等着我回话呢。"

周虹点点头："去吧，既然同学都邀请了。别空着手去，我给你拿点钱，给人买束花。"

"为什么要送花啊？"

"小区门口就有花店。你嚷着腿疼，别跑书店选礼物了，再说女孩子收到花总比收到书开心吧。"

"……"

她每次送人礼物都是送书。

"那我买什么花？"

"随你高兴。"

施桐买了一束精心包扎的茉莉花。

快到达约定的地点时，陈木打电话来问她到哪儿了。施桐如实相告，然后在公交车进站时，她就看见他站在公交站台边等她。

她一下车，陈木眼睛立马亮了，刚才没什么表情的五官一秒变得生动，眉眼俱笑，整齐的大白牙在阳光下直晃人眼。

施桐今天穿得很乖巧，就像青春偶像剧里清纯动人的女主角。红短袖配牛仔长裙，一截小腰看上细得不得了，不堪一握似的。

她头发高高束起，编了个歪小辫，走起路来，小辫一摆一摆的，陈木的心也跟着一漾一漾。

只是施桐走路有点儿瘸。

陈木盯着她的腿问："怎么了？"

她说："腿疼。"

他心一紧，眉头一拢："受伤了？"

施桐摇摇头，告诉他："昨天爬山的后遗症，太久没运动了。你一点都不疼吗？"

陈木听了哭笑不得，女孩子都这么娇气吗？

他的心愈发地软，拉住她胳膊："我没事啊，你还给她买花啊？早知道就不叫你出来了，腿疼怎么电话里不说？"

"不用扶我。"施桐去推陈木的手，心里想，跟他说腿疼算怎么回事？撒娇吗？

想想她就觉得好别扭，怪难为情的。

陈木没放手："能走吗？"

她敢保证，他下一句就是"我背你"之类的，于是赶紧说："能走，我们进去吧。"

他要扶就让他扶吧。

聚会安排在一家新开的烤肉店，环境挺不错的。

余波一见施桐一瘸一瘸的，立刻咋咋呼呼："语文课代表，你怎么变成伤残人士了？"

陈木替她说了："她昨天爬山走太多路，肌肉拉伤了，腿疼。"

余波"啧"了两声："这也太弱不禁风了，莉姐就不疼，班花也不疼。"

施桐脸一下就红了。

明小佳笑着："我疼啊，只是没她疼得那么厉害。"

李茉莉也唱反调："你怎么知道我不疼？"

两人说的也不是假话，事实上，很多女生今天早晨起床后都感到腿疼无力。

余波顺着她俩的话贫嘴道："来，我给你们揉揉。"

明小佳："谁要你揉？"

李茉莉："想占我们便宜？信不信姐们把你手剁了？"

余波配合地笑道："信信信，我怕了。"

李茉莉瞥他一眼："知道怕就好。"

施桐把茉莉花递给李茉莉："茉莉，祝你生日快乐，不知道你喜欢什么，就给你买了束花。"

李茉莉接过来闻了闻，很是欣喜："是茉莉花呢，我本人就是这美丽的茉莉花。施桐，谢谢你啊，这是我今天最喜欢的礼物啦。"

陈木拉开椅子，催促："赶紧坐。"

她坐下来，就听余波笑嘻嘻地说："可以啊语文课代表，你要是个男生，绝对很受女生欢迎啊。"

施桐笑了笑，她没好意思说这是她妈妈的主意。

陈木伸长手臂搭在她坐的椅子靠背上："你闭嘴吧。"

除了他们几个和另外两个男生，其他的施桐就不认识了。

那是李茉莉以前初中玩得好的同学，大多是男生，不过没在青城中学读书。

有人不清楚情况，见到又来了一个漂亮女生就起哄："哟！有美女，不介绍一下？"

陈木挑眉，目光扫过去，似笑非笑的。

李茉莉说："介绍什么介绍，眼瞎了？这是有主的人，没你们什么事儿啊。"

人家立刻看明白了，对陈木遥遥举杯："不好意思，喝一个。"

陈木勾唇笑，点了下头。

施桐有点害羞，也许自尊心作祟，又有点不舒服。但这种人多的场合，她只有装作什么都没听见，保持沉默。

自助烤肉，什么都需要自己动手。

陈木让施桐乖乖坐着，他去给她拿配料盘和饮料，还给了她一支冰激凌，让她先吃着。

各种食物在烤锅里吱吱出油，冒着烟，香气散发出来。

余波说："来，大家先走一个，祝我们莉姐越长越漂亮。"

吃完饭，李茉莉请大家看电影。

楼上有个电影院，坐了电梯上去，她把提前买好的票分发给大家，一看是部泰国的恐怖片。

施桐心想，李茉莉也是个有意思的人，很少有女生会在生日的时候请大家看电影，而且还是恐怖电影。

她和陈木的座位号码连在一起，两人挨着坐下。

陈木侧头，看着她水亮亮的眼睛，问："怕不怕？"

施桐说："不知道。"

陈木笑："一会儿害怕的话就拉着我的手。"

说着，他把手摊开，搁在放饮料的位置。

施桐瞥了一眼，没作声。

他就这么放着，也没收回去。

灯光一下灭了，播放厅里陷入黑暗中。

刚开始挺正常的，一群年轻男女有说有笑，乘着车翻山越岭。到了晚上，大家住进路边的小旅社，熄了灯后，气氛突然紧张起来。

施桐跟着精神紧绷，因为不知道下一刻会发生什么，心悬在嗓子眼。

是有那么一丝害怕的。

不过她安慰自己，这么多人一起看呢，怕什么？

画面中，突然冒出来一张阴森的脸，两只眼睛大得可怕，眼神邪恶，瘆人极了。

施桐被吓到了，她眼睛一闭，几乎是下意识地紧紧抓住陈木的手。

陈木满足了，掌心一收，把施桐软绵绵的手包住。

心里喜滋滋的，他终于再次牵到她的手。

施桐没敢睁眼睛，小声问他："换镜头了吗？"

陈木在心里暗笑，嘴上却骗她："没呢，杀人了。"

正好有歇斯底里的尖叫声响起来，施桐信以为真。

过了一会儿，她又问："现在呢？"

陈木偏偏有心逗她，故意说："不吓人了。"

结果她刚睁开眼睛，一秒后，又突然跳出来一张恐怖的人脸，她感觉自己心脏快承受不住了。

后面她一直闭着眼睛。

手被他握着，就再也抽不出来了。

害怕的感觉逐渐消失，心脏依旧跳得厉害，甚至更强烈，怎么都停不下来。

很久之后，耳边响起一声接一声的"喊"，过了一会儿灯光亮起。

陈木若无其事地放开手："好了。"

施桐睁开眼睛，眨巴眨巴，避开他的注视。

李茉莉在后面说："什么玩意儿，全是假的，白紧张了。"

明小佳说："都是套路呗。"

施桐："……"

下一个节目是去KTV，施桐不想去了。今天来参加生日聚会，她从头到尾就没自在过。

李茉莉留了她两句，倒没有勉强。

陈木送她回去，坐上出租车后，施桐一直看着窗外，不给他正脸。

他觉得她不高兴了。

可是她为什么不高兴呢？

到了她家小区，施桐要进去时，陈木拉住她："你生气了？"

空气突然安静。

施桐扭回头，错愕地看着他，她眼角微红。

半分钟后，她动动手："我没有生气，你放开我。"

因为是周末，小区门口时不时有人走动，这么拉拉扯扯的，她担心被熟人撞见。

陈木松开手，他用肯定的语气说："你心情不好。"

施桐："……"

也不是心情不好，就是不自在。

人不自在，说话不自在，哪哪都不自在。

陈木低头看她，太阳照耀下，她白净的脸庞泛着光华，上面还有一层细小的近乎透明的绒毛，他心痒痒的，不由自主地深呼吸。

他静静地看着她，问："你不高兴参加李茉莉的生日聚会？"

她摇摇头："不是。"

他又问："那就是因为刚才在电影院，我骗了你？"

施桐说："不是。"

陈木不明白："那你怎么了？"

施桐抬眼，目光清澈："我不喜欢他们那样说我俩。"

顿了顿，她把自己心里的不舒服表达出来："我知道是开玩笑，但我不喜欢这样的玩笑。"

陈木搞清楚原因了，就是李茉莉说她有主那一段。

这是闹别扭了，他笑着哄她："我让他们以后都不胡说八道了，别不高兴了，嗯？"

施桐声音轻轻地说："我就知道你要这样说。"

说了呢？

只有当时一会儿有用，隔天就失效。

"一个个都不长记性，我过会儿去KTV，一定叫他们严肃对待。"陈木说。

“……”

施桐有些无语，心说，你自己都不严肃。

“他们喜欢这样，嘴长在别人身上的，我也管不住。”

“那你告诉别人我们不是情侣就行了，你怎么不澄清？还跟着喝那杯酒。”

陈木被问住了，他嗫嚅半天后才说：“那几个男生对你不安好心啊，我怕他们打你歪主意嘛。”

“……”

他嘟囔了一句：“再说了，也不全是玩笑啊。”

施桐真没听清：“你说什么？”

陈木直直地看着她：“我说我不反感他们开的玩笑。”

空气再次安静。

施桐的脸腾地烧起来，她听得出来是什么意思。

这个年纪太敏感了，哪怕异性一个关注的目光都会想歪，猜测他是不是对自己有意思。

何况陈木对她这么好，简直好到离谱。

施桐也认为，他对自己的好是不一样的，超越了友谊的界限。

不过她脸皮薄，有这种想法也只会深埋心底，根本不好意思去向他求证。

趁着她愣神的工夫，陈木把问题丢回去：“你不也什么都没说，你怎么不澄清？”

施桐：“……”

他是成心堵她的口吧。

第十章
喜欢你是认真的

两人正相看无言时，栀子花清香的芬芳钻入鼻尖。青城的五月末，正是栀子花上市的季节。

陈木目光越过施桐，一个老爷爷推着满满一板车的栀子花走过来。栀子花用稻草梗扎成了一小束一小束的，整齐摆放着。

陈木问："怎么卖啊？"

老爷爷笑呵呵地伸出五个指头："五块钱一束。"

陈木挑眉："怎么这么便宜啊？"

"只是图个开心。"老爷爷说，"今天剪的栀子花，新鲜得很。"

"那我买两束。"陈木从兜里掏了十块钱递过去，"可以自己挑吧？"

"可以可以，你喜欢哪束就拿哪束。"

施桐大概知道他是买了给自己。

女孩子真的很敏感，她什么都知道。

老爷爷推着板车，继续向前走了。

挺拔笔直如白杨的少年手握两束白色花朵，递到少女面前："给你，花挺香。老爷爷一把年纪挺不容易的，照顾一下他生意。"

施桐接过来，终于笑了："谢谢。"

呼吸间全是香味，浓淡适宜，沁人心脾。

她笑了，陈木便跟着笑了："答应我别生气了。"

施桐认真地说："我没生气。"

"那你再笑一个。"

"……"

"喜欢这花吗？"

"嗯。"

"还喜欢什么花？"

"……"

"问你呢。"

"都喜欢。"

"知道了，好了，你进去吧。"

"……"

陈木再次说："进去吧。"

施桐低头看了眼手上的花："我回家了。"

陈木对她挥了挥手："明天学校见。"

"好。"

施桐回到家开门进屋，周虹听见动静，放下手中的书："这么早就回来了？我还以为你要跟同学一起吃了晚饭才回家。"

她"嗯"了一声，换了拖鞋到客厅："妈，家里还有花瓶吗？"

周虹回头见到她手里的栀子花："怎么买花回来了？"

"小区门口一个老爷爷卖的。"施桐避过重点。

"哎呀，一晃都到栀子花开的季节了。"周虹站起来，"等等，我去拿花瓶。"

解开了稻草梗，两束花竟然有三四十枝，有的还是青白色的花苞，小巧玲珑。

母女俩坐在客厅里修剪枝叶，分出来五个花瓶，用清水养着，摆在茶几和饭桌上。

最后还剩下两枝未开的，施桐就从冰箱里拿了瓶酸奶喝光，洗干净玻璃瓶，用来插花。

她把这一小瓶放在自己的书桌上，晚上写作业的时候，总是忍不住去看它，用手指轻轻拨动。

脑海里浮现出陈木帅气的脸，她想到他对自己各种各样的好，想到今天在电影院里紧紧握住自己手的那只手，想到他那句话——"我说我不反感他们开的玩笑"。

施桐整个人都飘起来了，嘴角止不住地上扬。

她觉得一颗心就和这将开未开的花苞一样，极度渴望盛放。

这么浮想联翩着，脸颊仿佛被吹风机的热风源源不断地吹拂着，滚滚发烫。

施桐双手捂脸，眼睛弯弯，无声地笑起来。

疯了疯了。

第二天起床，书桌上那两枝栀子花竟然展开花瓣了，雪白雪白的，完美无瑕。

施桐惊讶极了，竟然只一晚上就开了？

睡了一觉变化真大。

她腿也不那么疼了，至少走路不瘸了。这使得她心情好起来，高高兴兴去上学。

之后到教室，她的课桌上出现一枝紫薇花，在白色的小瓷瓶里插着。

送花的人给她留了张便笺——

"嘘，在小区里偷偷摘的！"

没有留名字，不过施桐认得字，陈木的杰作。

她拿起瓷瓶把花送到鼻子边闻了闻，好像没有香味。

"桐桐，你把学校的花摘了？"

冉薇来了，她卸了书包，边从里面拿出早餐边调侃道。

施桐把花摆在桌子右上角："不是。"

"路上摘的？"

"不是。"

"那哪里来的？"

施桐笑："秘密，不告诉你。"

她这所谓的秘密第二天就被冉薇知道了真相。

早读课前两分钟，陈木又送了花来。这次不是摘的了，是他找别人要的。

学校外面一家店新开业，外面摆满庆祝的非洲菊，他就问店主要了一朵。

他像上了瘾，这周每天送她一枝花。

施桐给他发短信，让他别这样了。

他回："你不喜欢吗？"

哪个女孩会不喜欢呢？

施桐不想说假话，于是不了了之。

下午放学按照惯例去文学社开周会，正事说完了，她被许微生单独留下。

许微生的眼睛深邃迷人，含笑看着她："那天怎么不帮我？"

那天？帮他？施桐一脸疑惑。

最近她一颗心被搅得乱糟糟、痒乎乎的，除了学习，就想着陈木了，其他什么事儿都装不下。

许微生说："航模表演。"

他一提醒，她瞬间就想起来了。

这……这是兴师问罪？

施桐垂下眼睛，没有说话。

许微生看她像个做错事的孩子一样，没来由地，笑出声："让你看笑话了。"

施桐连忙说："没……"

钢笔在修长的手指间转了一圈，许微生扣上笔帽："问你一个事，许乐亦谈恋爱了？"

她突然就反应迅速了："没有。"

许微生一乐："这么肯定？"

施桐："……"

许微生又问："那你呢？"

施桐："……"

"尽量不要早恋，我们主要的任务是学习。"

"……"

"怎么不说话？"

"……你说得对……"

许微生又笑了："不逗你了，跟你说正事。下学期升高三后我就要退社了，你想不想当社长？"

施桐毫不犹豫："不想。"

"我就知道。"许微生看着她说，"你比李列细心，也比他果断，我个人倾向你来当社长。"

他顿了下："真不想？"

施桐摇摇头。

她对管理不感兴趣啊。

麻烦，而且好累。

许微生了解了："好吧。"

陈木送了两个星期的花，成功把施桐送到她们班主任办公室。

不过没什么可怕的，他们本来就没有早恋。

施桐眼神清澈，班主任相信她解释的好朋友的关系，中年男人心里感到欣慰，并委婉提醒她不要经常和陈木一起玩。

施桐表面上乖乖巧巧答应得好，实则一只耳朵进一只耳朵出。

以陈木在她心里的地位，谁劝她不要和他一起玩都不行。

这次谈话唯一起到的作用就是，施桐终于找到理由让陈木停止了送花行为。

虽然他这么做有点小浪漫，但她并不想因此影响学习——

上课的时候，她总是忍不住看一看桌上美丽的颜色。

日子过得很快，在少男少女们的印象中，夏天才刚刚开始，可不知不觉地，就迎来秋季。

高二上学期过了一半，有一天下午吃过晚饭回学校，还没走到校门口，施桐就被一个高一的男生拦下来。

这人她见过，印象比较深。

当初开学社团招新，这个男生本来是准备加入旁边街舞社的，结果跑到他们文学社来报名了，只是最后没有通过面试。

此时他正抱着一束玫瑰花，含情脉脉地看着施桐，说对她一见钟情。

陈木脸都黑了，眼神仿佛两把利剑刺过去。

这人也不知是神经大条，还是装作没有察觉，他问施桐愿不愿意做他女朋友。

他每说一个字，陈木身上的气压就低一个度。

余波和李茉莉也在，两个人脸上的表情可以说是非常幸灾乐祸。

施桐当然没接受，还给他发了一张好人卡。

幸好男生也没死缠烂打。

只是这种当众表白的举动在高中算是比较高调，也不知谁在学校贴吧发布帖子，小范围传播了一圈。

陈木已经够不爽了，余波还成心给他添堵，点开帖子给他看："傻了吧，你再这么闷不吭声的，说不定哪天就真被人拐走了。"

帖子没图，但发帖的人文字功底好，写得绘声绘色。下面评论一片说可惜的，鼓励男生不要放弃。

陈木只看了半页就看不下去，把手机丢回余波怀里。

余波问："有什么想法？"

陈木没回答他。

余波从他的表情中读出答案，捶了他一拳："需要兄弟帮忙随时说。"

毫无疑问，陈木受到了刺激。

小学弟都变情敌了，要是再不行动，别说余波嘲讽他，他自己都要嘲讽自己了。

他确定自己喜欢施桐喜欢得要命。

可是她呢，她对他什么感觉呢？

大概是有一点喜欢吧？

管不了那么多了。

陈木决定挑个好日子跟施桐告白。

想想，正好快到平安夜了，那天过节气氛好，他再精心策划一下，势必令她永生难忘。

李茉莉兴致勃勃地给陈木出主意，并得到了采纳。

几个人纷纷发动自己的朋友圈，从高中各个年级总共找到五百二十个人，写了五百二十句真情告白。

五十页的素描本，写满十本零二十页。剩下三十页，全是陈木的告白涂鸦。

本子总共是十一个，计划里还有十一个平安果，和十一朵红玫瑰。

那时候特流行解读数字的特殊意义，"520"是我爱你，"11"代表一心一意。

当然，一切都偷偷进行着，施桐被蒙在鼓里。

到了平安夜前一周，发生了意外。

不知从哪儿开始传起流言，说一个女生跟社会上的人谈恋爱，没有爱惜自己，闹出一条人命。

也没问出是哪个班哪个人，也不知是不是真的，但在全校引起了轰动，传得沸沸扬扬的，一连几天大家都在讨论这事。

之后周五大课间做完操集合训话，德育主任就重点强调了反对早恋的事，声音铿锵有力，严肃表明要是一旦抓到谁就一定给处分，还责令回家反省一个月，情况严重的直接开除。

大家都暗暗猜测是不是和之前的传言有关，一时之间风声鹤唳，所有小情侣自觉收敛起来。

余波表示同情："木哥，你是不是人品不好？这运气绝了，怎么办？还表白不？"

陈木想了又想，神色坚决："当然。"

他精神紧绷一个多月了，不能就这么被吓到，这跟胎死腹中有什么区别？

余波兴奋："胆儿肥，顶风作案啊。"

陈木瞥了他一眼："到时大家低调点，我们再商量一下。"

"成。"

平安夜进入三天倒计时，陈木时时刻刻都在经历紧张。

最后一晚，他还失眠到天亮。

当时的陈木认为，自己一辈子再也不可能有如此紧张的心情。

这一天终于来了。

他终于要跟她表白了。

因为平安夜的到来，前一周德育主任制造的恐怖氛围被冲淡了些，从下午开始，就有男同学送女同学苹果。

施桐是在晚自习课下课后收到陈木的苹果的，不过不是他亲自送来的，是十七班的一个男生。

除了苹果，还有一枝玫瑰和一个素描本。

施桐翻开本子，立刻被惊呆了。

每一张白页上除了字迹和落款不同，主要内容都是一样的——

"施桐，陈木说他好喜欢你。你愿意做他的女朋友吗？"

她越看心跳得越快，完全不受控制，急促得她都无法呼吸了，拿着本子的手微微颤抖。

他真的喜欢自己！

施桐心里涌上一丝丝开心，旁边冉薇发出一声"哇"，才让她回神，一下合上本子放进抽屉里。

冉薇挤眉弄眼："藏什么，我都看见了。"

施桐："……"

这时又有人找她，十七班的另一个男生给她送来了第二颗苹果、第二枝玫瑰、第二个告白本。

短短十分钟，来了五个人。

第一节晚自习下课后，又来了五人。这五人里面余波是最后一个，他给她捎了一句话："一会儿放学，木哥有话跟你说。"

施桐整个人都处于晕晕乎乎的状态："哦。"

余波笑嘻嘻地说："怎么样，语文课代表，惊喜不惊喜？意外不意外？"

施桐尽量使自己看起来镇定："你说呢？"

余波耸肩摊手："女人的心思我不想猜。"

"……"

"哎，你还记得我给你写的同学录不？"

"嗯。"

她记得。

当时余波卖了个关子，说想告诉她一个秘密，然后戛然而止。

"我现在可以告诉你了。"

"什么？"

余波说："木哥初三就喜欢你了，他为了你才来青城中学的。其实一开始我们准备去五中。"

施桐张张嘴，说不出话来。

陈木喜欢她，她能感觉得到。

今晚他大费周折弄了这么一出，她又是惊又是喜，还有点不安。

余波透露出来的秘密，才让她真正地心弦颤动。

施桐以为陈木费那么大劲儿考进青城中学，完全是听从父母的安排。

现在细细想来，以他的性格，如果不是他自己的意志，谁又能勉强？

他居然初三就喜欢她了！

他竟然为了她才来这儿读高中！

一瞬间，施桐鼻酸酸眼红红。

余波见到她这反应心里就有数了："哎哎哎，你别哭啊，我先撤了，木哥说一会儿在教室门口等你。"

说完，一溜烟跑了。

施桐原地愣了半分钟，才转身进教室。

一进去就受到注目礼，今晚她算是出够风头了，全班都注意着她的动静。

施桐只当什么都没发生，走回座位，把所有东西一股脑塞进课桌里。

冉薇问："你想好没？"

施桐摇摇头。

又荒废掉一节晚自习。

放学后，她一个本子一个本子慢吞吞放进书包，磨磨蹭蹭半天才出去。

陈木见到她立马站直了，漆黑的眼睛发亮，里面满是笑意。

施桐和他对视一秒，赶紧垂下目光，怎么都不看他。

陈木把背在身后的手拿出来，在他开口之前，施桐先说："别在这儿。"

他笑意不减，用迷人的目光无声等待她。

第十一枝玫瑰花了。

施桐接到手中。

两人沉默地离开学校，陈木带着她往公交站台的反方向走，到了无人的角落停下。

只有一盏暗淡的路灯，他们面对面站着，地上的影子很浅。

十二月末寒风刺骨，但谁也不觉得冷。

心是火热的，四肢百骸都是火热的。

施桐低着头，静静地看着手中的玫瑰。

陈木温柔地叫她："桐桐。"

她心脏仿佛安了个弹簧，一下抖动起来。施桐抬起头，对上他炽热的目光，又飞快躲开。

陈木嗓子有点哑："本子上的话，你看见了吗？"

施桐软绵绵地"嗯"了一声。

"桐桐，我喜欢你。"陈木把那句话说出来了，"那你……愿不愿意和我在一起？"

看见和听到完全是两码事。

尤其是他有着一副低沉的嗓音，施桐脑子直接炸了，一颗心紧得不得了。

她说不出话来。

她不知道该怎么开口。

拒绝？她不想啊。

答应？好像也不对。

陈木耐心等了片刻，可她始终低着头，看上去似乎想当鸵鸟。

他问："你是不是害怕？"

她那么乖，肯定想都没想过早恋。再加上上周德育主任的"威胁恐吓"，她肯定不敢。

陈木突然就不忍心了，抬手摸摸她脑袋："我就是想告诉你我喜欢你，你可以高考结束后再告诉我答案。反正我会一直喜欢你，我不怕等。"

他话音刚落，她突然仰起脸，有点羞怯，也有点坚定。

她轻声说："不用等到高考。如果期末考试你考进年级前五百名以内，我就告诉你答案。"

陈木想都没想就答应了。

虽然他现在的年级排名距离五百名很遥远，但是他有信心达成她定的目标。

安静了一会儿，施桐捏了捏书包带子："我们回家吧。"

陈木呆呆地说："哦。"

两人回到公交站台，107路公交车迟迟不来。陈木暗戳戳贴近她，羽绒服摩擦，发出窸窸窣窣的声音。

十七岁的少年已经长出喉结了，上下滚动的画面很性感："桐桐……"

少女看着地上的影子，心弦颤动："嗯？"

陈木说："以后我就叫你桐桐了。"

施桐默了默："嗯。"

他的开心溢于言表，如果他长着尾巴，那都不知道要翘多高了。

"你知道我喜欢你？"陈木问。她好像一点都不惊讶。

她没承认，也没否认。

他终究还是忍不住："你对我什么感觉？喜欢我吗？"

施桐抿抿唇："你考进前五百名再问我。"

陈木："……好。"

等了大概五分钟，没见公交车影子，陈木拦了辆出租车。车子先停在施桐家小区门口，她下车的时候，他往她手里塞了苹果和本子。

所有的数字，全部凑齐了。

施桐站在寒风冷夜中，脸颊发烫。

她把苹果和本子放进书包，进屋之前，小心翼翼地用羽绒服把玫瑰花藏起来。

客厅里还亮着灯，周虹已经睡下，书房里施云涛写稿子写得专心，没注意到女儿回家了。

施桐松口气，快速回到卧室，从怀中取出玫瑰花。最外层的花瓣受了点伤，她心疼地轻抚，然后闻了闻。

她翻开陈木指定一定要看的本子，这上面的落款，她每一个都认识。越往后翻脸上笑意越浓，直到某一页，她低低笑出了声。

白色的纸、黑色的字、随性的画，连那不经意潦草的一个点，都在宣扬他的喜欢。

施桐眼睛发亮，咧开嘴，笑得格外甜。

就仿佛是吃到了全世界最好吃的糖。

如果此时谁用相机记录下这一刻，一定会被她蜜浸过一样的笑容惊艳。

最后她郑重其事地把这十一个本子锁进抽屉里，也永远锁进少女心事里。

　　第二天一早，陈木刚进教室，余波猴子一样窜过来："昨晚怎么不回信，怎么样怎么样，以后可以喊木嫂了不？"

　　陈木拿出英语书，翻到附录部分的单词页。

　　余波一把抢过来："语文课代表到底答应没答应？你倒是说句话啊。"

　　"这学期期末考试，我考进五百名以内，她就给我答案。"陈木伸手，"还给我。"

　　余波目瞪口呆："就这样？"

　　陈木神色自若："嗯。"

　　"你答应了？"

　　"我有选择的权利？"

　　"你现在多少名？"

　　"九百左右。"

　　"……"余波一脸无语，"兄弟帮不了你了，祝好运吧，阿门。"

　　青城中学百分之八十的学生，都是从各个初中考进来的尖子生。进入年级前五百名，以陈木目前的水平来说，不算容易。

　　但是陈木对自己莫名有信心，他又不是吓大的。

　　事实证明，爱情的力量比什么都管用。接下来他开始疯狂地学习，跟打了鸡血似的。

　　这人球也不打了，觉也不睡了，下课也不再说笑混时间了。从早到晚沉入知识的海洋中，班上学习好的几个人全部成了他的救命稻草，下课和晚自习经常被他拉着讲题。

　　余波啧啧评价："这就是爱情的力量，真伟大。"

　　就像初中那样，一旦陈木上了心认真起来，必然进步巨大。这学期期末考试年级排名，不多不少，他正好是第五百名。

　　认真的人啊，运气也总是很好。

　　说实话，陈木考出来的成绩把蔡姐都惊到了，甚至有过一丝怀疑他作弊的念头，不过联想到他近段时间的努力劲儿，立刻就否决了自己阴暗的想法。

讲台上，蔡姐赞不绝口地表扬陈木。

讲台下，少年早就飘了，他都等不及当面问，给她发短信："我考到五百名了！！！！！！！！！！！"

一连串的惊叹号，代表他此时激动到要爆炸的心情。

施桐的班主任正在说一些寒假注意事项，她悄悄看了，回复："很棒！"

他几乎是秒回的："你可以告诉我答案了。"

施桐无声笑起来，瞥了一眼班主任，低头拼字："如果你能考进年级前两百名，我可以考虑和你谈恋爱。"

想了想，她把两百名改成三百名。

陈木看着这条回复，一时不知道该哭还是该笑。

他设想的答案无非就两种，要么愿意，要么不愿意。而在他自己美好的想象中，她是愿意的。

为什么又给他定目标？

重要的是，达成后的奖励吸引力爆棚，他基本无法抗拒！

她在给他下套吧？！

这个套，陈木心甘情愿钻了。

他都没跟她讲条件："就这么说定了。"

只是陈木没有想到，他实打实花了高二下学期整整一个学期，才实现了从五百名到三百名的跨越。

在年级不算什么，但在十七班，他都成为重点培养对象了。

他满心欢喜，找到施桐兑现诺言。

这已经是热辣辣的夏天了，少年目光热辣辣，心也热辣辣。

结果她却再一次地给他定目标："我考虑好了，你什么时候考进前一百名以内，我就什么时候答应做你的女朋友。"

陈木愣住，半晌，他咬牙切齿："桐桐，你和我玩文字游戏呢？"

语文学得好就可以这么玩？

被冲昏头脑的少年这才反应过来，她当初回的"可以"后面还有个"考虑"。

还真是一套又一套。

他想冷静下来，可他实在冷静不了。

年级一百名以内？这又不是上下嘴皮子一碰就能做到的事，哪儿有那么容易。

陈木一副气急败坏的神色，落到施桐眼里，她忍不住笑出声。

的确是游戏来着。不是文字游戏，而是通关游戏。

她突然想到的办法，不激一激他，他就提不起学习的兴趣。

现在多好，他已经到最末一关了。如果他再加把油进入年级前百名之内，用青城中学往年升学率评估，可以保证稳上一本。

"你还笑？"陈木不满。

施桐轻轻"嗯"了一声，看着他："你对自己没有信心吗？"

关键这是信心不信心的问题吗？他干脆耍赖："不管，你答应……"

施桐静静地看着他，目光似蒲公英飞絮一样温柔，她说："陈木，我对你有信心。"

陈木噤声，这还怎么耍赖？！这赖不下去了。

施桐见他不说话，便道："你不愿意就算了。"

陈木反应过来，赶紧说："别算了啊，你叫我做什么我都愿意。"

施桐心一甜，整个人都软软的，小声说："好，那你要加油。"

第十一章
也曾有不顺意时

此时两人面对面坐在学校外面的冷饮店里，这会儿已经放暑假了，店里没什么生意，就他们两人——

由于他们即将升入高三，学校安排补一个月课，现在是住校生的午休时间，走读生都各回各家了。

陈木一动不动地看着她，太阳穿过透明的窗纱照进来，给她整个人笼罩上一层金黄的光。

他屏住呼吸，心里毛毛躁躁的，片刻后移开目光，决定分散自己的注意力："桐桐，你这根本是在培养优等生吧。"

施桐："……"

她不想理他。

他伸长了腿："你怎么对我要求那么高？"

施桐说："我还不是为你好。"

"要不是我聪明，别说一百名了，五百名都悬，那你就有的后悔了。"

"谁要后悔了。"施桐抬眼，"你要是连五百名都进不了，那就是不够重视这份感情，我才不后悔。"

两秒后，陈木挑眉，马上表态："想看看我有多重视是吧？成啊，一百名算什么，你让我考第一名都行。"

"这可是你说的。"

"啊，我说的。"

施桐乐得不行："好吧，既然你主动挑战第一名，我相信你可以的。"

陈木见她笑了，自己也跟着笑起来："我说桐桐，你这不行，千万别盲目地相信我。你也不想到了最后竹篮打水一场空吧？"

她一时无语。

他这次却学机灵了，跟她讲条件："你要我考多少名都可以，但你得帮我，给我补课。"

她好像也没法拒绝他啊。

这下可好，陈木三天两头往飞机班教室跑，冉薇座位被占，干脆到许乐亦那儿挤着。

余波摇摇头："为了爱情，不疯魔不成活，服气服气。"

说实话，陈木还挺享受这种状态的。

搞好学习其实让人挺有成就感的，以前他都ABCD乱选，现在就不会了，最后能得多少分心里大概也有个数。

最重要的是，虽然说暂时还没成为男女朋友，但每天都能听她轻声软语地给自己讲题，看着她用满怀期待的亮晶晶的目光注视自己，那感觉太让他痴迷了。

每每这种时刻他就想，别说是让他考第一名了，她要他去摘天上的星星，去捞海底的珍珠，他也会想办法办到。

想归想，实现起来还是有点难度。高三上学期期中考试，陈木勉强踏入一百五十名关卡后，再要超越前面的同学，就相当不容易了。

试题简单，你考得好，他比你考得更好。试题难，人家就能用零点五分之差压死你。

陈木吐槽："这些人都变态吧，偶尔发挥失常一次不行吗？"

给他个考进一百名的机会好不好？

不然下次月考，他去贿赂一下？

施桐笑着给他打气："你已经进步得很快了，只要你把语文的阅读理解和作文的得分提上来，一定可以的。"

算了，要是投机取巧，她知道了肯定会不高兴的。

放寒假之前，许微生被学校特别邀请回来。

他今年一考成名，以理科状元的身份进入 985 高校青城大学，可给学校挣足了面子。

那段时间，学校两辆校车车身上都贴着庆贺的海报，从早到晚在城里开着转圈，就差拿扩音喇叭宣扬了。

以前许微生在学妹们心中就是男神级别的存在，这学霸抬头一亮出来，曾经表示对人长相不屑的男生都崇拜得不行。

施桐提起这事，陈木"哼"了一声，说："算他还有两把刷子。"

显然学校领导也是做过调查的，因此才会请他回来，分享一下高三阶段的学习、复习经验，以及进入大学后的生活，也顺便激励一下学弟学妹们，给大家打打气。

分享交流会在学校报告厅举行，校长还没开始介绍，女生们就已经迫不及待了。许微生一出现，她们个个眼里迸出花痴的神采，掌声如雷鸣，经久不息。

余波看着激动不已的李茉莉，笑问："莉姐，你这也太夸张了啊，手疼不疼啊？"

李茉莉耳朵自动屏蔽了余波的冷嘲热讽，目不转睛地盯着台上。

余波被无视，转头凑到陈木那儿找存在感："女生就是肤浅，你说咱语文课代表会不会也这样？"

陈木淡淡地看了他一眼："她不会。"

飞机班坐在前面几排，十七班靠末尾，他伸长了脖子也定位不到她。

他想起她说许微生考了状元时的兴奋劲，会不会？有可能会。

余波表示鄙视："神吹。"

陈木坐得跟个大爷似的，抖抖腿，没理他。

事实上，施桐还真的没有两眼放光。以前她的确觉得许微生比陈木帅一些，但是现在她不那么客观公正了，私心觉得陈木更胜一筹。

这两年，陈木五官逐渐褪去青涩，眉眼更显深邃，十分耐看。再加上他会打扮，穿衣服有型，别提多引人注意了。

正想着他，他就发短信来了，语气欠佳——

"你别看他啊。"

施桐一看哭笑不得，无理取闹，她懒得回复他。

过了两分钟，他又发来："真的不许看啊。"还要强调句，"不然我生气了。"

男生有时候挺成熟，有时候又和找妈妈要糖吃的小孩一样，幼稚得不得了。

施桐无奈，回复："认真听，他讲得挺好的。"

陈木安静了。

许微生控场能力超强，同时又很幽默，到了问答环节，气氛一度很热烈。

快结束的时候，许乐亦突然传来消息："差点忘了，我哥说一会儿请吃晚饭。"

施桐问："不去行吗？"

陈木那小心眼，看看都不行，去吃饭他还不得气炸？

许乐亦说："干吗不去？抓住机会宰他一顿，就天街最贵的那家，龙虾鲍鱼随便吃。"

施桐："……"

许乐亦："话我带到了，你要不去自己跟他说。"

施桐："……"

没想到散场的时候，许微生和她遇上了，他就顺势邀请了她，让她叫上李列，笑说文学社老人聚个餐。

话到这份儿上，施桐没法拒绝，答应下来。

果不其然，陈木一听这事，不高兴都摆在脸上："他这么大款，怎么不请咱全年级？”

　　施桐纳闷："你俩到底有什么过节？"

　　陈木："没什么，我就是看他不爽。"

　　施桐问："你不是说和他过节很大？"

　　"你怎么记这么清楚呢。"陈木拉了拉她手臂，"给他打电话说不去了，嗯？"

　　施桐笑了："什么理由？"

　　陈木支着儿："你随便编一个呗，就说作业没做完。"

　　"……"

　　"好吧，我说实话，他看起来对你有意思，我不想你和他有接触。"

　　施桐恍然大悟，又觉得匪夷所思："你是不是看谁都对我有意思？"

　　许微生对她有意思？绝对想多了。

　　陈木理所当然："是啊。"

　　她那么乖，是好多男生的理想型。

　　施桐抿唇，用了网上一句玩笑话："我又不是人民币，你以为人见人爱啊。"

　　陈木说："当然不是，人民币多俗，你是夜明珠，是红宝石，是绿……"

　　"行了行了。"施桐打断他，脸热心跳，"写作文有这么厉害就好了。"

　　"行，我不说了，你别去。"

　　"……"

　　"你想去？"

　　"……"

　　"好，那你去吧。"

　　陈木丢了一句话就走，一点都不带犹豫的。

　　施桐看着他决绝离去的背影，呆了呆，转身回到教室。

　　冉薇问："吵架了？"

　　施桐闷闷地说："没有。"

冉薇露出你骗谁的表情："不开心都写在脸上了。"

施桐沉默两秒，把事情的始末简单说了一遍。

冉薇眼皮上抬，呼出一口气，吹了吹额头上的刘海儿："就吃个饭也不许？你还没和他在一起呢，他这醋也吃得太早了。"

施桐说："这不是吃醋不吃醋的问题。"

"我懂你，觉得他管得太多，对吧？"

"有点儿。"

"男生都这样，这说明他很喜欢你。"

"那……"

冉薇给她传授经验："不过你也别真听他的，助长了他的占有欲，以后在一起了还得了，跟别的男生说句话都不行。"

"不至于吧？"

"你还不信？上周我在网上看到一个帖子，一个女生抱怨她男朋友占有欲太强，对她管得特别严，而且性格非常偏执，想分手也分不了。我总觉得这种男生有暴力倾向，太可怕了。"

"陈木不会这样。"

"哎呀，知道他不会，我的意思是，你想交什么朋友就交什么朋友，不要被他限制。"

"……"

施桐还是去参加聚餐了，吃饭的时候听许微生讲了一些趣事，心里对大学生活很向往。

然后这天晚上，陈木都没来教室找她讲解试题，晚自习放学后，他才出现在门口，还摆着一副臭脸，不说话。

她觉得这是件小事，也不主动开口。

一路沉默，到了站，他跟着她下车。

四周空空荡荡的，只有路边呼啸而过的汽车发出声响。

施桐抬起头。

他垂下眼睛，定定地看着她："桐桐，我吃醋了……"

她本来还有点气他小题大做，听着他可怜巴巴的样子，心一下就软了："社长专注学业，他不谈恋爱的。"

"你怎么知道？"

"许乐亦说的。"

"又不是他自己说的。"

"你管那么多干吗，再说了，我也不喜欢他呀，你吃什么飞醋？"

少年啊，火气来得快，也去得快。

她这么一说，他立马就心情阴转晴，咧嘴笑："噢！"

施桐看他一副傻样，忍不住笑了："神经。"

陈木嬉皮笑脸："我只对你发神经。"

施桐笑意放大，那笑都快从眼睛里钻出来了："我才不想看你发神经，我要回家了。"

陈木："我送你。"

施桐说："不用了。"

陈木说："走吧。"

只有坐出租才能坐到小区门口下车，公交站台离小区有一段距离，为了省时间，施桐一般都抄近路，从巷子穿过去。

白天，巷子里有摆着麻辣串摊的老婆婆，经常有附近的中学生买来吃。

现在夜已深了，老婆婆已经收摊，巷子里一片寂静，只有他们两人一前一后落下的脚步声。

走到一半，他忽然拉住她的手。

施桐被烫到，惊得想甩开。手被攥住，却像心也被攥住，紧紧地，她根本甩不开。

施桐停下脚步，回头。

陈木来了一句："你手怎么这么冷？"

施桐："……"

在她毫无防备的情况下，陈木拉着她往自己身边带，她差点就撞进他怀里，惊得"啊"了一声。

他低头："商量个事。"

施桐克制住想尽快躲开的冲动，睁大眼睛："你说。"

他头更低了："期末考试的名次四舍五入行不行？一百零五名以内都算我过关，行不行？"

施桐觉得他沉沉的嗓音完全就是在蛊惑她，而且她也真的被蛊惑到了，静了一秒后点点头："行。"

这下轮到陈木睁大眼："真的？"

这么好说话？

施桐羞赧："不相信就算了。"

还不是她心软了。

陈木瞬间激动过头，一把将她抱了起来，仰着脸，神采奕奕道："我一定会考好的。"

突然离地，施桐胆子都吓破了，拍他肩膀："你放我下来。"

"你真的好轻啊。"

"你快放我下来。"

他转了个圈。

期末考试也是一诊考试，据各科老师说，难度和高考题不相上下。

那两天下大雨，与沙沙笔声相和，气氛意外地和谐。

考完后，陈木和施桐达成了默契似的，他没说自己考得好不好，她也没问他考得好不好。

陈木到底沉不住气，等待领成绩单的几天里，每天都给蔡姐打电话问成绩，搞得蔡姐烦得不行，还以为他得失心太重，好言劝说这孩子不要太在意名次，平常心对待就好了。

她哪儿知道，这次的成绩对他有多么重要。

陈木感觉自己考得挺好，他还感觉自己能进入一百名内，可就是这种自我感觉良好，才让他一颗心落不到实处。

他有着迫切的渴求。

说来也巧，蔡姐刚拿到年级排名的表格，陈木的电话就打进来了。

她把表格往下滑了一小截，看到他的名字，微微惊讶，忍不住笑起来，这小子可以啊。

不用他问，她主动告诉他："陈木，你这次考得很不错，我们班第一次有人考进年级一百一十名，再加把油，你就可以进前一百了。"

这并不是陈木想听到的答案。

电话那头，蔡姐没听到回应，叫他："陈木？"

陈木回过神来，抱着一点期望，问："一百零几啊？"

"一百零六。"

"……"

故意玩他呢？

他怎么就这么不顺呢？

为什么偏偏是一百零六？

陈木心想，要是考试那会儿语文作文多引用两句名人名言，或者英语作文多写两行，说不定老师就多给他两分了。

然后又想，她都能接受四舍五入了，那这个一名之差，他要赖求求她，应该也会同意吧？

这个念头一冒出来，陈木就给施桐打电话。

此时施桐正在书房里，帮爸爸把半个小时的采访录音整理成文字。受访者普通话不怎么标准，遇到听不太懂的话语，她得反反复复听好几遍才能领会。

手机响起来，她瞥了一眼屏幕上的来电显示，取下耳机对施云涛说："爸，我出去接个电话。"

施云涛头也不抬，"嗯"了一声。

她握着手机回到卧室，关上门后，就倚在门上，和他通话。话筒里传来他的声音，她的心脏快速跳动。

陈木说："桐桐，出来吧，我想见你。"

施桐吓一跳："你在哪儿？"

"现在吗？现在还在家里。"陈木抬起肩膀，歪下脑袋，把手机夹在中间。

施桐心放下了，他突然说见面，她还以为他在她家小区门外。

"你有什么事吗？"她问。

陈木开始选衣服："我们当面说。"

电话里说不清楚，也不好说。

施桐又问："一定要今天说？"

陈木："对。"

晚一分一秒都是煎熬。

施桐说："下午吧，现在我在帮我爸弄录音文件，他急着要。"

陈木手一顿，转身往床上一倒："也行，不过别让我等太久了啊。"

施桐花了两个小时才把录音完整整理成文字，最后又顺了一遍文字，收工。

中午吃饭，周虹打趣施云涛，说他把女儿当下属使唤，给不给发工资。

施云涛哈哈大笑，问施桐想要什么，他都满足她。

施桐抓准机会，表示自己不需要零花钱，也不要买什么，就想下午出去逛逛。

周虹说："真是不怕冻，这大冷的天出什么门？"

施桐说："和同学约好了。"

周虹问："哪个同学？男同学还是女同学？"

施桐："……"

周虹见她不答，心里大概有数："桐桐，妈妈可提醒你，马上就要高考了，这可是关键时期，这个阶段的主要任务就是学习，千万不准分心。"

施桐心里咯噔一跳，莫名有点做贼心虚。

施云涛给女儿解围："去吧，别玩太晚，注意安全。"

周虹拧眉："你打什么岔，这就同意了？你这样惯着她不行。"

施云涛笑呵呵地说："桐桐都快成年了，你要学会放手，老这么管东管西的才是不行。"

周虹怒了："我放什么手，这还没成年呢。"

施云涛就以"女儿是独立的个体并且有她的自由"为论题与妻子展开讨论，他从纪伯伦的《孩子》讲到张爱玲的《非走不可的弯路》，搞得周虹很崩溃，最后懒得扯了，随他的便。

每每这种时候，施桐就非常服老爸，讲起道理来一套一套的，气场两米八，她妈总是被噎得无话可说。

出门的时候，她穿了一件浅绿色的短款外套，那绿色就像春天榕树抽出的嫩芽，把她的脸蛋衬得愈发水灵，好看极了。

周虹叫住她："今天外面最高温度只有两三摄氏度，这件太薄了，你换一身，就上周我带你去买的那件长的。要风度不要温度，别回头冻感冒了又把鼻子擤得通红。"

一般这种小问题，施桐都不爱和周虹掰扯，穿哪件衣服对她来说都无所谓。

她折回卧室重新穿了外套，在周虹一连串的嘱咐中，欢欣雀跃地出门了。

陈木已经在约定地点等了一会儿。见到他，施桐两眼一亮。

显然，他今天是特意打扮过的。白灰色的中长款羽绒服，牛仔裤脚卷起来，露出一截结实的脚踝。

他双手揣在衣兜里，满脸懒散的神情，连眼神都是漫不经心的。

不过施桐出现后，他便笑了起来，几乎一秒之间，就从邪气不羁变成温润如玉。

施桐看了一眼他有些青白的脚踝："你不冷吗？"

他笑着瞧着从头到脚裹得严严实实的她："不冷啊，我们时尚界的人都流行这么穿。"

她轻轻笑了一声。

陈木把手给她："不信你摸。"

施桐不上当："我信。"

陈木不放弃："就摸一下，看看我多暖和。"

施桐："……"

他的手摊开在眼底下，手指匀称修长，掌纹清晰，泛着淡淡的红。

施桐有些无奈，他一副她不摸就不收回手的态度，犹豫零点五秒后，象征性地碰了碰他。

结果手被一把攥住，全部包在他的掌心里。

他的手真的很烫，热烘烘的，像个烧炭炉。

她挣了下，他握得更紧，丝毫不想放开。

施桐心想，怪谁呢，明明知道是个坑，自己还是跳进去。

嘴上还是要抗议一下："你放开我。"

他不愿意："不放，我还不能牵我女朋友？"

施桐脸红："谁是你女朋友？"

陈木说："除了你没别人了。"

施桐小声地说："你乱说，我不是。"

陈木心中紧张，面上却一派气定神闲的样子："你就是。"

他表现得跟幼稚鬼似的，施桐反应过来，继而双眼冒光，惊喜道："你考到一百名了？"

陈木点头，糊弄："差不多吧。"

施桐好歹是语文课代表，文字理解超强："差多少？"

"……"

踌躇片刻，陈木到底还是实话实说："一百零六名。"他定定地看着她，"桐桐，我们再打个商量……"

少年眼神充满希冀和讨好的意思，施桐读懂了。

她把手抽出来："没门儿。"

"你答应了一百零五名以内就算我过关，只差了一名，你就睁一只眼闭一只眼，不跟我计较，行不行？"

"你这不是得寸进尺，简直得寸进丈了。而且准确来说，差了两个名次，四舍五入的意思可不包括第一百零五名。"

陈木不管，拉了拉她衣袖，低声道："别这么认真，嗯？我保证二诊考试一定考进前一百名，真的。"

施桐脸颊发热，故作镇定道："男子汉大丈夫，说话要算话的。你不打算遵守我们之间的约定了吗？你在我心里的信誉度可是很高的，要保持啊。"

她把他将住了。

陈木呆了呆，垂头丧气，有些不情不愿："知道了，我遵守。"

施桐笑了："继续加油，我对你充满信心。"

喜欢的女孩眼睛弯如月牙，目光干净，里面唯独映着他。

陈木精神一振："好。"

施桐跳过这个话题，询问行程："去哪儿？还是各回各家？"

"当然不能各回各家了。"陈木挑了挑眉，征求她的意见，"去天街怎么样？负一楼搞了个桃花仙境展览，听说挺漂亮的，然后去看电影，吃肯德基。"

她喜欢这个安排："好呀。"

两人坐了出租车到天街，商场里面暖气开得足，施桐的羽绒服特保暖，她受不了，拉下锁链敞风。

站在一楼环形阳台看下去，负一楼就是一片粉色花海，花束上挂了无数小灯，亮着橙黄的光，一闪一闪，梦幻到了极致。

施桐"哇"了一声："好漂亮。"

陈木侧头，被柔美的笑颜晃了眼，他扣住她一边肩头："下去看看。"

她身体僵了下。

他自然亲昵地推着她，两人坐电梯下去，走近了看得更清楚，一树一树桃花虽然是假的，但是工艺很逼真。

桃花仙境中藏着几头白色的麋鹿，一座金色的高塔，和一个挂了红灯笼贴了红剪纸的城堡，特别美。

好多年轻人在那儿拍照留念，陈木说："你想不想照一张？"

施桐摇头："不要了，好多人。"

陈木看了一圈，带她往左走："我们随便看看。"

大概是由于年关将至，到处都是人。这旁边有举办非遗展览的，还有电视台办的儿童秀场，围观的人很多，热闹极了。

倒是娃娃机那儿没人光顾，陈木说："我给你抓一个。"

施桐说："那不好抓，机械爪太松了。"

陈木很是自信地道："技术活，瞧我的吧。"

少年信心满满，却在连续三次失败之后，把操控杆一推："什么破机器。"

"……"施桐拉了他一下，"算了。"

她就说吧，这不好弄。

事实证明，篮球一投一个准，不代表抓娃娃也能一抓一个准。

陈木坚持："再试试，我找找感觉。"

施桐看向娃娃机，手一指："换这个吧。"

他义正词严："这不好看，配不上你。"

施桐："……"

但是瞧上去比较好抓一点呀。

他投币，紧紧地盯着里面雪白的兔子，机械爪对准之后，"啪"地拍下按钮。

要么就是压根抓不起来，要么就是抓起来了维持不了两秒就掉回去，到最后，他花掉的硬币都能买两个兔子玩偶了。

店主是个年轻小哥，实在看不下了，也劝他换那个好抓的。

陈木不肯，跟人打商量："她就喜欢兔子，要不你帮个忙，给它挪个位置。"

小哥八卦："女朋友？"

因为"女朋友"三字，不远处的粉色桃花染上施桐面颊，她感到害羞，慌忙解释："不是的。"

陈木咧嘴笑："不过快是了。"

施桐面颊愈发红，动动唇，却什么都没说出来。

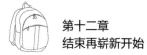

第十二章
结束再崭新开始

　　小哥打量了一下两人，似乎想起了自己的学生年代，笑了笑，爽快地打开机器，把他想要的兔子摆到洞口边。

　　陈木扬眉："谢了。"

　　小哥给他换硬币："看你的了。"

　　这次一击即中，小哥识相地离开。

　　陈木把玩偶取出来给施桐，面带期待："喜欢吗？"

　　她眼睛弯成月牙，亮晶晶的，点了点头。

　　他笑起来："去看电影？"

　　她又点了点头。

　　电影院在三楼，他们选了最近票房大火的一部青春片，是讲初恋的。因为热度高，看的人多，所以买到的是半小时后的场次。

　　两人只好在大厅找位置坐下来，边等待边休息。环顾一圈，就没有两座相连的空位。

　　陈木找到落单的，问人能不能往边上移一下。

　　是个女生，也许心情不太好，抬头的瞬间眉间隐露不悦。她看清打搅自己的人，明显愣了下，然后什么都没说，提起腿上的包让出位置。

　　施桐心想，他这张帅脸，好像到哪里都比较好使。

　　在学校也是，在外面也是。

两人坐下来，施桐捏着兔耳朵玩，陈木则专心看她。

突然，余波惊讶且响亮的声音在耳边响起："哎哟！木哥，语文课代表，好巧！"

施桐吓了一跳，莫名生出被抓包的心虚感。虽然他们还没有交往，但她和陈木单独出来看电影，而且还是在陈木明确表达喜欢她之后，感觉就像小情侣在约会一样。

陈木没她那么多心理活动，瞟了余波一眼："你不能小声点？"

"小声个屁。"余波先入为主，以为他们成了，于是露出暧昧的笑容，"择日不如撞日，一会儿请吃饭啊。"

陈木反问："凭什么？"

余波嗷嗷叫："别装啊，请不请你自己心里没点数吗？"

陈木真想弄死他，哪壶不开提哪壶。他倒是想请客，名不正言不顺啊。

"你一个人来看电影？"

"我一个人来这儿不有病啊，莉姐去厕所了。"

余波话音刚落，就收到施桐旁边的人投来的冷眼。

他莫名其妙，不跟女生计较，问："你们看啥电影？几点的？"

陈木摸出票递过去，余波一看，乐不可支："我们同一场啊，这顿饭你别想躲了。"

"……"

余波转向施桐："语文课代表，哦错了，木嫂，你说请不请？"

他不注意场合，声音大还张扬，周围的人频频看过来。

施桐只觉得简直没脸了："你别瞎叫。"

余波仿若未觉："为啥？你没和我木哥好？"

施桐很小声："没有。"

余波给了陈木一个"兄弟你不是吧，这么逊"的眼神，笑着对施桐说："早晚都得是我木嫂，咱提前练习一下。"

陈木踢他："话多，让你别叫就别叫。"

余波笑嘻嘻："行行行。"

他看见李茉莉了，一招手："莉姐，这儿呢。"

大冷的天，李茉莉穿了双薄丝袜，两条笔直纤细的长腿暴露在空气中，简直太吸睛了。

她晃过来，余波对她说："看完电影木哥请吃大餐啊，你想吃啥就和木哥说，别客气。"

李茉莉也不问为什么，就挑馆子了："这里新开了家火锅小咖，装潢特豪华，听说卫生间的马桶都很高级，木哥带我们去见识一下呗。"

陈木无语。

就这么确定了晚饭去处。

接下来就成了四人行。

电影很纯很青春，把喜欢一个人的种种表现拍得很生动，中间数次笑场，快结尾的时候又来了个催泪弹，施桐情感细腻，被感动得湿了眼眶。

陈木侧头，女孩眼中盈着水雾，我见犹怜。

他犹豫一秒，握住她的手，捏了捏，抚慰她的情绪。

施桐感受到少年掌心灼热的温度，被烫得心脏颤动，接着急促跳动起来，脑子里一片空白，什么都不知道了。

最后几分钟保持着这个姿势，迷迷糊糊散场，迷迷糊糊被他牵着走出放映厅。

李茉莉转过头的前一秒，陈木放开施桐的手，自己心里随之一空。

李茉莉后知后觉请客由来，惊讶道："木哥考进一百名了？"

余波故意逗李茉莉："哪能啊，肯定是语文课代表公然放水了。"

施桐："……"

陈木给施桐正名："我还有进步的空间，这顿 AA，我可没说请客。"

余波："……"

吃饭的时候，陈木眼里则只有施桐，时不时看她一眼，见她碗里空了，就帮她烫菜。

冬季昼短夜长，吃到一半，天就已经黑透。

　　周虹打来电话催施桐回家，所以饭后他们没别的活动，陈木送她到小区门口。

　　他不让她进去："再陪我待一会儿。"

　　施桐缩脖子："冷。"

　　陈木闻言，迅速脱了自己的羽绒服，披在她身上。

　　他里面只穿了件单薄的毛衣，施桐连忙取下来还给他："你疯了，感冒了怎么办？"

　　陈木不接："我不怕感冒。"

　　施桐急了："别闹了，快点把衣服穿上。"

　　陈木看着她："你不是冷吗？你穿吧。"

　　施桐立马摇头："我不冷了。"

　　陈木突然上前一步。

　　施桐退后一步："你……"

　　他伸手拿回羽绒服，笑出声来，胸腔震动："不穿就算了，我还真有点冷。"

　　"……"

　　他利落套上："进去吧。"

　　施桐点了点头："那我进去了，你路上注意安全。"

　　陈木轻轻揉了揉她头顶的发："知道了。"

　　施桐心跳加速。

　　而这晚，她是抱着他给她抓的那只兔子入睡的。

　　第二天到学校领成绩单，公告栏处已经贴出了成绩和名次，陈木果然考了年级第一百零六名。

　　但他也够励志了，一开始是踩着分数线被青城中学录取的那种极少数的幸运差生，经过不懈努力，跨进优等生行列。

　　不仅是蔡姐，其他班的班主任也都将他作为逆袭的榜样举例子，说只要你肯努力、肯下工夫，没有什么不可能。

　　距离高考只有小半年时间，老师们都发了疯似的，布置的寒假试题如堆积的小山，每天作业量超大。

　　再加上施桐找不到那么多出去玩的理由，这大半个月里，她和陈木只见了两面，还是偷偷的。

　　开学后不久就召开了高三年级的家长会，会上年级主任提出，希望走读生家长，尤其是女生的家长，最好每天晚上亲自来接孩子回家。

　　因为就在上周末，一个年轻的女白领夜里单独出行，不幸被歹徒抢劫并残忍杀害了，这个新闻一出来，学校对学生的安全问题高度重视。

　　自此之后，施云涛都开车来接女儿。

　　独处时光被破坏，陈木只好尽可能创造早晨公交车上的相遇。

　　这种概率全凭运气，而且即使碰上了，也常有一个在车头一个在车尾的状况。

　　不过这也算是艰苦的高三岁月中的一点小乐趣。

　　五月之后，气温骤然升高，青城提前进入夏天。

　　这反倒让之前战战兢兢的孩子们镇定下来，从容备考，同时又热切地期盼着，等待高考一战拉响号角。

　　高考前夜下了一场雨，积蓄已久的炎热消散，接下来就是气氛隆重而严肃的两天。

　　一场判决，数张答卷，高中三年的生活就这样画上句号。

　　过了半个多月成绩出炉，施桐考的分数非常高，只比青城理科状元少了一点五分。

　　陈木居然超常发挥，比传说中最简单的三诊考得还好。

　　之前二诊考题难度大，陈木考砸了，名次不进反退，降到年级一百五十名之后。

　　那会儿他还一心想着和施桐在一起，看到成绩单顿时如霜打的茄子，整个焉了。

那日晚饭，他们去了校外那家粉店，他默默替她烫了筷子，然后无声吃粉。

其间施桐看了他几眼，欲言又止。

她也看见陈木的排名了，她没想到他受打击这么大，心里埋怨自己，也有些后悔，早知道一诊考试后，她就不那么坚持原则了。

其实陈木为了她真的很努力，他不是热爱学习的人，却二话不说，答应了对他而言近乎苛刻的成绩要求。

施桐本来觉得自己是为他好，却突然意识到，他追她追得太累了。

大概没有其他男生追女孩子会这样辛苦吧？

是她太残忍。

心里想着这些，施桐翻来覆去睡不着，某个瞬间，她倏地睁开眼，摸到床头柜上的手机，给他发信息。

"陈木，你别灰心，谁都有考得不如意的时候。很快就三诊考试了，听说三诊是难度最低的，我对你充满绝对的信心。你要是考不进前一百名，我就不姓施。"

同样失眠的陈木呆呆地看着这条短信，胸中雾霾一扫而空，心情激荡难平，满血复活。

黑暗中，少年眼睛发亮，咧着嘴傻笑，回复："你都放狠话了，那我肯定要考进前一百，答应你的，我必须做到。"

施桐松口气，紧接着又收到一条他发来的短信："不过你叫陈施桐也挺好听的。"

她情不自禁把"陈施桐"三个字念出来，轻声笑了。

后来，他们百分之九十九的精力都放在学习上。

施桐的目标是青城大学，陈木跟她保证，他争取和她考一个学校。

她没觉得他狂妄自大，但也不想给他太大压力，让他尽人事听天命就好。

但陈木听不进去，年前那部青春电影给了他启发，他认为自己要和她站在相同的高度，才配得上她。

所以他愈发刻苦，早晨六点起床背单词，半夜零点才放下试题，三诊考试成绩出来，陈木排年级第七十八名，进步显著。

他等这一天很久了，他言而有信，完成了自己的承诺。不过如今高考已然迫在眉睫，他比以前考虑更多，不想这时候去分她的心，生生压下自己的躁动。

两人心知肚明又不约而同地朝着一个方向努力，相比于施桐的绝对性高分，陈木差了一截，但也比青城大学历年的录取分数线多出二十三分。

这样的结果自然皆大欢喜，两个人的心都踏踏实实的，填报志愿时，都报了青城大学。

施桐追随父亲，填报了新闻学。陈木则选了他感兴趣的另一王牌专业，计算机软件。

一切尘埃落定，他们迎来了人生中最无忧无虑的漫长暑假。

在这个假日中，施桐也成年了。

施桐终于迎来了自己的十八岁。

她人生中许多未曾体验过的，都在这年发生。

奇妙的，刻骨铭心的。

周虹把女儿的成年礼和高考庆功宴办在一起，客人除了家里亲戚，还有她和施云涛的好友。

梁校长也来了。

说起梁校长，因为他嘱咐老师关照施桐，再加上施桐叫他叔叔，大家都以为她是他侄女。

有老师问他，他笑道：“是我大侄女没错。”

托了这个传言的福，施桐高中三年过得挺滋润。

席间梁校长对施桐赞不绝口：“我要是有桐桐这么个女儿就好了。”

施桐羞涩地笑。

梁校长又说："你梁畅哥也在青城大学，我已经给他打过招呼了，要是遇到什么困难了你就找他。"

施桐拿到一串陌生号码，存入手机通信录。刚按下完成，陈木打来电话，她躲出去接。

陈木说："你坐货梯到二楼来。"

于是施桐满怀欣喜下去找他，货梯里一股刺鼻难闻的味儿，却丝毫不影响她的心情。

到了二楼，货梯门自动打开，他立在无人的走廊中，笑着看她。

施桐走向他，还没来得及说话，就被大力抱了个满怀。

她紧张起来："你别……"

他声音沉沉地说："这没人。"

施桐闻着他身上散发的青春荷尔蒙气息："你怎么来了？"

"想你了。"

他脑袋埋在她颈边，说话间温热的气息扑洒，她皮肤上浮起细微的小粒子。

货梯门突然再次打开，从里面出来一个穿着深蓝色工作服的清洁阿姨，她看了看两人，拿着拖把离开。

施桐两颊通红："有人。"

陈木放开她："换个地方。"

"去哪儿？不能太久了。"

"跟我来。"

陈木拉着她往左走，推开沉重的铁门。

铁门后面是狭窄的楼梯，里面一片昏暗，十分隐蔽。

两人躲进去，关上门，光线更暗了。而且很静，好像连呼吸都有回音。

陈木张开双手。

施桐毫不犹豫地扑到他怀里，轻轻扣住他精瘦的腰。

他下巴温柔放在她头顶："真乖。"

她无声地笑。

这里面太安静了，寂静得让人心乱。

沉默半分钟，陈木温柔叫她："桐桐……"

她"嗯"了一声。

他语气感慨，说："你终于成年了。"

她抬起头，眼睛无比清澈："怎么了？"

真是单纯得要命啊。

陈木笑起来，他不说话，决定用行动告诉她答案。

少年目光锁定少女水润的嘴唇，一只手捧住她的脸，缓缓低下头，灼热的气息一点一点逼近她。

施桐的一颗心狂跳。

猛地明白他那句话的意思。

她两只手攥紧了他的衣服，微微颤抖。

这时候，他已经贴上她的唇。

两人的脑袋都有一瞬的短路，接着同时闭上眼睛。

唇瓣碰唇瓣，初吻笨拙而慌张，断断续续亲了一会儿，施桐娇羞无限埋在他胸膛里，再也不肯抬头了。

陈木意犹未尽，紧紧抱着她，喉咙发干，不由自主咽了咽唾沫，回味刚才的美妙。

她刚才竟然没躲开。

他早就想亲她了，她的唇比想象中更软，接吻的滋味比梦中更好。像甜蜜的奶油，也像带着露水的玫瑰。

陈木想，他大概会上瘾的。

施桐的手机铃声骤然响起，声音挺大，两人都吓了一跳。

周虹问："桐桐，你在哪呢？"

施桐紧张兮兮，说："卫生间。"

"胡说，我刚才叫你怎么不答应？"

"我在二楼呢，之前人满了。"

"你快点啊。"

"嗯。"

陈木听得一清二楚，笑意加深，她撒谎的样子真可爱。

挂了电话，施桐舒了口气："我要上去了。"

他想起自己的主要目的，说："晚上出来玩，我给你庆祝生日。"

施桐问："就我们俩？"

陈木坏笑："如果你想的话，也可以。"

"……"

"还有波子他们几个，人多热闹，你叫上冉薇和许乐亦？"

"行啊，我问问他们。"

施桐说："那我走了。"

陈木说："再亲一下。"

她被骗了，不是一下，他亲了好多下才不依不舍作罢。

施桐又乘货梯上楼回饭店，上升过程中，她用手机屏幕照了照嘴唇，有点红。

幸好饭桌上有两道辣菜，她可以找到借口。

不过周虹没问，她喝了酒，敏锐力大打折扣。

饭后送走客人，回到家，施桐跟父母说晚上出去和朋友一起过生日。

施云涛和周虹同意了，给了她一笔钱，让她请客。

施桐谢过爸妈，连忙到卧室给冉薇打电话，冉薇爽快应约并负责联系许乐亦。

下午五点，陈木打电话来，说他在小区门口等她。

她出去的时候，他懒洋洋地靠在一辆黑色轿车旁，一身短袖短裤随性不羁，长腿交叠，低着头避开刺眼的太阳。

施桐走过去，陈木视线中出现雪白。

他抬头，目光比阳光更炙热，张口就来："You are so beautiful！（你真的好漂亮）"

施桐第一次穿短裙，方领宽肩带使得她颈项更纤细优美，锁骨迷人，手臂柔软，两条腿笔直修长，在太阳照射下，白得发亮。

她脖子上戴着一个袖珍的黄金招财猫，闪闪发光。

如此美丽，他都挪不开眼睛，突然很想取消今晚的聚会，与她单独庆生。

施桐被他看得整张脸火辣辣的，拿手捂脸："好热，我们走吧。"

陈木一笑，侧身拉开副驾驶座车门，手掌放在门顶："上车。"

她惊讶地看他："这车是你的？"

陈木说："我爸换新车了，旧的给我开着练手。"

他去年就满十八岁了，一到年龄就去考了驾照。

施桐坐进去，拉了安全带系上。

陈木绕到驾驶位发动车子，缓缓拐了个弯后，加速驶出这片区域。

她有点担心："你开慢点，注意安全。"

陈木打开音乐："你在车上，我哪敢开飞车，放一万个心。"

她被逗笑了，看向窗外。

在大桥上遇上堵车，半个小时后才到达目的地。这是一家风情十足的德国餐厅，系着蓝色工作围裙的服务生领着他们走到预订的座位处。

坐了一会儿，余波和冉薇他们分两个批次先后进来，第一件事就是给她送上礼物。

因为生日在暑假，她还没和朋友们一块庆祝过。

这是第一次，感觉真的很棒。

她喝光了超大杯的德国黑啤。

陈木忖着酒精度低，随她高兴，倒是他自己开了车不喝酒。

后来到了KTV，大家情绪高涨开始喝啤酒，陈木才稍微拦了施桐一下。

其实今天聚餐，除了给施桐庆生，还有另一个目的。

自此之后，天南地北各奔前程——

冉薇和许乐亦一起考到南方的一所985高校，余波和李茉莉各凭家里关系去了北方，明小佳画得一手好画，顺利考进青城美院。

都祝彼此一帆风顺，也愿大伙友谊长存。

唱歌不是主题，光喝酒也没意思，李茉莉提出玩游戏，输了的就接受惩罚。

酒杯杯口弄湿后贴了一张纸，中间放色子，然后大家挨个点火，并自己掌握时间吹灭，谁先让色子掉进杯中，就算谁输。

划拳定胜负，排序越往后越危险。

首轮施桐排第一，她轻轻松松地通过。

到了陈木，已经烧掉四个角，看上去他往哪儿下手都悬，她为他捏了一把汗。

只见他很随意地点火，迅速一吹，竟然稳稳当当过关。

第六的李茉莉就没这好运气了，明小佳让她跳钢管舞。李茉莉也不扭捏，抓住麦克风支架就来了一段，又性感，又搞笑。

第二轮余波坑施桐，他故意把纸烧得恰到好处，然后她一燃即落。

余波不怀好意："语文课代表，你也来段钢管舞？"

施桐本着愿赌服输的精神，硬着头皮要上。

陈木拉住她，对着余波撩眼皮："换一个，她穿这裙子不合适。"

余波本来就等着这话，一副很好讲条件的样子："那你们亲一个吧。"

李茉莉把铃鼓摇得哗哗响，起哄："亲一个，亲一个，亲一个。"

施桐一下就慌了，虽然中午已经亲过了，但当众接吻不在她心理承受范围之内。

她说："我给你们唱首歌吧。"

余波摇摇手指："不行哦，语文课代表。"

她还想换节目，陈木眼里笑意闪过，伸手搂过她，低头亲下去。

施桐猝不及防，睁大眼睛。

耳边是"噢、哟、噢"的声音，也有口哨声，铃鼓摇得更加欢快。

施桐心脏被谁攥紧？

她祈祷惩罚很快结束。

上帝也许打盹了，一时没有听见呢。

灯光迷离的包厢里，耳边是朋友们肆无忌惮的哄闹。

现场表演"吻戏"，对施桐来说，可谓压力巨大。

可他正好和她相反，甚至趁她分神之际撬开她牙齿。一瞬间，什么窘迫什么不安全部没了，只剩下僵硬，和强烈的感知——

时而柔软时而用力地触碰，让她晕晕乎乎的。

陈木没敢太过放肆，在施桐找回神思前一秒，及时放开她。

后来快散场的时候，明小佳送了陈木和施桐一首歌。

"他将是你的新郎，从今以后他就是你一生的伴，他的一切都将和你紧密相关……她将是你的新娘，她是别人用心托付在你手上，你要用你一生加倍照顾对待……"

唱到最后她转身，拿着话筒叫他们的名字，笑说："祝你们修成正果，以后给我留一杯喜酒。"

陈木领了她的好意："好说好说，喜酒喜糖全部给你留。"

末了，大家合唱了周华健的《朋友》，热泪盈眶着，就各奔东西了。

大学开学前一天，周虹检查施桐的行李是否带齐，在里面发现一瓶阿玛尼的香水，愣了愣，心里感慨，女儿真是长大了。

她以为这是施桐自己买的，但其实是陈木送给她的十八岁生日礼物。他表姐给出的主意，正好那会儿表姐人在国外旅游，就顺便给他带了回来。

第二天，施云涛和周虹一起送施桐去学校报到。

办完入学手续后去宿舍，周虹一边给她整理床位一边絮絮叨叨，说着说着红了眼眶。

女儿从小到大第一次在外面住，她实在放不下心。

施桐见状连忙表示她生活能自理，会照顾好自己。

周虹也没其他办法，让她最好每周都回家，至少也得两个星期回一次。

中午一家三口去体验了学校的伙食，吃完饭周虹对女儿再三嘱咐后，才和施云涛离开。

等父母离开后，施桐才给陈木打电话，他接得倒快："他们走了？"

她"嗯"了一声："你在干吗呢？"

陈木问她："你要不要来我宿舍看看？"

"这不太好吧。"

"没事，今天没人管，以后你想参观都没机会了。"

"谁想？"施桐反问。

"好好好，你才不想。"陈木哄她，"我不会套被罩，你来帮帮我。"

施桐笑了："我也不会。"

陈木说："你搭把手就行。"

施桐问："你室友呢？"

陈木问："你在哪儿？我来接你。"

她认输。

陈木远远就看到施桐，一阵风似的跑到她面前，十分自然地牵她的手。

施桐下意识想躲，他拉紧了："桐桐，咱们可以正大光明地谈恋爱了。"

她愣了愣，想想也是。

不知不觉就过了早恋的年龄了。

第十三章
爱的第一个征兆

陈木宿舍在五楼，她跟着他进去的时候，里面三个男生正你一句我一句聊得欢，见到施桐都很是吃惊。

"我女朋友，施桐。"陈木介绍。

施桐有点不好意思，打招呼："你们好。"

男生们友善地笑，一人回了一句："你好。"

施桐与陈木合力套被罩，其中叫张恒的男生特羡慕："哎！有女朋友就是好。"

陈木喜形于色："那是。"

施桐："……"

"你俩高中同学啊？"

"准确地说从初中开始就是同学。"

张恒"哇"了一声，好像有点难以置信。

套好被罩，铺好床，陈木舍友约着一起到食堂吃饭，施桐吃过了，就没和他们一起。

临出门前，张恒补充一句："你女朋友挺漂亮啊。"

陈木纠正："什么挺漂亮，应该是非常漂亮。"

换来了哈哈大笑，男生们比较好混熟，几句话就打成一片。

这边施桐回到自己宿舍，之前只和其中一个舍友见过，现在人齐了，互相认识后聊起来。

她们都是其他城市考来的，只有施桐是本地人，她表示非常乐意带她们游青城。

女生们嘻嘻哈哈地说太好了，气氛就这样融洽起来。

她们都读一个专业一个班，下午结伴去开班会，晚上一起吃饭。中途陈木来了，施桐也给她们介绍："我男朋友，陈木。"

女生比男生腼腆，笑着打了招呼，也没说其他的。

吃完饭，施桐和陈木手牵着手逛夜晚的校园。林荫小路上，他们这样的小情侣一对又一对，仿佛恋爱也是大学生活的主旋律。

两人还不熟悉路，不知不觉就走到了某个死角，施桐正打算折返，却被他拉住了。

她明知故问："干吗？"

他坏笑："亲你。"

自从他们确定恋爱关系后，他身上那股痞劲儿，在她面前再也不刻意收敛了。

他一手撑在墙上，一手抬起她下巴，低头覆在她唇上。

施桐被他亲得两腿发软，不由自主抱住他的腰，结果换来了他更猛烈的回应。

许久之后，施桐得以呼吸，她喘着气，满眼水光潋滟地看着他。

陈木心中一荡，嘴唇贴着她耳朵低声说："喜欢和我接吻吗？"

他居然还说出来。

施桐羞得要命，下意识捂住他嘴："别说了。"

他顺势嘬她掌心，她被烫得一颤，收回手。

陈木把她拥进怀里："我挺喜欢的。"

她轻轻捶他背："求你别说了。"

陈木笑得止不住："你到底喜不喜欢？"

"不喜欢。"

"桐桐，你说谎话都不打草稿的。"

"谁说谎话了？"

"好吧，既然不喜欢，我多亲几次你就喜欢了。"

然后摆出又要吻下去的架势。

施桐怕了，抱紧他不肯抬头："你怎么这样？"

怀中的人软绵绵，陈木一颗心也软绵绵："哪样？"

她不理他，闻着少年身上干净的味道，闷声偷笑。

陈木不依不饶："真的不喜欢？"

"真的。"

"再问一遍。"

"真的。"

"再再问一遍。"

"真的。"

"再再再问一遍。"

"假的。"

"我就知道。"

"……"

后来回到宿舍，施桐进门，短暂的静默之后，室友们那叫一个热烈。

"你男朋友好帅啊！"

"你男朋友也太高了，得有一米八五吧？"

"……"

大学第一个夜晚，施桐在室友们的连环追问中，把自己和男朋友的故事讲给她们听，也听她们讲各种趣事，最后笑着入梦。

军训后正式进入大学的专业学习生活，令大家小失望的是，并不像高中老师形容得那么轻松。

课程安排得很紧凑，通识课、专业课一大堆，而且学校以学分作为筹码，要求大一新生必须上早自习。

但总的来说，施桐和陈木单独相处的时间还是多了起来，而且也更加自由了。

因为周末不上课，最开始一段时间，两个寝室的成员，也因了施桐和陈木的关系常常一块出行玩乐，等到这些外地室友们对青城熟悉起来，他们就成了完完全全的二人约会。

他们的约会总是新奇有趣。陈木会玩，带着她体验各种各样的活动。施桐跟着他一起学会了游泳和骑马，甚至去跑了半程马拉松。

施桐属于缺乏体育细胞的那类人，还记得以前初中体操比赛走正步，同手同脚闹笑话，她本来讨厌运动。可是和陈木恋爱后，她竟变得不排斥，反而渐渐喜欢上了。

不过平衡感极差的她始终没有学会自行车，有什么关系呢？她更享受坐他后座的感觉，就像那年樱花盛开，被他载着穿行在花瓣雨中，连空气都浪漫。

施桐再一次坐陈木的自行车后座是在十一月，满城银杏金黄，与当年截然相反的季节。晚秋将春深的浪漫彻底孕育成熟，他们的恋爱也甜蜜透了，她不必小心翼翼捏他衣角，能够大大方方搂抱他的腰。

风吹过，银杏叶飘落，施桐伸手接住一片，心情飞扬："我可以一辈子不会骑自行车吗？"

他回过头看她，眉眼俱笑，显得温柔而纵容，他笃定道："你不用会。"

后来他们分开的那几年，小黄车火爆一时。那种自行车没有后座，不能载人。可每每她看见骑自行车的男孩女孩们，便会想起当年的他和她，忍不住心酸怀疑，她真的不用会吗？

等到入了冬，日子好似一天短过一天，很快就放寒假。

大学寒假放得比较早，这时候高中生初中生还在准备期末考试，距离除夕还有半个月。

余波邀请他们去听周杰伦的演唱会。主办方送了他妈妈十张票。

演唱会地点在鱼城，鱼城与青城毗邻，距离很近，坐车两个小时就到了。

陈木问施桐想不想去。

她真挺想去的。

施桐还记得初中买的第一个 MP3 里下载的全是周杰伦的歌。

经常在上学放学的路上戴着耳机听，有时候写作业也听，后来去 KTV 必点他的歌。

周杰伦真的是伴随她走过了青葱岁月。

陈木拍板，那就去。

施桐费了好多口舌，最后在妈妈千叮咛万嘱咐中出门。

她以为是浩浩荡荡的十人行，结果只有他们两对小情侣。

余波和李茉莉居然在一起了，高中时他们勾肩搭背就跟好哥们似的，施桐完全没想到这二人会变成情侣关系。

余波说："我妈就留了四张票，其他的都发给她员工了。"

其实是他只要了四张，人多的集体活动很麻烦。

由于陈忠不放心陈木开车上高速，而余波拿到驾照未满一年不能上高速，所以他们坐了长途汽车去鱼城。

这两个城市的地势相当不平坦，高原山地居多。

沿途群山起伏，因为天气阴沉的缘故，黑压压连成一片，没什么好看的。

施桐靠在陈木肩头睡了一觉，抵达鱼城时才被叫醒。

他们打车到体育中心，买了荧光棒和发光米奇头箍，在脸上贴上"Jay"字样贴纸，然后随着激动的粉丝团经安检进场。

这一切都像梦一样。

当偶像登台，全场都沸腾了，耳边充斥着震耳欲聋的尖叫声和呐喊声。

像施桐平时那么内敛安静的人，也卖力地挥舞荧光棒，跟着叫，跟着唱，跟着哽咽哭泣。

后来呢，唱到《七里香》，唱到那句"我此刻却只想亲吻你倔强的嘴"，他把她拉进怀里，用炙热的吻封住了她的唇。

不止他们，许许多多相爱的人在这一刻深情接吻。

喧闹还在继续，他们的世界却安静了。

歌曲已经换成了《甜甜的》。

这个吻非常浪漫，甜到爆炸。

让人铭记一生，永不忘却。

演唱会结束后堵了一个多小时车才得以离开体育中心，四个人吃了晚饭，又去 KTV 玩儿，本以为可以痛痛快快玩一个通宵，但到了零点时分，施桐开始困了，余波和李茉莉却唱得起劲，她不好扫兴，强撑着精神当听众，还是陈木见她连打两个哈欠，便去点歌台对余波说："出去找个酒店睡觉吧。"

余波咋咋呼呼："你不是吧？我刚进入状态，买的八小时的套餐，才唱这么一会儿就退了划不来。"

"你和莉姐还想唱就接着唱，我和桐桐要睡觉了。"陈木提议。

余波立刻露出坏笑。陈木知道他说不出什么好话，便堵了他的口："字面意思的睡觉，不要以小人之心，度君子之腹。"

"我真的信了。"余波阴阳怪气。

陈木没有理会，向他确认："你们还唱不唱？"

李茉莉正将一首《唉声叹气》唱得缠绵悱恻，余波便做了决定："你们先走。"

陈木点了下头，回到施桐身边，拉住她的手："我们走吧。"

"不唱了吗？"施桐疑惑。

"不唱了。"陈木说。

走出 KTV 那栋大楼，寒风迎面吹来，施桐才后知后觉意识到："就我们两个人？"陈木故意问："难道你想和他们一起熬夜？"

到底周公大过一切，施桐果断摇头。

他笑出声来。

旁边就有不少酒店，施桐原以为可以一人住一间房，是她太天真了，因演唱会的缘故，体育中心周边的房间早被订光。直到走进第三家酒店，才遇到一间空房，房间里只有一张床。

施桐刻意压下慌乱的一颗心，安慰自己，这也是迫不得已的事，不会发生什么的。

陈木也不是不紧张，不过他面上倒是平静，随意放下他们的包，问她："洗澡吗？"

施桐也假装镇定，摇摇头："我来鱼城之前在家里洗过了。"

陈木便说："那我去冲冲。"

他走进浴室，不一会儿，里面传出哗哗的水流声，她脸颊逐渐烫起来，仿佛火烧，于是捂着脸到窗边吹风。

鱼城的夜景很美，高楼大厦美轮美奂，霓虹灯下车水马龙。

繁华之下，不失温暖。

他很快就出来了，毫无预兆地，从后面将她抱了个满怀。

施桐心脏一紧："你这么快就洗好了？"

他"嗯"了一声："不冷吗？"

施桐说："不冷。"

陈木坚硬的下巴放在她肩上，把她搂得更紧："我好冷。"

施桐回头，见他只穿了酒店提供的白色浴袍："你把外套穿上啊。"

她这么说着，立刻关上窗户，顺手拉了窗帘。

陈木低低笑："不穿了，就睡觉了。"

施桐"哦"了一声，有点无措："那你先睡，我……我去洗漱。"

他放开她："好。"

想到今夜要和他睡一张床，施桐都不敢看他，她感觉自己根本不是洗漱，而是躲难。

酒店里的牙刷比较硬，她心不在焉，一没留神就刷到牙龈，渗了点血，疼得她表情扭曲，忍着没出声。

她在里面待了很长时间，他都可以冲三次澡了。

不过这么躲着也不是办法，最后她还是硬着头皮出去。

他目光直直地看着她，这回换他问："不冷吗？"

话音刚落，她就打了个哆嗦。

她脱了外套，在洗手间磨蹭了那么久，不冷才怪。

陈木很自然地说："快到床上来。"

施桐咬咬唇，脚步钉在原地。

陈木掀开被子下床："想什么呢？"

他笑着朝她走过来。

施桐忙说："没什么。"

接着从另一面走到床边，迅速躺下。被窝里已经沾满他的体温，好暖和啊。

陈木脚步一顿，愣了下，扯着嘴角笑起来。

他回身："你不换睡衣？"

"我就穿自己的衣服。"

"穿这么多？"

施桐说："我怕冷嘛。"

陈木意味不明地笑了一声，笑得她面红耳热。

她不说话了，侧过身子，靠着大床的边沿，背对他。

虽然看不见，所有的感官却很清晰，他就在她手边。

施桐闭上眼睛："关灯吧，我要睡了。"

陈木笑笑，依言关了灯。

陷入完全的黑暗后，施桐莫名地松口气。

就在这时，陈木长臂一伸就把她捞到怀里，戏谑道："睡那么边上干什么？"

施桐说话结结巴巴："我……我怕……挤着你。"

陈木说："我不怕挤。"

施桐："……"

她还穿着毛衣，腰肢依然细细的。是真的很细，他两只手合住还有剩余。也十分柔软，仿佛是棉花做成的。

这是寒冬，他掌心却热气腾腾。半分钟工夫，施桐被烫得心绪不宁：

"陈……"

她一张口，他就翻身堵住了她的嘴。

如火引子，把身体、思想、灵魂的热意全部熊熊点燃，足以焚毁一切。

他两手乱动，把她的身体当作宝藏。

施桐敏感地抽气，胸腔紧缩，整个人弓了起来。

她推他："热。"

他贴着她的唇笑，酒店牙膏的清新气息传来："不怕冷了？"

施桐沉默，没有任何动作。

陈木笑了一会儿，渐渐收敛，柔声唤她："桐桐？"

她轻轻"嗯"了一声。

陈木额头贴着她额头，情不自禁说："桐桐，我们一毕业就结婚好不好？"

施桐心脏一震，没想到他会突然提结婚，好半晌才回："现在说这个还太早了。"

"你不相信我吗？"陈木呼吸灼热。

她连忙解释："不是，我们还小，我没想过。"

"那现在想吧，你要和我结婚吗？"

"……"

陈木问："嗯？要吗？"

到底是少女，"结婚"一词真的很容易让她感动，令她憧憬。

施桐心里装满甜："看你表现了。"

他立刻表忠心："我爱你，永远爱你。"

施桐情不自禁笑起来，甜蜜蔓延到嘴里，嗓子发胸。

她想起看过的一些青春电影，说："你们男生这种时候是不是什么话都能说呀？"

陈木愣了几秒，翻身躺回去。

压在身上的重量卸去了，施桐反而更忐忑了。

片刻后，她问："生气了？"

他闷声说："你以为我骗你？"

那就是生气了。

施桐说完就后悔了。

他说爱她，她不应该那么回应的。

但她不知该说点什么挽回局面。

她正思考着怎么开口，他重新抱住她，并把她脑袋按到心脏的位置："桐桐，你好好感受我的真心。"

他说："我喜欢的第一个女孩子是你，好喜欢好喜欢你，就算活到一百岁，我也只喜欢你。"

他说："我想和你结婚，想和你生孩子，想和你白头到老。"

他亲她发顶："我爱你，桐桐。"

施桐听着他沉稳有力的心跳声，一下、一下又一下，从她耳朵震到心底，她眼泪猛地就出来了。

她想到演唱会上那个浪漫的吻，突然变得大胆起来："陈木，我也爱你，我以后要和你结婚的。"

静默数秒，他沉沉"嗯"了一声，用力抱着她。

她鼓起勇气，主动亲吻他。

女孩一旦变得大胆简直要命，陈木被攻了个措手不及，施桐明显感觉到，他的心跳变了节奏，越来越快。

是谁说过"真爱的第一个征兆，在男孩身上是胆怯，在女孩身上是大胆"。

这话特别正确。

当初很长一段时间，无论余波怎么怂恿，陈木都只默默地暗恋着她，即使后来表白，他也不敢立刻索要答案。

而这晚，他显得冲动，发出结婚的誓言，想要她回应，想听到她同样的承诺，可到底不敢紧紧逼她说出来，只能将自己炽热的一颗心完整剖开送予她。

施桐跟他正好相反。

少年走出第一步，她便主动引导，以通关的方式，循循善诱，最终将他带到自己身旁，成为她的恋人。

现在也是，一股热血冲进脑门，她话脱口而出，用十分坚定的语气，和他约定了终身，以吻盖章，仿佛便无丝毫违背的余地。

可他们明明一个是张扬不羁的个性少年，一个是矜持羞怯的软糯少女。

爱情太神奇了。

陈木短暂愣怔，随即抢回掌控权。然后他尝到她脸上的泪，才后知后觉意识到她哭过，他的心更热，唇也更热，冷却的气氛重新如火烧麦浪，熊熊燃成一片。

就在两人吻得难分难舍时，施桐手机铃声响起来，这时候只可能是周虹打来的。

再大的火也能被顷刻浇灭。

施桐坐了起来，她深深呼吸，平复好紊乱的气息，才拿起电话，手微微颤抖。甫一接通，就听周虹问："桐桐，演唱会结束了吗？"

她竭力压制慌张不安，提心吊胆的，同时努力保持平静："结束了。"

周虹抱怨："不是说好结束了给我打电话报平安吗？"

施桐立即道："我忘了，对不起妈妈。"

"现在在酒店吗？酒店在什么地方？叫什么名字？"周虹关心三连问。

"鱼城珊瑚路的，缪斯酒店。"施桐乖乖回答。

周虹又问："你和谁一起住？"

施桐转头看了黑暗中的陈木一眼，心脏如一张紧绷的弦，又不敢说实话："我一个人住。"

好在周虹并未怀疑，嘱咐道："那要检查门窗，一定关严实了，注意安全，女孩子在外面，要懂得保护好自己。"

周虹这句"保护好自己"，没有别的意思，女儿向来乖巧听话，她不会往别的方面想，纯粹指人身安全。可听在施桐耳里，大概是她自己撒了谎的缘故，便有了其他解读，以为妈妈告诫她女孩子要自尊自重自爱。

施桐蓦地愧疚起来，声音轻而低："嗯，都关好了。"

"那妈妈不跟你说了，早点睡觉。"

"妈妈晚安，拜拜。"

这通电话仿佛一个警示，挂断之后，施桐满腔勇气便像用久而严重损坏的电池的一样，消耗飞快，瞬间告急。

她呆呆地坐在黑暗中，想到自己欺骗了妈妈，要是妈妈知道她今夜的行为，不知该多么失望难过。她感到羞愧起来，眼睛不知不觉间水汽弥漫，变得湿润。

陈木立刻察觉到她情绪不对，拉她躺下："怎么了？"

他的声音仿佛是压倒骆驼的最后一根稻草，施桐的敏感被放到最大，她突然抬起纤细的手掌遮住眼睛，先是压抑呜咽，接着号啕大哭。

陈木瞬间手足无措，不得章法地哄她，越哄她眼泪掉得越厉害。

"你妈妈骂你了？"陈木焦急却不失温柔。

施桐摇摇头，哽着喉说："没有。"

"那她说什么话了，害你这么伤心？"陈木询问原因。

"我不是伤心，从小我妈妈就教我，女孩子不能太随便，可我没有听她的话。"施桐抽抽噎噎。

陈木懂了，原来她在后怕。她怕如果她妈妈没有打来电话，他们就突破底线了，她辜负了妈妈的教导。也许她也怕他由此看轻了她，不再珍惜她。

他松了口气，放下心来，为她纯真可爱的心思感到好笑，但他知道不能笑，于是生生忍着，转移她的注意力："那你知道我妈妈教了我什么吗？"

施桐一边哭泣一边问："什么？"

"我妈妈教我，男孩子不能混账。"陈木虔诚地吻掉她的泪，叹了口气，"原来罪魁祸首是我，是我弄哭你了。"

"不是你的错。"施桐还以为他当真自责，迅速否认。

他存了逗她的心思，一本正经道："就是我的错，对不起，我不知道接吻就意味着随便了。我猜接吻可能会怀孕吧？"

施桐果然破涕为笑，嗔怪："你乱胡说八道什么呢。"

"你不也乱说自己随便？只许州官放火，不许百姓点灯？"

"那是因为我以为……"

陈木打断她，郑重说："在我们结婚之前，不会的。"

后来分开的那五年，陈木总是记起这晚。

这个晚上，他和她的两颗心贴得那样近，他和她好似永远不可分割。

窗帘留了一道细微的缝，外面的灯火一闪一闪打进来，从墙上溜到天花板，然后隐匿。

他心爱的女孩眼睛被泪水泡过，亮亮的，仿佛星光落入，而他也跟着坠了进去。

她终于被他哄好了，嗓音软软的，问："我们会结婚的，对吧？"

他给了她肯定的答案："对，我们一定会结婚的。"

她看着他："真的吗？"

他点头："我发誓，如果我辜负你就天打……"

她慌忙伸手捂他的嘴："呸呸呸，你别乱说。"

陈木吻她掌心，傻傻地说："那你相信我吗？"

她再次主动，主动抱他，脸紧紧靠在他胸膛上，认真回答："相信。"

心爱的女孩那么相信他，若不是后来出现那场变故，他绝不可能离开。

至于那五年有多么难熬，都是他当下境地没法预知的。

此刻的陈木，一万分的真心，一万分的满足。

而这一年，对于施桐而言同样意义重大，她满心欢喜地与她喜欢的少年约定结婚。

还有就是，她收到了十八年来父母送的最贵重的礼物。

施云涛瞅准时机，与周虹商量后，全款买了一套两室一厅的房子，房产证上写的是女儿的名字。

新开发出来的小区，地处青城中心地段，以后不论施桐在哪儿上班都挺方便。房子卖得很火爆，才搭了个建筑架子就售空了，预计明年底全面完工。

施云涛和周虹考虑的是，等到收房后还能慢慢装修，再空一段时间散味，大概女儿实习的时候差不多就能入住。

不过她要是愿意在家里住更好，就当给她添了一份固定财产，还可以不断增值，以后她做人生选择也能更加有底气。

陈木知道这事后笑说："婚房肯定是我家买，到时也写你名字，你就有两套房了。桐桐，你成小富婆了，要给我傍啊。"

说着就往她身上倒。

施桐推他："我才不要你家的房子呢。"

陈木扯着嘴角笑："就给你，不要白不要，懂不？"

她被逗乐："胳膊肘往外拐。"

他抱住她，亲她耳朵："好好说话，我胳膊肘怎么拐的？哪儿是外？"

两人嘻嘻哈哈地扭成一团。

大一下学期有选修课，每个学生必须修两科。

在学分的驱使下，选课平台一时爆满，很多人登不进系统。

施桐没经历这焦虑，陈木拿到她的学号和密码轻轻松松就搞定了。由于课程冲突，他俩只共同选了一门影视赏析。

这门课的老师相当开明，第一天就表示绝不点名，大家爱来就来，不爱来就不来，期末交一篇影评就算完事。

施桐被陈木带着逃了大半课程，用这时间约会——

事实上，陈木特别忙。

他学的专业很枯燥，但他乐在其中，而且悟性超高，学得快，写程序也快。

有点坑的是，即使是985，学校教的课程依然很基础。

他只有自己去找各种高深的参考书自学，要么泡在图书馆，要么泡在实验机房，要么就用自己的笔记本电脑敲代码，为此饮食和作息都不怎么规律。

他比高中时成熟了太多，真的在为他和她的未来做打算。

陈木的原话是："我不好好学习，以后怎么赚钱养你。"

施桐心里高兴，却说："才不要你养，我自己能养自己。"

他嘴贫："那你养我，我赚奶粉钱养孩子。"

她羞恼："不要脸。"

他哈哈笑，抱着她亲起来没完没了。

施桐相对闲一点，她见学校组织了主题征文比赛，一时兴起报名参加，认真写了文章交上去。

大半个月后她都忘了这事，结果接到电话恭喜她得了一等奖，后来又被通知去大报告厅参加颁奖典礼。

坐在她右手边的人居然是许微生。

第十四章
一颗想结婚的心

偌大的报告厅内,许多女生朝许微生投来爱慕的目光。

不用怀疑,许微生到哪儿都是风云人物,更是被评为青城大学史上最帅校草。

关于他的传言很多,颜值爆表,又是金融专业的新晋大神,中意他的女生排队能绕五六千亩的青城大学一个圈。

不过他很低调,不怎么喜欢和人接触,尤其是女生。

在女生们心中,这点更是加分项。

施桐进入大学后也和许微生见过几次,都是偶然碰上的,交流仅限几句话。

她没想到今天这么巧,笑着打招呼:"社长。"

许微生笑得风清月霁:"还叫我社长?"

施桐开玩笑:"一日是社长,终生是社长。"

他乐了,就摆出社长的姿态点评:"我看过你的文章了,写得不错,立意新颖,进步很大。"

"……"施桐问,"你领什么奖啊?"

许微生很淡然:"没什么,就系里争取到的一个名额。"

颁奖的时候,施桐看着大屏幕上他帅得没天理的照片,表情很复杂。

青大十佳青年,没什么?

光是奖金都有五千块好不好！

再看看自己手里一张薄纸，啧。

许微生拿了证书回到台下，也许看出她的无语，凑过来说："等会儿结束一起吃饭，我请客。"

夜里陈木踩着门禁回到宿舍，他进门的时候已经熄灯了，漆黑的四人间里，三台电脑亮着幽幽白光。

今年五月天气不算太热，但男孩子们火气旺盛，天花板上的两台电风扇早就开始工作，嗡嗡转动，风中浮动着肉眼看不见的尘埃。

陈木随手把书丢到桌子上，拿过杯子接水喝。

旁边的张恒犹豫了下："木哥，给你提个醒，你这天天跟代码混，小心被人挖墙脚啊。"

陈木顿了下，一口气喝到底，挑眉："怎么说？"

张恒侧身："我在食堂看见你女朋友和校草一起吃饭了，有说有笑的，聊得很好。"

他再次接了一杯水，咕咚咕咚喝完："不存在，我知道。"

施桐打电话说了，当时他手头的程序解析没弄完，似真似假贫了几句，没让她为难。

张恒惊诧："你心可够大。"

陈木漫不经心："吃一顿饭而已，没什么大不了的。"

也就嘴硬。

他走到阳台一边刷牙，一边单手打字发短信："以后不许这样了啊。"

半分钟后未收到回复，他两腮快速鼓动了几下，吐掉漱口水，拨电话过去。

她迷迷糊糊地接通："喂？"

原来睡着了。

陈木笑起来："没事，你继续睡吧。"

"……"

施桐隔日醒来才看见他的消息，她笑了笑，起床洗漱。

入夏后天亮得早，六点多钟，天边就一大片橘红色，似绘画大家手笔，洋洋洒洒晕开。

陈木挺拔地立在施桐宿舍楼下半个多小时了，每走出来一个女生，都会向他投去注视礼。有的对上他不经意的目光，蓦然脸红。

这儿不止他一个男生，就他最打眼。外形高大英俊，五分阳光五分痞气，挺迷人的。

青城大学校草榜上，陈木排第四。至于为什么没进前三，也许是由于他有主了。施桐觉得有失公正。

她裙角翩翩小跑到他身边，几丝黑发贴在粉嫩的嘴唇上。

陈木顺手拿过她手里的书，食指挑开她的发，拨到耳后，然后牵了她往食堂走。

清风徐徐拂来，把青草露水的气息送到鼻尖。

陈木问："怎么不回短信？"

施桐说："你又来。"

"你们吃了什么？"

"砂锅菜。"

"他请的？"

"AA。"

许微生说了请客，她觉得不好，坚持平摊，他也同意了。

"这就对了，只能让我给你付钱。"陈木笑了一声，他说，"不过你以后离他远点。"

施桐问："多远？"

陈木："要多远有多远。"

施桐歪头，好笑道："你怎么这么霸道呢？我交朋友也管。"

陈木飞快碰了碰她脸颊，冰凉冰凉地说："女的随便，男的我要把关。"

她脸红道："不要你把关，我自己心里清楚。"

他"啧"了一声："社会复杂，人心不古，你太单纯了，容易上当受骗。"

"只有你才会花言巧语骗我吧。"

"绝对不会，我对你坦诚不坦诚你还不知道？"

"说不准。"

"没良心。"

吃早餐的时候，陈木对她说："我表姐七夕结婚，她让我问你愿不愿意给她当伴娘。"

高中毕业后，陈木就把谈恋爱的事情跟父母宣布了。

陈忠和蒋贞梅对施桐印象好到炸裂。两人一致认为，陈木一鸣惊人考进青城大学，全是这女孩的功劳。

他们把她看成未来儿媳妇，处处宣扬，家里亲戚都知道。

大伙儿喜欢开陈木玩笑，问他什么时候把女朋友带回家瞧瞧。

陈木自己也琢磨着这事。

正好表姐求助于他，是个好机会。

施桐当然不愿意了："为什么找我？她朋友呢？"

陈木剥好鸡蛋给她："全部结婚了，她找不到其他人。我姐说不要你做别的，就在仪式上给她递递捧花和戒指就行了。"

她还是不答应："不要，等于变相见家长了，我好尴尬。"

陈木看着她："有什么尴尬的，反正早晚都得见。"

施桐说："你不懂。"

陈木嘴角一扯："我还不懂，你怕了？"

她羞恼："不是怕不怕的问题，现在还没到见家长的时候。"

他笑："我妈可想见你了，她还叫我过年带你回去。"

"你怎么说的？"

"我说看你。"

施桐急了："什么看我呀，你不知道往后推吗？"

女孩虽是埋怨，却更像撒娇。

"不推，我肯定想的。"

"……"

"我姐……"

"不行，但你别太直接了，帮我想个理由啊。"

"……"

陈木没说动施桐，后来他表姐一个电话就搞定了。正主亲自邀请，施桐愣是没好意思拒绝。

怎么说也是他的表姐啊。

他不服气："她几句话你就同意了？

施桐反问："你怎么把我电话号码给你姐了？"

"她硬找我要。"

"……"

施桐欲哭无泪，这叫什么事儿啊。

接下来的两个多月，她都紧张死了。

陈木安慰她："又不是第一次见，以前家长会早见过了。"

施桐心想，这算什么安慰。

"都长两只眼睛一个嘴巴，都说中国话，再说还有我在呢，你把心放在肚子里，安安心心当伴娘就好。"

"……"

她更想哭了，还没想好怎么跟周虹说这事。正好是暑假，不说也不行。

试伴娘礼服的前一天，施桐选择实话实说。

那会儿正准备午饭，施桐帮着掐豆角，她鼓足勇气："妈，我跟你说个事儿。"

周虹"嗯"了一声："什么事儿？"

"陈木表姐快结婚了，她请我给她当伴娘。"

周虹抬头，拧起眉心："八竿子打不着的关系，她干什么请你当伴娘？"

"她没有未婚的女性朋友，我和陈木关系好嘛，就找上我……"

姜还是老的辣，周虹敏锐问道："你是不是和陈木谈恋爱了？"

"……"

沉默两秒，施桐点了点头。

也不算话赶话，她本来就有想法。

说谎真的太累，干脆坦白，大不了就是先接受批评，再寻办法说服他们。

周虹愣住，面上表情几经变化，最终沉住气："从什么时候开始的？"

施桐心里有杆秤，没敢把话说太实："还没多久，我大学可以交男朋友吧？"

周虹："……"

现在问她？

她说不可以有用吗？

周虹对陈木评价还行。

他们读初中那会儿，她确实是说过他家里不注重教育，以及担心他性格野带坏女儿，但她当时也夸他长得好还聪明。

后来这孩子成绩越来越好，顺顺当当考进青城大学，周虹对他的看法大大改观，猜想大概男孩比较晚熟，懂事了就拎得清轻重了。

她说："玩得好也就算了，既然你俩谈朋友呢，去给他姐姐当伴娘不合适，像什么话。"

"……"

"你答应人家了？"

"答应了。"

"……"

周虹叹了口气。

晚上施云涛也知道了这件事，他和陈木说的话如出一辙："其他别管，当好伴娘就成。"

周虹依然颇有微词："你也真是，伴娘哪能随便当。"

施云涛说："女儿不懂嘛。人家家里长辈有数，没事。"

周虹说："我看你心比天还宽。"

施云涛笑了两声，转头教导女儿："你成年了，都快吃二十岁的饭了，爸爸只有一句话，好好谈恋爱，更要好好专注学业，自己有实力才是最重要的。"

周虹给女儿盛汤，难得和丈夫统一战线："你爸说得对，虽然我们是你永远的后盾，但始终陪不了你一辈子。你现在的年纪，和喜欢的男孩交往，我们理解，但一定要分清主次，不能只顾玩了。"

父母的反应出乎施桐预料，她眼红红，连忙点头："我明白的。"

施云涛赞赏："你从小到大都乖，爸爸妈妈相信你。"

当晚夫妻两人回到卧室，关上门，背着女儿说起悄悄话。

周虹对着镜子往脸上抹护肤霜："你就一点不担心？"

施云涛把驱蚊液通了电："担心什么？"

周虹"嘿"了一声："说你心宽还真一点不冤枉，你就不害怕你女儿受伤被骗？"

"害怕就不允许了啊？小年轻儿正正常常谈恋爱，我们伸不长手，你不也没反对？"

"那你觉得陈木这小伙子怎么样？"

"我现在不说，等桐桐自己处，她处好了带回家，我再观察。"

"我觉得蛮好，哎，你不是说过他学的专业有前途？"

"没错，未来发展大趋势。"

"他还挺会选。"

"……"

"就是我对他家庭不怎么放心，教育不行，感觉他父母文化低了点。"

"你说这话就没水平了，陈木不也考上青城大学了？"

"我就私下和你一说。"

"睡吧，你也别想太多，到那一天还早着呢。"

"也是，最后能不能成都是未知数。"

他们的谈话，施桐一无所知。

此时她躺在床上，睡颜恬静柔美。

今晚月亮弯弯，星子密布，明日又是艳阳天。

坦白之后，一身轻松。

施桐光明正大出门："妈妈，陈木到了，我走了啊。"

周虹拿钱给她，点到即止："喜欢什么自己买，不够就给你爸打电话。"

她一向有分寸感，明白其中深意，接过钞票："谢谢妈妈。"

周虹笑笑，她保养得好，眼尾皱纹并不明显："别玩太久，晚上早点回家。"

"好，知道啦。"

今天陈木自己开车，他接施桐去婚庆公司。

刚坐进去他就探身过来，捧了她的脸用力亲一口。

她额头轻轻撞他额头："小狗啊，这么兴奋干吗啊？"

陈木拇指摩挲她脸颊，两人鼻尖抵鼻尖，他笑声低沉沉地说："真说了？"

施桐"嗯"了一声。

他扬眉笑，又捕捉她的唇，温柔地喋了几下，拉过安全带给她扣上。

陈木一退开，施桐便感到冷，手臂和小腿上浮起细小的鸡皮粒子，她随手把出风口向上拨。

路上陈木问："那你准备什么时候带我回去见家长？"

施桐想也不想："当然是毕业后了。"

陈木不满意，拉长尾音："这也太晚了啊——"

施桐笑："我还觉得早了呢。"

陈木侧过头，定定看她，咬牙切齿："再说一遍？"

她忙把他脸推回去，说："看路看路，好好开车。"

他顺势捉住她手亲了亲："大三就结婚吧，我刚好满二十二。"

"还在上学呢，工作都没定下来。"

"没关系，不冲突，我们来个爱情学业两不误。"

"拿到毕业证之前免谈哦。"

陈木"哼"了一声："小气，反正早晚都要嫁给我。"

"……"

他打其他主意："毕业就毕业，那下学期我们自己在学校外面租房子住好不好？"

施桐斜眼："你是不是有点飘了？"

"你一间房，我一间房，只是合租……"

"打住，要是被我妈发现你就完了。"

"威胁我？"

"不，恐吓你。"

余光中，她笑盈盈的，娇俏调皮。

他"啊"了一声，叹道："现在就超想和你结婚怎么办？"

施桐："……"

婚庆公司在郊区，一栋独立洋气的欧式别墅。

陈木表姐也刚到，真人和照片里见到的差不多，个子高高的，五官很立体，属于大气范畴内的漂亮。

她说话得体，压根没提"表弟女朋友"这茬儿，对施桐很亲热，喜欢搂她肩。

施桐刚开始还拘束，由于表姐亲和力太强，她很快适应了，放松下来。

坐了两分钟就被带上二楼选礼服，偌大的房间装饰得粉红梦幻，里面挂满各式各样的美丽裙子。

店员指定了其中三排："这些都是伴娘礼服，你选自己喜欢的吧。小姑娘这么漂亮，穿哪件都好看呢。"

表姐挑高眉毛，笑起来："还用说，当然咯。"

"你妹妹啊？"

"是呀。"

"你们家基因真好，都是美女帅哥。"

"哈哈。"

表姐和店员闲聊，接受她对她们颜值、身材的吹捧，并且不忘替施桐挑礼服。

她看中件白色抹胸短裙，说："你试试这件，穿出来的效果肯定很好，小公主一样。"

施桐犹豫了下，小声表达自己的喜好："我想穿有袖子的。"

好看是挺好看，但太露了，她觉得别扭。

表姐和店员俱是一愣，紧接着两人都笑起来。

"你妹妹太乖了。"

"是啊。"

试了几条保守的裙子，最后选了一条改良旗袍式的蕾丝裙，立领挺括，五分袖，两条手臂如洗净的新藕。腰肢掐得很细，裙摆前短后长，随着她步子晃荡，既婉约又灵动。

表姐夸张地"哇"了一声："漂亮！"

施桐捏着裙子，脸红红，有点不好意思地笑。

表姐呆了呆："你怎么这么乖，我都好想亲你一口啊。"

"……"

施桐心想，不愧是姐弟，哪怕是表的。

表姐揽着施桐下楼："我们去让陈木开开眼。"

陈木更加夸张，两眼直发光，从表姐那儿抢过人，直接上嘴往她额头上一印："漂亮。"

"……"拜托你倒是注意场合好吗？

他才不，腻着她："好想看你穿婚纱，肯定全世界最最最好看，我等不及了，我们早点结婚吧！"

施桐："……"

旁边店员瞪大眼睛，惊呆了，这什么情况？！

表姐及时说："其实他是我妹男朋友。"

原来是这样。

只是好奇怪，为什么看上去姐姐和妹妹的男朋友长得比较像？

婚庆公司不提供鞋子，表姐说她来买，施桐表示家里有，然后这事就结了。

中午表姐请客，吃完饭急匆匆撤离。她实在太忙，今天上午特意抽出来的时间。

再说，也不爱当电灯泡。自己表弟两只眼睛就跟502似的黏在施桐身上，现在的小年轻的甜腻劲儿啊，真让人受不了。

表姐走后，施桐问："我们去哪儿？"

大热的天，除了商场，哪儿都晒人，哪儿都不好玩，还不如待在家里吃西瓜看电视。

陈木说："要不去我家？"

施桐立马否决："不要。"

"家里没人，他们白天都在店里，晚上十点才关门回家。"

"那也不要。"

"好好好，我们去哪儿你定？"

"……"

"就去我家吧，你不是一直都想看看小黑吗？"

施桐有点动摇："它凶不凶呀，咬我怎么办？"

陈木笑："它不敢，绝对乖乖的，你可以招之即来挥之即去，不然我拔光它的牙。"

她一乐："你就吹牛吧。"

陈木抗议："你又不信我。"

施桐问："你爸爸妈妈真的不在家？"

陈木点点头："我会骗你？"

于是施桐就没有原则地答应了。

进了门，小黑汪汪地吠。其实以前它会矫健地冲过来，现在年纪大了，不那么活泼了。

陈木吹了一声口哨。

小黑卷着尾巴出现，神奇的是，它见到施桐就安静下来，还亲密靠近，围着她转。

陈木笑："咋样，我说的吧，它通灵，知道谁是真正的主人。如果其他人来家里，它叫得凶得很。"

施桐没养过狗，但她挺喜欢的，尤其是这种大狗，带在身边特有安全感。

她想摸摸它，但还是有点怕。

陈木看着她一伸一缩的可爱样子，直接握住她的手放上去。

她低声惊呼。

小黑张嘴吐舌头，一动不动。

施桐安心了，尝试着一下一下抚摸它的毛，眯着眼睛笑："它好乖啊。"

陈木拍拍小黑："第一次被夸奖，开心不？"

小黑脑袋直缩，呜咽两声，算作回应。

等到陈木切好西瓜出来，一人一狗打成一片。

一条大狗也好意思往人姑娘身上拱？？

还胆敢舔她的手心？！

陈木放下果盘，单手揪了小黑后颈把它弄开："你给我老实点。"

施桐："……"

陈木带她去洗手，再回到客厅，正在重播一档搞笑的综艺节目。

两人就窝在沙发里，啃着西瓜，吹着空调，看着电视，好不惬意。

施桐聚精会神盯着屏幕，被逗得直笑。

不过她很注意自己的形象，永远都是含蓄文静的，从来不会哈哈哈放声大笑。

陈木悄悄搂了她的腰。

画面切进广告，他叫她："桐桐。"

施桐笑吟吟转头，他倾身过来吻她。

施桐心跳飞快，捶了他两下："这在你家呢。"

"怕什么，他们又不会回来。"陈木虽这样说着，但还是放开了她。

小黑趴在旁边地上，扭过头看他们俩，眼睛炯炯有神。

他伸手揉了揉小黑，拉住施桐手腕站起来："走，带你去参观我的房间。"

施桐跟着他进了卧室，他的房间陈设简单，没有什么杂物，色彩也单一。床、窗帘、书柜、衣橱，就连灯具，都是黑色的。

黑色本来极易积灰，大概每日清洁的缘故，目光所到之处，皆纤尘不染。而且房间宽敞，光线明亮，再加上墙上贴的那些花花绿绿的球星海报，并不显得压抑。

施桐首先注意到他书柜上的一摞报纸，奇怪道："你还有看报纸的习惯呀？"

她说着便伸手去拿，陈木也没有阻止，有趣地看看她脸上露出讶异的神情，惊呼："你哪来这么多校报！"

陈木提示她："你找一下这些校报的共同之处。"

施桐翻了两张就发现了，每一张报纸上都刊了她的文章，是她以前参加文学社时留下的作品。她感动地看着他说："这些报纸我自己都没有，你居然私藏班级公共财产。"

"我经过全班同学同意的。"

陈木想到这事便笑起来，那时班上订的校报，但凡有施桐写的文章，最后都会传到他手里，美其名曰保管，不过保管之后便再也没有交出去了。

他换概念："我这不能叫私藏，应该叫珍藏。"

施桐乐了，问他："可以把这些校报给我吗？"

她以为他会毫不犹豫地答应她，结果他毫不犹豫地拒绝了她："当然不可以，以后要留给孩子们好好学习的。"

施桐"哼"了一声："不给拉倒。"

他知道她没有生气，继续插科打诨："现在先放在我家里，等以后我们结婚了，再交给你保管。"

"……"

自从两人约定毕业结婚后，他总爱把"结婚"两个字挂在嘴边，她懒得理他。

后来施桐没敢在陈木家里待太久，不到五点就离开了。

陈木表姐婚礼前一天，他接了施桐过去，施桐揣着一颗紧张的心，见到了陈木父母。幸好婚礼在即，大人们总有各种事情需要打点。所以，施桐没和陈木父母说几句话。

由于陈木提前和爸妈说好不准吓着施桐，两位表现挺正常，也没刻意问东问西。只是眼睛里的满意之色，无论如何都藏不住。

真到了见面，施桐发现自己没有想象中那么紧张。

就跟高考差不多。考前焦虑不安，考时沉着应对，考后放松舒畅。

这晚施桐被安排住在表姐家小区对面的大酒店。那个晚上还有其他的娱乐活动，只是她性格内敛，再加上不认识其他人，想着自己肯定会玩不开，就没有去。

她一个人躺在酒店的大床上，刚开始怎么都睡不着，和冉薇聊QQ。

冉薇问她："陈木父母人怎么样？"

施桐脑海中浮现出两张面孔："挺好的，很随和。"

她初中家长会上就见过他父母，他们五官的优点全部遗传给了陈木。

冉薇又问："那你觉得他们喜欢你吗？"

施桐笑笑："应该喜欢的吧。"

冉薇发了一个开心的表情过来："桐桐，我真为你感到高兴，你的人生大事就算定下来了。"

施桐抿抿唇："没那么快，还早呢。"

"就等着毕业了呗。"

"嗯。"

"你俩发展简直跟坐飞机似的，明明当初你们最晚在一起。"

"我也没想过。"

"陈木挺有危机意识的，知道你抢手，着急忙慌把你带回家。"

"哪儿啊，没。"

她还真的没有什么追求者。现在男生都不笨，世界上好皮囊多的是，何必费无用的工夫。

反倒是陈木更吃香，即使都知道他不是单身，前来表白的女生就跟田里的空心菜一样，掐了又长，掐了又长。

施桐问冉薇："你和许乐亦呢？"

高考过后，冉薇和许乐亦之间那层相互爱慕的窗户纸戳破，他们交往了。

冉薇："他也是说一毕业就结婚，但我有点害怕。"

"怕什么？"

等了两分钟，收到一大段话："他家太有钱了！！虽然我家条件也不差啊，但这么一比完全就是贫民中的贫民，感觉阶级层次差距太大的，都没什么好结果。"

施桐心想也太夸张了："你别这么想，我爸说现在真正的门当户对是思想和精神，两个人三观合、聊得来才是关键。"

"好羡慕你啊，你爸真好。"

"他是比较开明啦。"

"你知道我爸怎么说的吗？"

"怎么说的？"

"他让我一定要找个有钱的，不然要吃苦。但也不能太有钱了，又担心我配不上。"

"他那也是为你好，你俩想办法打消他的顾虑就好了。"

"我懂的，现在想这个也没用。对了，我听说明小佳要去意大利留学了，是真的吗？"

"是啊，她跟我说去佛罗伦萨美术学院专攻油画。"

"她真厉害哇，哎，你们俩经常联系啊？"

"偶尔聊聊……"

…………

两人你一句我一句，直到聊天页面顶上的时间变成四个零，才道了晚安下线。

　　施桐把手机放到枕头边，把空调温度调高了些，闭上眼睛酝酿睡意。

迷迷糊糊中听见敲门声，她惊醒了，心里咯噔一下，感到很是害怕。

　　这时候手机屏幕亮起，来电显示是陈木，她想到可能是他，放下心来。

　　接通电话，他让她开门。

　　果然是他。

第十五章
他们的快乐时光

施桐摸到墙壁上的开关一按，充沛的光线使得她眯了眯眼。她下床去开门。刚缓缓地开了道缝，他就顺势挤进来，一股热气，以及浓烈的酒味扑面而来。

施桐抓住他手臂："你喝酒了？"

陈木"嗯"了一声："把你吵醒了？"

"我还没睡着，你怎么来了？"

"过来看看你安全不安全。"陈木边说边反锁上门，"睡不着啊？"

施桐拆穿道："酒店就在你表姐家对面，这么近，你还不放心呀？"

"被你看出来了，我想你了才来的。"他眼睛笑着，似醉非醉，高大的身体晃了两下，站不稳似的。

"你喝了多少？"施桐扶着他坐到床上。

陈木顺势后仰，倒下去横躺着，闭上眼睛说："没多少。"

酒店房间的灯光黄澄澄的，将他英气的面部线条衬柔和了。

他浓密的两道黑眉往里蹙，施桐俯身轻抚他额心皱起来的痕："不舒服吗？"

她指尖凉凉的，陈木觉得舒服，眉头渐渐平展，他倏地睁开眼睛，两人视线胶在一起。一时之间，两人谁也没有作声，两人一直望着彼此，目光里有浓糖般化不开的情深。

还是施桐先转开视线，她问他："你不回家吗？"

他摇摇头，笑看她："不回，七大姑八大姨都来参加婚礼了，有一些客人住我家里。我的房间被占了，你收留我吗？"

施桐知道他故意卖惨，不为所动道："不收留。你自己再去开一个房间。"

"我没有带钱包，不信你可以搜我的身。"陈木摊开双臂，一副任她搜查的样子。

"我带了，借给你。"施桐说着，就要去拿钱包。

"身份证怎么借？"陈木缓缓坐了起来，下了床，垂头丧气地往外走，"你不收留我，我只能睡外面过道了，给你守门也好。"

他走到了门口，手都放到门把手上，也没听见施桐叫住他，转回身不满道："你真的忍心让我睡过道？"

施桐笑意盈盈地瞧着他："你继续演。"

他坚决不承认："你居然当我演戏！"

施桐长长地打了一个哈欠："我先睡了，还得早起呢。你想睡过道就去睡好了。"

陈木折回来，嬉皮笑脸地问："我不想睡过道呢？"

难道他非要她邀请吗？

施桐面皮薄，丢给他一句："离我远点儿就行。"

睡着之前，陈木离施桐远远的，两人中间空出来的地方，再躺两个人都不成问题。可当清晨醒来，她被他亲密地抱在怀里，奇怪的是，她没有任何不自在，也不想逃离他温暖的怀抱。她安安静静地弯起嘴角。施桐没有看见，少年英俊的脸上那抹与她弧度一样的笑。

那夜只睡了六小时，施桐洗脸刷牙之后，顺便把自己关在卫生间穿伴娘礼裙。那条改良旗袍式的蕾丝裙小而窄，拉链开到腰窝，她折腾半天，无奈发现需要人帮忙，她一个人根本穿不上。

施桐只得开了门，叫陈木："你进来帮我拉一下拉链。"

女孩的背脊笔直雪白，陈木心跳如鼓，迅速将那瓷一样的肌肤锁进裙子里。然后他眼睛定在她身上，心满意足地感叹："我的桐桐太漂亮了，更想亲手给你穿上婚纱。"

大概是那夜只睡了六个小时，施桐还不甚清醒，她轻轻地"嗯"了一声。

两人手牵手回到表姐家里，表姐起得更早，新娘妆化一大半了。一见到施桐，赶紧让化妆师助理给她上淡妆。

以前参加学校的文艺演出也会化妆，但都只描描眼睛、涂涂口红就行，这还是她第一次完完整整化全套妆。

化妆师助理不断地发出感叹。

"底子太好了，皮肤好白啊！"

"眼睫毛太长了！"

"脸真小啊！"

"你长得可真漂亮！"

陈木觉得化妆很新奇，就在一边看着，同时扬扬得意地附和。

这人嘴贫得没边，生怕别人不知道他女朋友漂亮，逗得一屋的人哈哈大笑。

等化完妆了，他找了个小镜子举到她面前："瞧瞧，多美啊。"

表姐打趣道："陈木你说说，桐桐化妆好看，还是不化妆好看？"

他想也不想就回："都好看。"

表姐那些朋友们"哎哟"直叫："你弟弟很会撩嘛。"

施桐红了脸。

新郎带着人来接新娘了，拍门声、叫嚷声、喧哗声，欢庆的气氛一下子来了。

婚车浩浩荡荡往城外开，在风景秀美的郊区举行草坪婚礼。

蓝天白云，阳光热烈，无边的青色，缤纷的鲜花，要多浪漫有多浪漫。

施桐的主要任务就是两件事，在提前安排好的两个时间点，为新人送上婚戒和捧花。

她站在一个很近的距离，看着台上的男女主角幸福拥吻。

施桐问自己，羡慕吗？

答案是肯定的，羡慕。

这一刻，她也想结婚了。

仪式结束后施桐就没什么事了，她不好意思长时间出现在陈木家人视线中，吃过午饭换回自己的衣服，跟陈木说想回家。

陈木想着她肯定不自在，就领了施桐去跟父母和表姐表姐夫打了一声招呼，然后送她回去。

车上他问："桐桐，你以后想办什么样的婚礼？"

施桐心一跳，拿了张湿巾擦口红："我都可以啊。"

陈木说："那我们也办草坪婚礼好不好？地方我都选好了，就诞町花园那儿，超级大一片高尔夫球场，建筑是欧式的，还靠着江，你肯定会喜欢的。"

她被他说得心动，甜滋滋地说："你怎么知道我肯定会喜欢？"

他笑起来志得意满："当然，你心里想什么我都知道。"

施桐想起偶然听到的价格："办一场婚礼好贵啊，其实我们简单点就好了，我又不追求场面。"

陈木说："不能简单，一辈子就一次，我要让你风风光光地嫁给我。"

此时施桐想，其实有他这句话就够了。

她真容易满足。

没过两天，陈木打着替表姐送礼物的幌子来见她。

是一块对施桐这个年纪来说比较昂贵的手表。

陈木告诉她："我姐说这是谢礼，婚礼那天太忙了，她没来得及给你。"

施桐当然不肯收："我也没做什么。"

"一般人能给她当伴娘吗，这是大恩情，懂不？"他拉过她手腕，不顾她反对戴上去。

施桐要取下来，他不准："我们家的兄弟姐妹，表姐和我最好了，她送准弟妹一块表怎么了，应该的。"

"……"

"还是你觉得她没诚意，想她亲自来？"

"……"

"挺好看的，你戴啥都好看。"

"……"

　　曾经想象着大学要如何玩够本，等到真正身处这个小社会，才发觉时间宝贵，分秒必争。

　　特别是陈木，大二之后他更忙了。

　　为了啃英文原版教材而疯狂恶补英语。再加上虽然学校教的课程很基础，但 985 毕竟是 985，平台大、资源多、经费足，给学生争取到各种各样的比赛，陈木抓住实践机会，甚至还在一两个有分量的专业竞赛中拿到了奖。

　　施桐除了专业课，也深入地自学了其他软件课程，还常跟着陈木去蹭编程课。

　　忙着充实自己，腻在一起的时间越来越少，两个人的心却越来越近。

　　因为他们知道，现在的每一分努力，都是位将来的幸福夯实基础。

　　不过偶尔也有放松的节目。

　　大二即将进入尾声，"五四"青年节的时候，学校各个社团联合举办了以"青春"为主题的文艺晚会。

　　陈木加入了 ACM 社团，那是一个百分之百的技术性社团，他们系里面屈指可数的几个"大牛"都在那儿，陈木的专业奖就是在他们带领下拿到的。

　　这次要求出节目，"大牛"们把任务交给陈木，他爽快接下来，并拉着施桐去参加晚会。

　　这种社团晚会到场的全是学生，所以玩得很开，气氛很嗨。

　　其中有个节目，是三人组合跳的焰火机械舞蹈，炫酷十足，将底下观众的情绪推到高潮。

　　他们退场，主持人报幕，施桐听到了陈木的名字，她立刻坐直身体。

高大挺拔的少年从后台走出来，他穿着随意，可简单的白T恤配牛仔裤愣是让人移不开眼。

报告厅里一片昏暗，舞台灯全部投射在陈木身上，亮光下的他愈发显得眉目深邃、五官英俊。

施桐被安排在第一排，陈木的视线轻而易举找到她，接着就扬起嘴角。

她心脏蓦然一紧，红了脸，温柔地笑笑。

他便非常招摇地回应，比心示爱。

耳边传来低声惊呼。

伴随着音乐旋律，他开口歌唱，目光深情款款定在她脸上。

施桐嘴里漫上甜，眼睛弯成月牙，沉浸其中无法自拔。

突然，少年帅气一蹦，从一米高的表演台上跳下，落地瞬间，全场沸腾了。男生"噢噢"喝彩助兴，女生"哇哇"欢快尖叫。

陈木走向施桐。

她觉得自己一颗心就是此刻他手里的话筒，被攥得发紧了。

他走到她面前站定，所有人的目光跟着聚焦过来。

施桐心跳如鸣鼓，甜蜜中掺杂着慌张。

简直太张扬了。

她使眼色，让他到此为止。

他耸了下肩，两眼盛满笑，随即俯身把她的手执起来，歌声温柔得像被阳光烘得暖洋洋的一汪春水。

"牵着你的手，一阵莫名感动。我想带你回我的外婆家，一起看着日落，一直到我们都睡着，我想就这样牵着你的手不放开……"

叫喊声此起彼伏，甚至有人举着手机照过来，场面一度难以控制。

施桐干脆用另一只手捂了脸，任由他"胡来"。

陈木笑容扩大，满脸宠溺。唱到结尾，他吻了吻她手背。

似乎之后的节目都索然无味。

施桐被出了风头后，窥探她的目光如影随形，她只好低着头假装不知。

好在没多久晚会就结束了，陈木及时分走一半注目礼。

两人决定去吃夜宵，手牵着手走在林荫小路上，空气中吹拂着一丝丝晚风，渐渐把躁动难安的心情抚慰。

陈木求表扬："我唱得怎么样？"

施桐美丽的嘴唇勾出弧度："好听。"

他得意忘形："那你打算给我什么奖励？我练了半个月才唱这么好的。"

夸他一句还端上了。

她侧头："没有奖励，我打算给你差评。"

他不满："不对，你拿错剧本了。我不要别的，一个吻就够了。"

她轻轻"哼"了一声，带着笑意："想得美，平时没少看偶像剧吧？"

陈木挑眉，为自己正名："你这么说就过分了啊，偶像剧那些做作玩意儿，能有我这么浑然天成？"

施桐笑眯眯地说："不吹牛会死吧，我脸都丢光了。"

他歪下头，凑到她面前看了看："没丢啊，好好的，美着呢。"

她捂他眼睛，两秒后放开："好了好了，别说了，有人看我们呢。"

"看就看呗。"陈木压根不在意。

"……"施桐如芒在背，拉着他加快步伐。

到了食堂遇见熟人，在卖冒菜的窗口和许微生碰上。

施桐主动打招呼："社长。"

他不着痕迹看了眼他们交握的手，笑着说："歌唱得不错，很好听。"

她怎么觉得调侃成分居多？

陈木大大方方道谢。

施桐："……"

就说了这么一句，许微生的冒菜好了，他端了碗离开。

过了一会儿才轮到他们，吃完陈木把施桐送回宿舍楼下，照例抱了抱。

他自觉索要奖励，浅尝即止："桐桐，暑假跟我去外婆家玩一段时间。"

她愣了下，和歌中的"我想带你回我的外婆家，一起看着日落，一直到我们都睡着"对上号，抿抿嘴："我不去。"

"怎么不去？我姐婚礼上该见的都见过了，怕什么？"

"不一样嘛，我不好意思。"

"别不好意思，外婆好喜欢你的。去吧，就当避暑，他们镇上的夏天温度最高只有十几摄氏度，晚上睡觉还要盖被子。"

"到时候再说吧。"

到了暑假，施桐报了驾校学车。

夏天学车绝对是个错误的选择，天气一天比一天热，考完科目一和科目二之后，温度直逼四十摄氏度，走在青城大街小巷中，人就跟冰激凌似的不经晒。

施桐受不了，娇气劲儿一犯，不爱出门了，最后跟驾校老师商量科目三往后推一推。

陈木就想带她回外婆家玩玩，各种忽悠，说小镇凉快，说那儿水果多，还放大招表示教她开车，一天到晚地磨人，终于说动她了。

施桐答应他之后又有些后悔，她未免也太好说话了。

她好说话，不代表周虹好说话。

不出所料，周虹当即就否决了。施桐撒娇没有用，只好搬来她爸当说客，甭管有的没的一再保证，才得以出行。

陈木外公很早就去世了，他外婆过不惯城里的生活，独自一人留在镇上。所以每每到了假期，还在念书的小辈们全部要回这儿陪陪她。

往年都一拨一拨来，今年约好了似的，一下子全凑齐了。

陈木是他们之中最大的哥哥，这次还带个漂亮姐姐来，小家伙们欢喜得不行，对她亲热得很。

其中一个读初一的弟弟，人长得精瘦，还没开始冲个子，看上去像小学生。

他喜欢拉着施桐一块打手机游戏，其实就是逃跑类的单机游戏，早就过时了，但施桐以前没玩过，乍一玩还真觉得有趣，有点上瘾。

两颗脑袋凑一块，手指快速滑动没完没了，一个人游戏结束了就停下来盯另一个人屏幕，简直不要太好玩。

陈木被忽视很不爽，一会儿就忍不了了，拿过他弟的手机，还弹人脑门："学生不好好学习玩什么游戏，小心我告诉你妈。"

他弟皮得很，完全不怕的，又蹦又跳把手机抢回自己手里："嘁，小学生才告状。"

"……"

他弟又说："我期末考了班上第一，我妈又不会管我。"

陈木："……"

施桐笑得不行。

行，他治不了小的，那他加入行不行？

他摊手："拿来，哥哥给你秀一把，让你见识下什么叫技术。"

陈木轻轻松松超过最好成绩后，收到两声赞美，美滋滋地满意了。

这个暑假是施桐二十年来过得最开心的暑假。

小镇四面环山海拔高，形成独特的凉爽小气候，哪哪都不热。

白天陈木带她体验各种她没做过的事，摘田里的西瓜、树上的枇杷，做饭前才拎着篮子去采新鲜的蔬菜，黄瓜、豆角、青菜，应有尽有。

他刚从藤上拧下番茄，用衣服擦一擦就给她吃："很甜。"

她完全相信他，一口咬下，结果酸得五官扭曲。

他哈哈大笑，拿回来几口吃下："天然的就这味。"

他竟然也有一手好厨艺，颠勺不费吹灰之力，她在旁边变成星星眼。

施桐想，其实就算当初他不好好学习，子承父业开馆子，也一定能过得很好。

反倒是她没什么做菜的天赋，锅里热油噼里啪啦溅，她就啊啊直叫，并往他身后躲。

陈木笑得不行，接过铲子："真怕了你，这辈子咱们家的厨房包给我了。"

她揽活："分工合作，那我洗碗好了。"

他趁着一时没人，回头亲她："你的手是洗碗的手吗？不让你洗。"

施桐被哄得高兴："你说的哦。"

陈木哼笑："我说的。"

他一向说话算话，也真的找到一个空旷的场地教她练车。

是周边一个草莓园的停车场，果园规模大，停车场的面积也大。由于已经过了盈利期，现在没有客人。陈木和园主打了招呼后，就带着施桐来了。

开车对施桐来说并不困难，从小坐她爸的车耳濡目染学了一些，都不用陈木怎么教，她上手很快。

陈木夸奖她永远只有一个方式——

狠狠亲她。

他真的很热衷于和她接吻。

有一晚，他们躲开缠人的小家伙们，偷偷去隐秘的山坡看萤火虫。

施桐从来没有见过那么美的景色。

天空的星星一闪一闪，眼前的"星星"飞来飞去，耳边响着鸟叫蝉鸣蛙声……

明明是浓墨重彩的黑，却那么生动。

明明是经久不绝的闹，却那么宁静。两人并肩躺在山坡光滑的岩石上，欣赏着夏日的萤火闲聊。

"外婆问我，那年你送柚子给女同学吃，那个女同学是不是我。"施桐说。

施桐晚上和他外婆一起睡，外婆与她讲了他以前的许多趣事，有一件她竟也被动参与了。那年他们刚进高中，他曾在中考结束后，在 QQ 上提过一句要给她带外婆家的柚子。其实他自己从小吃到大，并不特别爱，但每次他来，外婆都让他拿几个回家，他总觉得麻烦，可那个冬天一反常态，主动去树上摘。

外婆觉得稀奇，便问他怎么不嫌麻烦了，他一边挑着个大头尖皮黄的，一边说要送给同学吃。

外婆又问他，男同学还是女同学。他回，当然是女同学。

"你跟外婆说是不是你？"陈木偏过头，想听她的答案。

"我说应该是我吧。"

"应该？"他挑了眉，好似不满。

"我知道是我，但我没好意思说得那么肯定。"施桐解释。

她心里想，他们走过的岁月悄然织成了一张网，丝丝线线都串着故事。

他笑了一声，忽然抱她到腿上，坐起来缠缠绵绵吻她。无边黑幕，流萤点点，晚风带着凉意穿过发梢，他的唇热烈又温柔，这让施桐觉得——

太圆满了。

人生哪，还是不要追求太圆满。有时候，太圆满不是好事。

快乐时光倏忽即逝，在周虹的夺命连环电话催促中，一个星期后施桐告别外婆。

临行前外婆特意给她拿了满满两篮还带着露水的新鲜果蔬，再三让她下次还来玩。

施桐给了肯定答案。

谁曾想竟是一句空头承诺。

此后她永远记得这个清晨，暖橘色的小镇、慈眉善目的老人、一碗卧着荷包蛋的咸菜汤小面，以及自己依依不舍的心情。

回程路上，施桐看着窗外一闪而过的绿树青山，兴致不高。

陈木打开车上的音响，双手握着方向盘，身体跟着音乐晃动。

他问："喜欢这儿？"

她"嗯"了一声："喜欢。"

陈木说："如果国庆节有时间，我们过来摘柿子，还有核桃。"

施桐笑了："好呀。"

渐渐地，两边原生态风景隐退，青城的高楼大厦跃进视野。

到了小区，陈木说："这太沉了，我帮你拎上去。"

施桐拒绝："你就别打歪主意了。"

他捏捏她脸："马上就大三了，你真不打算带我进家门？"

她也捏他脸："等着吧，别着急啊。"

陈木懒洋洋的声音："我可着急死了。"

两人亲了亲，施桐下车，带着礼物回家。

距离开学还有小半个月，有一天，外面的天空刚泛起鱼肚白，施云涛把施桐叫醒，让她一块去做采访——

安排给他当助理的记者突发急病，又发高烧又拉肚子，进了医院，实在没法。

施桐一看企业家资料，吃惊道："他不是对外宣称不接受采访吗？"

施云涛哈哈笑，颇为自豪："我和许先生有点交情，很早以前了，那会儿还没有你呢。"

施桐好奇："什么交情呀？"

施云涛说："那年我还是一个小记者，许先生呢，也刚刚创业，我们在一个企业家大会上认识的，当时他想拿到一篇报道，现场其他记者嫌他没有名气都不搭理他，只有我没有拒绝。事实证明，我的眼光很不错。"

按理来说，以施云涛现在的职位，根本不需要亲自出去做采访。

只是这两年纸媒发展趋势日渐下行，除了自身进行突破创新，拿有话题性独家专访的渴求较之以前更甚。

报社就打了素舍连锁酒店创始人许德宏的主意，其实发出约见后也没抱多大希望，毕竟这位有言在先。谁知他竟然答应了。

施云涛猜想他多半是看在当初那一个小时交集的分儿上，所以他当然也得拿出最大诚意了。

施桐感叹道："当初拒绝他的那些记者一定后悔死了。"

施云涛笑了一声："其实未必，成年人懂得要为自己的任何选择负责。你也一样。"

"我知道的。"

采访地点约在许德宏家里，一到地方，施桐看着眼前独立的民国私宅情不自禁"哇"了一声！

果然是大富豪，住的地方起码价值千万。

令她大为惊呼的却是开门的人，施桐难得表情失控，音量拔高："社长？！"

许微生镇定多了，笑着打招呼，请他们父女进门，领着二人到楼上书房。

施桐看着过道廊壁挂着的照片，里面有两张熟悉面孔，突然就理解了冉薇说的"太有钱了"是什么概念。

这兄弟俩也太低调了吧，不显山不露水，完全看不出来啊。

许德宏年过半百，身材保持得很不错，看上去很有型。他挺随性的，一边接受采访一边动手煮茶，还亲手替他们斟上。

整个采访过程几乎就是一问一答，施桐主要负责拍摄和录音。

听着融洽的对话，她再一次对父亲心生佩服。施桐提早看过采访提纲，她知道除了第一个问题，其他全部做了改变。

结束后许德宏邀请他们在家里共进午餐。

饭前两位老相识在客厅闲谈，施桐跟着许微生去了屋后的花园。

盛夏明媚的太阳光全部装进树丛，透过间隙漏到地上，形成密密麻麻的光斑。

两人坐在一片玫瑰花旁，许微生开玩笑："挺意外的，我俩也算故人之子了。"

施桐如实道："是啊，但我比你更意外。"

许微生笑了："难怪说世界很小。"

施桐："……"

许微生不带任何目的性地问她："你谈恋爱了？就高中经常跟你一起的那个男生？"

施桐点点头，她眉眼间自然而然浮上笑意，娇俏生动。

许微生被这笑容影响，两秒恍神："一提他就笑这么开心，看来你很喜欢他了？"

施桐微微脸红，默认了他的说法。

许微生提醒自己曾经的社员："晚会看你们还真会玩，虽说重要的是开心，但一定不要耽误了学业，步入社会，现实的竞争非常残酷。"

像个过来人一样，老气横秋的。

施桐突然就想起许乐亦的评价，这个年纪说这种话，是挺假正经的。

她忍不住笑了。

许微生侧头："你笑什么？"

施桐摇摇头："社长，你真的专注学业不谈恋爱吗？"

"许乐亦告诉你的？"

她的表情出卖了许乐亦。

许微生完美的面庞没什么变化，承认了："嗯，真的。"

施桐打趣道："那么多漂亮女生围在你身边，你怎么做到不闻不问的？"

"好看的皮囊太多，有趣的灵魂太少。"许微生说，"而且我没有多余时间。"

"……"施桐心想，能够让许微生心动的女生不知多优秀。

她决定结束这个话题："今天许乐亦没在家啊？"

许微生看向她，一派诚恳："我也很想知道他去哪儿疯了，你们关系好，要不你替我问问他，谈恋爱真有那么好玩吗？"

静了静，施桐说："不合适，我和他关系也不是很好。"

许微生低低地笑出声。

再怎么意外，这都只是生活中的一个插曲。

日升又落，日落又升，他们大三了。

开学没多久就是国庆节，施桐正好趁着假期考科目三，再加上陈木有活儿做，去外婆家摘柿子摘核桃的计划不能成行。

就在前两天，陈木跟着他们 ACM 社团"大牛"们接了一个需要具备视频直播功能的商城 APP 开发的活儿，除了上一些必要的课程，其他所有心力都耗在上面。

由于甲方急着上线，他们赶进度，每天工作量超大，半夜两三点才收工。

学校各种门禁都是十一点，没办法，几个人在学校外面的民商两用楼租了间办公室上班，这两晚都是直接在那儿睡的。

趁着国庆假期能腾出点空时间，陈木直接找中介带着看房。

施桐和他一块去的，看中了套一室一厅，房间向阳，空气流通，屋内家具家电齐全，也比较整洁，就定下来，签了一年合同。为此两人特意去宜家买了一些装饰画和摆件回来，打扫干净清洁，把锅碗瓢盆规整好，洗漱用品放进浴室，桌布、沙发套、床单被罩换上，再摆上几盆鲜花绿植，就变成一个温暖的小窝，也算家了。

只不过这个家好像装饰得多余了，它只给陈木提供了一个单纯睡觉的用途。每个深夜，整座城市都睡了，他才踩着一地路灯灯光回来，花三五分钟洗漱，头发还是湿的，人已沉沉进入梦乡。第二天城市还未彻底苏醒，他挺拔的身影又出现在热气蒸腾的包子铺前，买一袋小笼包一杯豆浆，囫囵吃下，大步往办公室赶。

施桐收下了他给的钥匙，周末会过来替他收拾一下房间，带一束鲜花，换掉已经枯萎的那束，将他的脏衣服丢洗衣机里洗干净晾起来，回学校的路上给他发消息，叮嘱他记得收衣服。

这样的状态持续了两个多月，并将继续下去。他们手头这个APP比较复杂，质量要求高，据陈木团队估算，得到明年三月才做得完。

十二月的第二个星期五，那天雾色茫茫，室外温度只有个位数，凛冽寒意丝丝扣扣浸到骨头里面。

上完最后一节课，施桐本来要回自己家，陈木打电话告诉她，他难得不加班，晚上两人一起吃饭，他亲自下厨，于是她便去了出租房等他。结果等到晚八点档电视剧都开始播了，他又打电话来道歉，临时发现几个bug，需要他留下来修改，让她自己吃饭，今晚就在他那儿睡。

那时外面下起了大雨，她也不愿冒雨出去打车，便留了下来。她本来想熬夜等他，但天气一冷，人就容易犯困，她和衣盖着毛毯蜷在沙发里昏昏欲睡，竟真的睡着了。

她是被一阵敲门声吵醒的，刚开始还以为是幻听，静了两秒，外面的敲门声又砰砰响起来。

且不说陈木有钥匙，从这样粗鲁的敲门方式来判断，也肯定不是他回来了。

难道是物业的工作人员？

施桐走到门边，从猫眼看出去，可见范围内空无一人，她突然有一种背脊发寒的感觉，害怕起来，也不敢开门，反而拧上反锁扣，问："你好，请问哪位？"

无人回答。

施桐又问了一遍。

还是无人回答。

她悬着心，在门边站了会儿，有些摸不着头脑。

不像幻听啊？

施桐睡意全无，回到客厅打开电视壮胆，精神高度集中关注着门外，后来确定真的没有动静了，她才安下心来。

凌晨三点半，陈木用钥匙开不了门，正准备给施桐打电话，她已经透过猫眼看见他，主动从里面打开，笑道："回来啦。"

陈木带着一身湿意进屋，也不敢抱她，俯身亲了亲她嘴角："怎么还没睡，失眠了？"

施桐看着他换鞋："本来睡着了的，有人敲门，我就醒了。"

陈木问："是谁啊？"

施桐纳闷："不知道啊，可能以为家里没人就走了吧。"

陈木又问："那你开门没？"

施桐摇摇头："没开，我当时有点怕。"

陈木牵她手："以后你来这里，我不在家的时候，就算是白天，如果陌生人敲门，你都别开。"

"万一是物管呢？"

"物管会先给我打电话。"

"那好吧。"

这件事施桐没放在心上，但是过了一个星期，陈木却让她暂时不要来这儿了。

"为什么？"

"小区门禁不严，你一个女生不安全。房间不用每周都做大扫除，脏衣服我晚上回来丢洗衣机里，早晨起来再拿出来晾就行了。"

"因为敲门的事？"

"嗯。"

"没事了，那也可能是搞推销的，昨天我去的时候挺正常的。"

"万一是坏人呢？听话，不然我提心吊胆的，没法好好工作。"

"……"

虽然施桐觉得是他太风声鹤唳、草木皆兵，不过她想着每周去收拾一番也没有多大用处，于是就答应了。

防不住。该出事就得出事。

第十六章
突然而至的分离

周六施桐回家，周虹炖了黄豆猪蹄汤。冷冰冰的天气里喝一碗热的，别提多带劲了。

她想着陈木最近每天都吃外卖，要不就是泡面，于是打算给他送饭。

自己不会做，怎么办呢？她撒娇比较在行。

周虹心肠软，替她烧了好几个配菜。施桐装满四个超大容量保温饭盒，打车到他办公室。

她是掐着晚饭饭点去的，出了电梯，正好听见拐角楼道传来陈木的声音，他和同事讨论脚本问题，她也听不懂。

施桐走过去，声音欢快地打招呼："哈喽。"

四个男生齐刷刷看过来，陈木随即就灭了手里的烟，丢进旁边垃圾桶。

他笑："你怎么来了？"

一边问一边接过她手里的东西，还挺沉。

施桐说："这是我妈炖的猪蹄汤，还专门给你烧了几个菜。"

陈木定定看着她："那你吃没？"

施桐摇摇头，同时邀请抽烟的三人："大家一起吧。"

其中一个戴着一副镜片非常厚的眼镜，笑着拒绝："不用了，不打扰你俩二人世界了。"

施桐想说不打扰，陈木胸膛贴着她肩膀往办公室推："不管他们。"

办公室只有一间屋，空间很小，刚好摆放四张办公桌。不过好在是跃层结构，楼上还有个会议室。

施桐跟着陈木上去，他放下保温饭盒，打开灯。

眼前的长桌一片狼藉，四个烟灰缸全部冒了尖。陈木有些心虚地看了施桐一眼，迅速将各种书籍资料推到一边，接着迅速倒掉烟头。

施桐走到窗边，推开手掌宽的缝，有风进来，吹散了闷浊的气息。

陈木过来拉她，俊眉微微一皱。他捧在手心里搓了搓，低头哈气："傻不傻，这么冷还来给我送饭。"

她动也不动看着他，没一会儿眼眶热起来，很心疼。

少年一如既往英俊，只是难掩疲惫之色，眼下一圈淡淡的青黑色，下巴一圈胡子。

她挣开自己的手，抱住他："我想你了嘛。"

施桐没有察觉到，陈木身体有一秒的僵硬。他旋即用力回抱她，坚硬的下巴轻轻放在她头顶。

他身上有烟草味，不淡也不重，还混合着一股她说不出是什么的味儿。

陈木适时放开她："好了，吃饭吧。我身上是不是很臭？"

施桐瞥了他一眼："少抽点烟。"

他摸摸鼻子，没有狡辩，答应她："好。"

施桐打开保温盒，取了碗盛汤。

陈木打开另外的，把香喷喷的菜端出来，惊叹："这么丰盛啊。"

豆豉鲫鱼、红烧排骨、可乐鸡翅、清炒西兰花、油渣莲白、番茄炒蛋。

施桐说："我想着人多，所以带得多，还是叫他们一起吃吧。"

陈木直接从楼梯口探下头，叫人："袁哥李哥王哥，别点外卖了，来吃好吃的。"

还是之前戴眼镜的声音："够吗？你知道我们的饭量。"

"管够管够，快来。"

"那我们就不客气了。"

男生们风风火火跑上来，身上的烟味一个比一个重。

施桐也理解，做程序开发这行工作强度大，尼古丁能刺激他们的神经。

人一多，气氛就热闹起来。别看都是些 IT 男，但是挺会说的，而且嘴里的话比一般男生讲得更高级，施桐被逗乐好几次。

很快饭菜一扫而空，吃完了，他们还要继续工作。

施桐想等陈木一起下班，就坐在旁边看他们写代码。

办公室没有暖气，为了通风透气，窗户开了一半。大家伙都把衣服帽子盖在头上，缩着颈子，两眼死死盯着屏幕，十根手指飞速敲打键盘。

陈木和他们不一样，他背脊笔直，表情认真。他聚精会神的状态真的好帅，施桐越看越满意。

他忽然回头，握了下她的手，说："这儿冷，你回学校吧。"

她这才猛地感觉到寒意，特别是两脚，被冻得发木。

施桐告诉他："这周末小丽她们仨去鱼城玩了，宿舍没人，我不回学校。"

陈木顿了一秒："那你把门反锁好，先睡，不用等我，到时我回来了给你打电话。"

施桐说："好。"

陈木亲了下她手背："饭盒你别拿了，晚上我带回家。"

从他办公室到租的房子那儿只需要十分钟路程，小区门口摆着水果摊。

大冷的天，凛凛寒风吹。为了生存，各有各的不容易。

施桐顺便买了袋冰糖橘。

等电梯的时候，她看见墙上贴着的告示，青城燃气集团这两个月派工作人员上门检测各家各户天然气情况，落款印着红章。

应该是由于最近接连发生了几起火灾事件，引起上面那些人的重视了。

到了他的出租房开了门，施桐顺手摸到开关按下，灯没亮，屋内一片昏暗。

从窗户可以看见隔壁一栋楼的灯火，她否定了停电的想法。再去开其他灯都没有反应，又否定了灯泡坏掉的可能。

施桐猜可能是家里电路故障，她不想打扰陈木，就自己下去找物管来瞧瞧哪儿出了问题。

不知是谁的恶作剧，把楼道里他们家的电闸拉了。

电闸拉上去，电灯正常工作，施桐向物管人员道谢。

两周没来，屋子里一切摆设都没有变。

上次新插的玫瑰花花瓣已经变黄，有种枯萎的美感，竟意外好看。施桐剪掉腐烂根部，装进干燥的花瓶。

她给绿萝换了水，又开始打扫卫生。正拖着地板，听见敲门声："家里有人在吗？"

是个年轻女人的声音。

施桐走到门边，从猫眼里看到确实是个年轻女人："请问什么事？"

外面的人说："我是燃气公司的，来检测天然气有没有漏气。"

施桐"哦"了一声，想到看到的正规通知："稍等一下。"

她打开门，才发现女人身后还有两个男人。施桐以为是她同事，没多想，就让他们进屋了。

女人问："厨房在哪儿？"

施桐指了指："这边。"

女人进了厨房，那两个男人径直走入客厅，坐到沙发上。

施桐对他们这种行为挺不满的，但没说什么，没理他们，到厨房去了。

女人挺像那么回事，拿着个报警仪在热水器附近停顿，又转到煤气灶，连橱柜里藏着的气管都检查了，末了打开窗户："没有问题，厨房的窗户经常敞开，保持通风。"

施桐客气道："辛苦了。"

女人笑笑，从包里掏出一份文件，写了几句话，让施桐签字。

施桐看了看，就是燃气安检告知，没什么问题，她就签了。

女人把复印联撕给施桐，和她告别。

就是这时发现不对劲的。

那两个男人压根没有走的意思。

施桐心里咯噔一下，生出恐惧："你们不是一起的？"

"什么一起的？"女人露出奇怪的表情，"你不认识？"

潜在意思是，既然不认识怎么让他们进屋了。

其中一个男人适时开口："我们来找陈木的，你是他女朋友吧，他什么时候回来？"

施桐警惕起来："你找他做什么？你们是什么人？"

另一个男人粗声粗气道："他爸欠了我们一大笔钱，父债子偿，你赶紧让陈木回来，我要听他亲口认账。"

"这小子好久没回家了，也不在学校，一直没逮着，不知躲哪儿去了。"

"今晚来碰碰运气，拉了电闸没多久就在小区门口看见他女朋友，后来又正好碰上检测燃气的，跟着混进来了。"

"跑得了和尚跑不了庙，这下看他现身不。"

施桐一听呆住，她也不知道是真是假。

燃气集团的女人见是经济纠纷就走了。

一分钟后施桐回过神，手心里全是汗，她把外面的门大大打开，硬着头皮走向客厅，然后飞快拿了手机躲到门外给陈木拨电话。

陈木接了："桐桐？"

她声音发紧："有两个男人来家……"

话还没说完，陈木好像就知道是什么人，紧张问道："你有事没？"

施桐说："我没事……"

她把情况跟他说了。

那边传来摔鼠标和椅子底轮摩擦地面的声音，陈木说："我马上回来，你别进屋了，去物管那里坐一会儿。"

施桐小心翼翼看了屋里一眼："要不要打 110？"

陈木声音沉沉地说："不用了，他们不会管，你马上下楼。"

施桐一边往电梯走一边问："你爸……"

陈木："我后面再和你说。"

施桐没去物管那儿，就坐在小区药房门口的凳子上等陈木，一见到他就迎上去。

他是跑回来的，神情急切，胸膛急促起伏。

陈木一把抓住她肩膀上下看了看，然后脱掉自己的外套披在她身上，揽了她往物业办公室走："我处理好了下来接你。"

施桐不肯："我和你一起回去。"

陈木动作强硬，态度也强硬："你听话，最多十分钟就好了，不会有事的。"

施桐从来没见过这样的陈木，戾气很重，眉眼锐利得像刀子。

他似乎也意识到自己有点吓人，缓和几分，冰凉的嘴唇轻轻碰了碰她额头："相信我，我很快就解决了。"

她心里惴惴不安，沉默片刻，勉强退让："如果十分钟后你没下来，我就叫保安一起上去。"

"乖。"陈木抱了抱她，带着一身寒气走了。

物业值班的是个热心大爷，几次招呼她坐。

施桐内心一片焦灼，什么都听不进去，也没法思考，两只眼睛紧紧盯着手机屏幕上的时间。

一分一秒都是煎熬。

她真真正正体会到了"难熬"二字的精髓。

到了第九分钟，施桐攥着陈木的外套衣领去找保安，刚出去就碰见了那两个男人，他们淡淡地看了她一眼就走了。

下一秒，有力的臂膀揽住她，接着她被拢入熟悉的胸膛。

沉默无言上楼。

过道隔音不算好，一户人家自来水开得大，哗哗哗的声音传出来。还有一户正在准备晚饭，不知在宰鱼还是剁什么硬骨头，动静挺大，嘭嘭作响。

进了门，陈木推她进浴室："你洗个热水澡，我收拾一下。"

说着就把门带上。

施桐愣愣，瞥了一眼，发现客厅里沙发偏移了原来的位置，茶几被掀倒，花瓶碎了，冰糖橘滚落一地。

她打开热水冲了冲手，深深吸口气，然后出去帮着一起整理混乱残局。

他抬眼看她，目光相撞后避开，动动唇，想说话却堵了喉。

依旧是沉默无言。

所有东西归了位，只是茶几玻璃多出了几道蜘蛛网似的裂痕，那散了瓣的玫瑰花和碎了的小橘子被丢进垃圾桶。

施桐不忍看他，拿了包要出门："我下去买点东西。"

陈木拦住去路，不顾她挣扎，死死抱着这具柔软的身体："不用，煮个鸡蛋滚滚就好了，我没吃亏。"

施桐渐渐平静下来，声音哽咽："家里有鸡蛋吗？"

陈木嗅着她芬芳的发，"嗯"了一声。

两人无声拥抱，彼此体温相传，本该是具有温暖力量的，可施桐的心却一直往下沉，且隐隐发慌。

她最终推开他，一言不发走进厨房，从冰箱里取出两枚鸡蛋洗干净，放进锅里盛了水烧上。

想问，却不知如何开口。

他大概和她心情一样。

想说，却不知从哪儿开头。

鸡蛋很快就煮好了，施桐捞出来剥了壳。天气严寒，滚烫的蛋一过凉水迅速降温，正如此刻的一颗心。

拿到客厅挨着陈木坐下，施桐扳过他下巴，贴着眼角瘀青揉。

她动作看似粗鲁，下手却异常温柔。

陈木咧嘴角，"嘶"了一声。

施桐给了他一个淡淡的眼神。

气氛好了点，陈木简单讲给她听。

去年开始，陈忠跟着朋友玩股票，尝到甜头后就上瘾了。门外汉炒股全凭运气，陈忠却不觉得，还顺带把陈木两个跃跃欲试的堂叔也引进股市，起先投入小赚得少，俗人总是贪心，哪知加大投入就赔了。

赔了怎么办？不甘心啊，愈发不肯收手，希望下一把大发一笔横财。

于是就抱着这样的侥幸心理，陷入越亏越买、越买越亏的死循环。最后的一次，家里现金全部投入股市，却遇上崩盘，由于没有及时斩仓，顷刻之间什么都没了。

这时候两个堂叔把所有责任都推到陈忠身上，两家闹得不可开交，一个婶婶要离婚，一个婶婶要寻死，目的就是为了要钱。

陈忠作为三兄弟里的老大，这苦果他自认必须担着，卖了房卖了车，连馆子都卖了，去还他们借的高利贷。

高利贷吃人的，两个堂叔中了套，到头来还是不够还，所以人就找上陈木。毕竟老的拿不出钱了，那这笔账合该算在小的身上。

陈木无奈道："我爸就是个厨师，其实他没什么头脑，不懂得及时止损的道理。"

对他自己而言呢，可以概括成：你永远不知道明天和意外谁先来。

小概率的祸事已然发生，他只能承受。

施桐知道事情始末后，也不知道该怎么评价。股市考验人性，但大多数经不起考验。

她随手把鸡蛋丢回盘里："还差多少？"

她这么一问，陈木就知道她的打算："我自己有办法。"

施桐看着他，问："你有什么办法？"

陈木："……"

她脑子里已经浮现出最佳解决方案："我家里给我买的那套房子现在大概能卖个好价钱，要是还差，我找……"

陈木打断她的话："不用了，这事你别管。"

她怎么可能不管？

这晚她在他这里睡觉，两人并肩躺着，各怀各的心事，难以入睡。

隔日一早陈木前脚刚走，施桐就起床回家。

周虹还以为女儿专门送保温饭盒回来，刚要开口，一见她两手空空，二见她神色凝重，感觉有点问题。

施桐问："我爸呢，在书房？"

周虹看着她："遇到什么困难了找你爸？"

施桐也不回答，风风火火跑进书房把施云涛拉出来，对他们说："爸，妈，把城中心那套房子卖了吧。"

周虹千想万想都没想到这个，当即拔高音："好端端卖什么房子？"

一向镇定的施云涛也拧了眉，等待她的下文。

施桐咬咬唇："我需要钱，就当我借的，以后工作了挣来还你们。"

周虹说："借什么借，还什么还，我们哪样不都是你的。你做什么需要这么大笔钱？"

施桐不想把陈木家里的事告诉他们。

知女莫若母，周虹问："是不是和陈木有关系？他闯祸了？"

"不是，没有。"施桐立马否决。

但正如周虹所说，这笔钱不少，她肯定要说个理由出来。

"他家里出了点事。"

"什么事？"

施桐犹豫着怎么讲比较妥当，施云涛猜出来了："是不是和这次股票暴跌有关系？"

好多年没出现这么严重的股灾了，他接触过的一个搞房地产的企业家，亏了一个多亿。

周虹再次拔高音："他家里玩股票？"

施桐抿嘴。

周虹态度变了，语气强硬："房子不卖，这种事怎么都还轮不到我们家帮他们擦屁股。陈木找你借钱？"

"他不要我管。"施桐赶紧摇头,她急了,"妈,你说话不能这么难听,什么叫擦屁股呀?反正房子放在那儿不住,先给他周转一下。钱是死的人是活的,以后肯定能挣回来。"

"你懂什么,那套房子还有的涨。"周虹跟女儿分析,"如果现在你俩已经结婚了,我肯定二话不说。"

施桐抢着开口:"我们会结婚的。"

周虹剜她一眼:"会什么会?拿什么结?目前你们还都是学生,以后也没个定数,房子是给你的保障,你觉得我和你爸会同意卖了?"

施桐下意识看向施云涛,他向来开明,可此时也满脸阴沉。

这时她便想起昨晚发生的事,印象中放高利贷的人都没有良心道义,如果陈木凑不齐钱,会有什么后果她想都不敢想。

念头一起,施桐顿时慌了,鼻子酸得要命:"我求你们了。"

瞧着就要哭了的样子,周虹和施云涛皆是一怔。

别看女儿娇娇弱弱的,其实性格坚忍,有自己的想法。从她懂事之后,好多年了,没在他们面前掉过眼泪。

这突然见她这样,两口子心软一大截。

施云涛清清嗓子,说:"让我和你妈商量一下。"

两个人一前一后回了卧室,关上门。

施桐坐在沙发里紧张得不得了,两条腿抖抖抖,抖抖抖,按都按不住。

隔了一会儿,周虹飙高音,还没听清,又被她压下去。

他们进去了很长时间才出来。

施桐眼巴巴地望着父母,期待能得到自己想要的结果。

当施云涛说"房子不卖"的时候,她一颗心沉下去,就觉得爸妈不施以援手太委屈,眼眶立刻盈起水雾。

"家里可以拿存款出来,你先问陈木需要多少。还有个条件,让他亲自来写张借条。"施云涛补充。

因为施云涛投资了几家餐饮店,所以手头还算有些闲钱。

施桐的眼泪不停落下来,她哭着哭着就笑了:"谢谢爸妈。"

周虹心堵，暂时不想看她："这么大个人了还哭，臊皮。"

施桐才不管臊皮不臊皮，只要能帮陈木借到钱，怎样都可以。

所以当陈木完全不领情的时候，施桐感觉很受伤。

暴雨天，风刮得猛烈，也许是受恶劣天气影响，租来的温暖小窝平添寒意。

此时是凌晨两点半，陈木前十分钟才踏进家门，他直接拒绝了施桐父母提供的帮助。

施桐静了一会儿，站在他的立场思考，问："你是不是觉得这样没有面子？"

陈木说："不是，钱我已经借到了。"

不然昨晚那两个人也不会轻易离开。

这段时间一直想和她说这事，但是没说。一方面忙着开发 APP 抽不出空，一方面他确实难以开口。

可能他前面二十二年都过得太舒坦了。

要知道人生不会永远一帆风顺的。

就这事一出，他压根没时间崩溃，满脑子想的都是怎么解决这笔债。父债子偿，没有法律规定，但天经地义。有时候一个人变得成熟真的是迫不得已。

陈木看着她："桐桐，我要跟你说个事。"

施桐右眼皮跳了跳。

"我打算和波子一起去溪城创业。"

陈木观察她的表情，她很平静。她表面越平静，白皙脸庞下掀起的旋涡就越大。

施桐未看他："你继续说。"

他嘴里嚼碎苦瓜一样的滋味："溪城生态环境好，适合开发旅游景点，他们政府也开始重视这块。波子家里有关系，能靠上一些优惠扶持政策，我想过去闯闯。"

青城和溪城相距两千多公里，要坐一天一夜的火车。

但她考虑的是另外的问题："余波借你的钱？毕业证不要了？"

陈木说："我做完项目再走，大四可以出去实习了。"

"你喜欢做程序，以后也可以发展得很好，要放弃专业了？"

"我现在水平不够格，只能拿死工资。这点钱杯水车薪，远远不够。"

施桐脸色变了："陈木，你是不是觉得我只能同富贵不能共患难？"

陈木的心仿佛被带锈的钉子刺穿，生疼生疼："不是桐桐，你不是这种人。是因为我爱你，我舍不得你跟着我吃苦。"

施桐惨淡一笑："你爱我？"

陈木舔了舔干燥的嘴唇："我爱你。如果我只是家境贫穷，我一点都不怕，因为我每多挣一分钱就可以多给你一分。但我现在的情况，钱全部是给别人挣的，我要先把漏洞填满。"

风雨打在玻璃上，奏出一支哀歌。

施桐攥紧手心："你的意思是要和我分手？"

光听到"分手"两个字，陈木心脏就受不了了，泛起一阵一阵的痛感。

他额头冒出汗："我不是这个意思。"

顿了顿，他倾身抱她："桐桐，你等我好不好？我到溪城干出一番事业，把欠的债还了，然后就回来和你结婚，好不好？"

施桐大力推开他，目光冷冷："需要多久？一年两年，还是无限期？失败了怎么办？"

陈木被问得哑口无言。

一切都是未知数，他不知道，他也答不出来。

他说："我会成功的，你相信我。"

说给她听。

也是说给自己听。

施桐放低语调，主动拉他手："你别去溪城了，也别找余波借钱，需要多少跟我爸说。你只管安安心心写你喜欢的程序，等毕业了我们就结婚。

赚钱的事慢慢来，不急于这一时，两个人一起努力，不会吃苦的。"

陈木心脏塌陷，嘴唇轻轻颤抖，他被她说得眼泪一下就出来了。

他很想答应她，但强烈的责任感和自尊心压制着他。

施桐等了很久，手凉了，心也凉了。

她问："你一定要走？"

此时陈木的无声胜过有声。

施桐放开他，她很坚决："你要走就走，我不会等你。"

女生说的是气话，男生却当了真。

就好像铁扇公主穿越时空手握芭蕉扇横亘于两人中间，都不用使大力，摇摇手腕轻轻动两下，两人就相距十万八千里远了。

没有争吵，没有撕破脸，没有恨对方，他们也算好聚好散。

但施桐无法定义自己是否失去他了。就算她说不会等他，他始终没说"分手"二字。

她唯一记得很清楚的是，陈木走后自己崩溃大哭，一共有七次。

第十七章
我在远方思念你

第一次是陈木刚抵达溪城，他给她发了条短信报平安。已经凌晨，施桐辗转反侧，看到他的信息，眼泪瞬间泉涌而出——

他真的离开了。

施桐接受不了这个事实，无力感如惊涛骇浪席卷而来，将她深深掩埋，几近窒息。

她身体蜷成一团，紧紧揪着胸口，刚开始轻声呜咽，渐渐号啕大哭，差点断了气。

周虹起夜喝水，听见女儿房间传出来的哭声，在门边站了很久很久，右手抬起又放下。直到里面猛烈地咳嗽起来，哭声一点点止了，才长长叹口气。

隔日施桐两只眼睛肿成灯泡，又红得像金鱼，面容憔悴狼狈。

施云涛找她谈话，他告诉她："陈木是个有骨气的小伙子，你要尊重他的选择。"

施桐背过脸，尽量使自己声音平常："他让我等他。"

施云涛问："你觉得他值得你等吗？"

她沉默了一会儿，终于点点头。

施云涛肯定道："那不妨赌一把吧。"

又过了几天，施云涛给女儿安排了散心之旅，他们集团旗下的另一艺术杂志团队正在筹备意大利游学，要过去巡展一个月。

　　施桐第二次痛哭，是因为在异国遇见故人，被问及感情之事，一时情难自禁，没能压抑得住。

　　当时施桐和中国的手工艺术家在米兰国际艺术中心参加展览，明小佳所读的佛罗伦萨美术学院也让学生们来进行交流，她们就碰上了。

　　晚上两人单独出去吃饭，聊各自的大学生活，聊聊近况，后来明小佳问："你和陈木打算什么时候结婚？"

　　大家都还以为他俩好好的。

　　施桐告诉自己要保持微笑，她竭力扬起嘴角，刚一张口，鼻子泛起的酸意刺激着泪腺。不管是"陈木"还是"结婚"，她都听不得。

　　施桐放下餐具，手肘杵在桌上，死死捂住自己的脸，眼泪无声地流下来。

　　她到底顾忌旁人在，紧咬着后槽牙，不让自己哭出声。

　　明小佳见她肩膀耸动得厉害，心中有了猜测，可等到她露出脸来，却是梨花带雨一笑："我想他了。"

　　明小佳是明白人，施桐不愿意说，她便不问了。

　　回国后，施桐进入这家艺术杂志社做实习生，拿到毕业证不出意外地顺利转正，成为一名杂志编辑。

　　这年大家开始流行用微信联系。

　　凌晨四点，施桐把一位造币艺术大家的文章完稿，打开微信发现有新的朋友，来源显示对方通过通信录添加。

　　他的微信头像和QQ头像一样，是他们俩的合照。

　　施桐点开后触电似的迅速返回主界面，心脏狂跳。过了半分钟，忍不住重新点开，怔怔看着那缩小版的正方形合照。

　　是陈木表姐婚礼那天拍的，背景是鲜花拱门，她看着镜头，他看着她，两个人眼里都装满星辰。

　　当时陈木对未来婚礼充满期待："那我们也办草坪婚礼好不好？地方

我都选好了，就诞町花园那儿，超级大一片高尔夫球场，建筑是欧式的，还靠着江，你肯定会喜欢的。"

他说要让她风风光光嫁给他。

若不是人生叵测，她已经风风光光嫁给他了。

她想着想着，早已是泪人一个。哭得太厉害，就一直打嗝到天亮。

这是她的第三次大哭，哭完后，施桐同意了陈木的好友请求。两人没有打招呼，却默契地每天都发朋友圈，让对方看到自己的生活状态——

过得好的一面。

她确信了，自己没有失去陈木。

第四次落泪，在冉薇和许乐亦的婚礼上。

是的，冉薇和许乐亦修成正果了，他们结婚了。

新郎致辞的环节，许乐亦说道，"我和冉冉是从同学发展到恋人，相互陪伴，一起成长，在这个最合适的时候成为夫妻"，施桐被戳中泪点，心神摇曳，敏感而脆弱。

施桐在心里告诉自己，她哭是因为冉薇嫁给自己的初恋了，她为她收获幸福而高兴，是喜极而泣，和陈木没有关系。

她作为伴娘，就站在婚礼台左侧的角落，泪水如珠，大颗大颗往下砸。

旁边的伴郎许微生适时递上一张洁白的手帕。

这次之后的两年，施桐把对陈木的思念全部挤进心脏最底部，高压力的职场就如试炼基地，令她迅速坚强成熟，不再轻易流泪。

陈木离开四年了。

施桐清楚他在做些什么。

第一年他和余波带团队去德国，学习别人的森林公园成功案例，再回国实地规划设计，忙得不分日夜。

第二年，他们投入第一期建设，每天都在山林里穿梭，和工人打成一片。还要招商引资，上线众筹，寻找志同道合的伙伴。

第三年和第四年，进行后续打造的同时，部分项目进行运营，市场反响还不错，不过与投入资金不成正比，盈利遥遥无期。

不过施桐知道，陈木会成功的。

她最后悔的一件事，就是那句"你要走就走，我不会等你"。

也不算口不择言，她以为这么说了，就能留住他。是她太幼稚了。

施桐默默把 QQ 和微信的个性签名都改成了：我等你。

陈木也看见了，他给出回应：I'll be back（我会回来的）。

他们相隔遥远、不再见面，却互通心意，爱得更加热烈。

却又很奇怪，就这么谁也不联络谁，关系僵着。

其实施桐觉得，就算陈木不成功也没有关系。她现在主业是编辑，副业是一家奶茶店老板。

青城全新打造了一个天街商场，施桐看准时机，借助施云涛的资金和人脉关系在那里租了家商铺，生意挺好，日营业额过万。

她现在也算小富婆，当初他开玩笑要她给他傍。如果陈木愿意，完全没有问题。

陈木愿意才有鬼了。

他现在只想尽快全面完工溪城童话森林休闲公园项目，拿下更多广告渠道把这张名片打出去，一旦这个旅游景点火起来，他就立马回青城，去找自己心爱的女人。

这天陈木参加溪城政府联合社保局、财政局主办的创业大赛，一等奖的补助金只有十万块，这点钱他和余波也瞧不上，但他们看中这个比赛的扶持政策和配套宣传资源。

他们抽到倒数第二个演示。已经下午四点，大多数人都疲倦了，要么低头看手机，要么一脸心不在焉，只有个别几个，满怀期待盯着演讲台。

正是这个别几个的惊叹，让全部目光都集中在陈木身上，场内恢复精神，随着他的自我介绍，掌声如雷鸣。

社会混了几年，少年变成男人。他身形高大挺拔，西装皮鞋打领带，站在演讲台上，理所当然成为聚焦点，简直迷死人。

陈木开口，过往的痞气荡然无存，语言简洁干练，添了成熟魅力。

五分钟的项目介绍，五分钟的评委问答，他从容不迫且信心十足，结束后再次收到热烈掌声。

现场打分，他就站在主持人旁边等结果。

公司安排了两个策划跟他一起来参赛，她们俩在底下议论。

戴眼镜的女人说："七个评委四个都是女人，就凭咱陈总这长相，得分就高。"

化着精致妆容的女人笑："全场陈总讲得最好，而且我们这个项目本来就顺应了国家的发展方针，冠军肯定没跑了。"

"也是，胜券在握，我干吗操心这个。哎，你是公司老人，见过陈总女朋友没？"

"没见过，他女朋友不是咱们溪城的人，是他们老家的。"

"这么帅的男人，异地恋她放心？都不过来查查岗啥的？"

"陈总爱女朋友人尽皆知啊，他的副驾驶只给女朋友坐，除了工作需要之外从不和女人接触，专情得很。"

眼镜女人发出一声"哇"。

这时其他人也发出一声"哇"，因为陈木的最终得分九十五点七，是目前的最高分。

陈木风度翩翩鞠躬致谢，意气风发走下台来。

最后的确是他们摘得桂冠，晚宴后，他顺道载着两位下属回家。

后面两人看着空荡荡的副驾驶位，使了个眼色，趁着得奖心情好开始八卦。

"陈总，异地恋辛苦不？"

"辛苦，每天都很想她。"

"那你为什么不让她过来陪你呢？"

"你觉得我们的工作累吗？"

"我可以说实话不？"

"当然。"

精致女吐槽："超累的好吗，特别是刚开始那两年，公司入不敷出，压力巨大。"

陈木笑了一声："我不想她过来吃苦。公司即将走上正轨，森林公园项目成功了，我就回去娶她。"

"哇！"

"哇！"

公司女同胞对陈木有四个固定印象：帅、专情、工作狂、难以亲近。

其中难以亲近不是说他脾气古怪或性格差，他挺好沟通的，不过只限正事，尺度拿捏得很好，就像一堵密不透风的墙，给人强烈的疏离感。

当然了，她们最感兴趣的还是他的专情，一直没人敢细细打听，都是从余波那儿得到的小道消息——

除了副驾驶座只给女朋友坐那条。

那会儿公司刚成立没多久，有天进山丈量土地。陈木带上顺道的同事，一小姑娘拉开副驾驶车门准备坐进去，他就直接让她坐后排，很明确地说这个位置是给他女朋友留的。

后来这事在内部流传开，凡是坐陈木的车，大家都自觉遵守规矩。

没想到这位难亲近的陈总居然一点都不介意跟她们说他的女朋友，而且这个时候，从车内后视镜里，可以看见他温柔地带着笑意的英俊眉眼，比平时更迷人了。

两位趁此机会继续八卦，陈木也乐意分享。

他和她发生的点点滴滴，全部在他心里。说给别人听，就好像她此刻就在身边。

下属下车后，陈木接着开了二十分钟，驶进居住的小区。

他现在的车子和房子，都是公司配的。

到家后，陈木走进书房坐下来，给余波打电话报告好消息，两人胡吹了几句。

难得下个早班，陈木点了支烟，一边抽，一边打开电脑接收工作邮件。

关于第一期的广告投放计划，陈木圈出了几个疑问点，批注后放到一边。

他叼着烟，每日不变翻看施桐的朋友圈。

这周她去台湾做活动了，那边风景很美，蓝天白云碧海，可又如何？全部不及她一抹看不见脸的曼妙身影。

她戏谑称自己是牧羊女，弯腰站在山坡上，似乎和身边一群灰褐色的羊驼对话。

当时应该吹着和煦的风，她柔软的发和裙摆都朝着右侧扬起，正如不经意落入此间的俏皮小精灵。

陈木怔怔盯了许久，心内一片柔软。再加上今天谈到她，此刻他真是十分思念她。

想见到她，想听听她的声音，想和她拥吻，做一切极尽可能的亲密之事。

但陈木知道自己不能冲动，他应该再耐心一点，此间事了轻轻松松回去，给她一个美好未来。

他丢掉烟屁股，重新抖了支出来衔进嘴里，刺啦一声后扑出来的火光，将他沉毅的脸庞映照得透亮，流露出几分寂寥无奈。

这晚陈木又一次在梦中和施桐见面，心爱的女孩哭着问："我们会结婚的，对吧？"

他正要回答，仿佛有一记大锤砸下来，不疼，但是具有难以承受的压迫感，他猛地睁开眼睛。

漆黑且安静的夜里，心脏扑通、扑通，清晰无比。他长长一声叹息，心中默默道：一定会的，再给我点时间。

陈木工作起来更加不要命了，首先跟着受累的便是公司品牌战略部同事，争分夺秒的头脑风暴，出创意出方案，就像高速转动的陀螺。

两个月后的某天清晨，施桐刷出余波的一条朋友圈。

"连续三天发高烧，带着病体加班，木哥辛苦了。明年兄弟给你放长假，你想见谁见谁，爱干啥干啥，一律公费报销。"

配图里的男人面容憔悴，脸色惨淡，看上去好像瘦了不少。

施桐一看发布时间三个小时前，内心一阵动荡，不可遏止地酸涩起来。

也许是刚睡醒，她失去理智，给余波拨了电话过去。

余波声音困顿，却一如既往不正经："是语文课代表啊……"

施桐吸吸鼻子："他去医院了吗？退烧没？"

余波笑哈哈："木哥以为自己还年轻小伙呗，他不要命我第一个不同意，昨晚……应该是今早，开完会我给他送医院了，三十九度五，输液后降下来了，三十六度多点，正常了，不用担心。"

施桐还想问具体一点，余波打了个长长的哈欠："语文课代表，我不跟你说了啊，才刚睡下，我接着补觉。"

挂了电话，施桐沉默片刻，眼泪唰地就下来了。

她既心疼又生气。心疼陈木在远方吃苦，为自己不能陪伴在他身边而生气。

是啊，自己为什么不去陪在他身边呢？

施桐哭着打开购票软件，订了张去溪城的机票。

这是陈木走后，施桐第五次大哭。

而她第六次大哭，在抵达溪城之后，落地瞬间，身处陌生的城市中，紧张胆怯了。

那串背得滚瓜烂熟的电话号码，她始终鼓不起勇气摁下拨通——

后来余波那条动态消失了。肯定是陈木看见后让他删的。

这代表着陈木的态度，他不想让她知道他糟糕的情况，不愿意让她为他揪心难过。

所以她要顾及他的感受。假装不知道，也假装自己过得好。

施桐拖着沉重的步伐躲进卫生间，鼻翼酸疼，泪珠滚落，抽泣不止。

哭完了，施桐重新回到大厅，买了第二天回程的机票。

当晚她就在附近住下，刚好有许乐亦家的连锁酒店，她丝毫没有考虑就选定了，却在这儿遇见许微生。

素雅高端的酒店大堂前台，两人看着彼此，皆愣了愣。

施桐尚且有些悲伤。

许微生微微一笑，目光定格在她蒙了层水汽的双眼上，问："怎么，遇到事了？"

施桐并未回答这个问题，笑得有些牵强，说："好巧啊。"

许微生皱皱眉，倒未追根究底："今晚在这儿住？"

她点点头。

许微生就对前台说："给她开个套房，记在我名下。"

施桐见此也没矫情："那就谢谢社长了。"

他笑："还跟我客气。我现在还有点事忙，晚上一起吃饭。"

施桐想着他请她住宿，她正好可以请他吃顿晚饭还人情，便答应下来。

许微生带着几个穿正装的下属走了，施桐情绪不佳，她没有发觉每个人都多看了自己几眼，打探他们的关系。

住进豪华套房，施桐站到落地窗边，居高临下打量这个城市。

陌生的天空，陌生的街道，陌生的高楼大厦。

因为陈木在这里，她感到一丝丝慰藉。

施桐突然想去他亲手打造的溪城童话森林公园走走，那样即使不见面，她也算与他更近了。

她心想，他那么忙，应该不会出现在那里。

这个念头一起，施桐便控制不住自己，她给许微生发了条短信表示歉意。

许微生回复：介意等半个小时吗？我和你一起。

施桐总不可能说自己介意，想了想，告诉他：好。

大概二十分钟许微生就打电话来了，让她到大堂碰面。施桐下去，跟着他一起去停车场取车。

许微生问她："怎么一个人来溪城了？"

施桐说："随便走走。"

许微生忍不住笑出声："随便走了两千多公里？"

施桐没吭声。

他收起笑意："心情不好？"

施桐反而笑了笑："现在好多了。"

许微生也听说过一些施桐和陈木的事情，猜测道："过来见男朋友，和他吵架了？"

施桐一怔，旋即摇摇头："没吵架，好着呢。"

这个"好着呢"，听着怎么都有点画蛇添足之意。

许微生侧头看了看她。

坐进车里，施桐系安全带，问："你出差啊？"

许微生"嗯"了一声："我明天回青城。你准备在这边待几天？"

"我也明天回去，八点半的机票。"

"我和你一个航班。"

"我还以为你自己开车过来的。"

"公司的车，临时借来用用。"

两人随意闲聊，许微生问："我听许乐亦说，这个公园是陈木公司打造的项目。"

施桐已经整理好心情，笑着说："是呀，他和余波四年前过来的，对了，你认识余波吗？高中经常和我们一起玩的那个男生。"

前面有个红绿灯，许微生随着车流缓缓停车："有点印象。他们挺厉害的，去年中央下了四个一号文件，都是关于休闲旅游产业发展的。再加上溪城一直没有拿得出手的风景名片，接下来政府肯定会主动给宣传资源，我也在网上看到一些图片，挺有特色的，火起来肯定也就是这一两年的事。"

从别人嘴里听到对陈木的肯定评价，施桐当然很高兴："那就借你吉言了。"

许微生这才觉得她是真的开心了，启动车子："你们也快结婚了吧？"

社会历练几年，她不像以前那么羞赧了："主要看他，他这几年都太忙了。"

"理解，男人总是想先立业后成家。"

"你呢，交女朋友没？"

"没有遇见合适的。"许微生开玩笑，"还是你们聪明，早有筹谋。"

施桐也轻松起来："后悔没早恋啦？"

许微生耸耸肩："倒不至于。"

公园在溪城的边界，开车一个小时才到达。买了门票进去逛了一会儿，施桐信心倍增。

她有强烈的预感，他归期将至了。

踩在这片奇妙的土地上，越往里走，施桐越是震撼。

如果一定要形容一下自己的感受，不是吹捧，她只觉得陈木和余波很优秀。

森林里的生态资源保持原貌，他们利用地理环境与人工设计自然衔接，植入童话场景，树屋、城堡、灰姑娘、七彩河、小人鱼……

而且它们的功能不仅仅是让游人欣赏拍照，像施了神奇魔法似的，可以上天入地下河，进行非常有趣味的互动。

此时，有许多家长带着小孩子来游玩，充满童真的笑脸和飞扬的笑声，就是最好的验证。

真的当得起"童话"二字。

许微生站到一棵十分逼真的假树旁，按了下树上的鼻子图案，它的眼睛和嘴巴动起来，声音诙谐，讲了个玫瑰公主的故事。

施桐听得笑了，感到很是骄傲。

她并没有去尝试参与这些新奇有趣的项目，心里想着，要等到以后陈木亲自带她来体验。

那时候，他也许会提起这些年都经历了什么，每一处都有他的故事。

正这么想着，忽然瞧见有个男人走过来，不论身形还是气质都和陈木相差无几。因为相隔比较远，她看不清他的五官，但看过去轮廓也挺相似。

真这么巧就碰上了？

施桐心里咯噔一下，顿时慌了，连忙转身假意去拨杰克的竖琴。

她没做好见他的准备。

许微生奇怪地看了她一眼，问道："怎么了？"

施桐没法解释，回答："这个挺有意思的。"

半分钟后，施桐小心翼翼回头，提到嗓子眼的心落回肚里。

近一些就能确定不是。虚惊一场。

施桐甚是懊恼，她怎么能将旁人认作他呢？

也许是自己冲动而来，做贼心虚了。

或者是由于太思念他了，走火入魔，一个影子也觉得像。

所以施桐觉得不能在这儿待了，没多久她就提议出去吃晚饭，许微生没有意见。

在一个陌生的地方偶遇熟人，最大的好处就是结个伴，不至于形单影只，显得凄凉。

隔日两人坐同一航班回到青城，出了机场后友好告别。

施桐回到家，周虹正在爆炒辣子鸡丁，厨房里烟熏火燎的，窜出来浓烈的辣椒味。

她被呛得直咳嗽，拿了杯子接水喝。

周虹知道是女儿回来了，就在厨房抬高声音："去见了面怎么样？"

施桐随口答："挺好的。"

锅铲在锅里快速翻炒，清脆而富有节奏感。

周虹相当不满："那他到底什么时候回来？你都二十五岁了。"

辣味渐渐消散，施桐止了咳："才二十五岁，我还小呀。"

她回浴室冲凉，换了身家居服出来，饭菜刚好上桌。

周虹让她喝鸡汤："朋友从乡下带回来的土鸡，味道确实不一样，看着没油，可鲜可浓了。哎，你最近是不是压力大？脸上长痘了。"

施桐说："可能火气重了，也没休息好。"

"店里多请个人就行了，你有正经工作做，就别总是去干这干那了。"

"没事，人手够，我纯粹打发时间呗。"

周虹点点头，打了下她的筷子："火气重就别动辣的了，吃清淡的。"

施桐的筷子伸向清炒丝瓜："……"

周虹不疾不徐喝汤，她现在最关心的还是陈木："你跟妈妈说实话，你和陈木究竟是怎么个情况？还说自己小，时间一年年过得快得很，别把青春全耗在他身上了，最后竹篮打水一场空。"

施桐不以为意："那他的青春不也全耗在我身上了吗？"

周虹觉得女儿真的是太天真了："起码他把事业挣到手了。"

"怕什么，我事业也不差。"

"男人三十一枝花，女人三十豆腐渣，这道理还要我教你？"

"妈，这话要被我爸听见了，你准得接受教育，思想还停留在旧时代呢。"施桐无奈。

"你就跟你爸学得越来越不着调了。"周虹瞪眼。

"我哪有。"

"妈跟你说真的，不成就别浪费时间，我这好几个朋友想给你介绍对象，都是很优秀的小伙子。"

施桐吓一跳："我和陈木的感情一点问题都没有，就等着他回来结婚了。"

周虹眼睛一亮："他跟你求婚了？"

施桐说："以前说好了的，他不会食言。"

周虹一阵无语，也不再多问了。年轻人想法多，施云涛不管女儿，她一个人干着急也没用。

第十八章
他带着承诺归来

下午周虹出去打麻将了，施桐在家里待不住，还是决定到店里。

她的奶茶店中等消费，装修档次却挺高，不赶时间的人，来了有空位，都会坐一坐再走。

施桐很讲究闲情逸致，每张餐桌上都会用陶瓷瓶放一枝当季的鲜花。

但她今天没买花，她在花鸟市场看见新上市的红果冬青，像红珊瑚一样特抢眼，于是抱了一大把回店，折成小枝一一换上，氛围顿时不一样了。

这也算"苦"中作乐，找点事做，才不会时时刻刻想他。

一日复一日，转眼就到春节。节后，溪城童话森林公园的广告铺天盖地席卷全城大街小巷。

政府和旅游局免费给他们在电视台、广播台、地铁站、公交站做宣传。

陈木他们公司拿出五千万元的广告费用投放市场，溪城童话森林公园传遍整座城市的大街小巷。

现在的家庭消费中，儿童才是消费主力，这样一个有趣、有益的主题公园很快吸引了众多家长的目光。不少人全家出动前来体验这个童话世界，且一时之间好评如潮。

其中"五一"小长假三天游客超十万，最大高峰小时人流量高达两万，溪城交通部门还专门公布了相关出行建议。

到了"六一"儿童节更是疯狂，单日人流量就突破了十万。

　　溪城童话公园这个项目彻底火了，依靠门票、餐饮、招商等盈利方式，实现创收神话只是时间问题。

　　陈木和余波创业成功，并且他们的目标远不止于此，他们还计划开发另一主题旅游项目，不过地点还在探讨当中。

　　这不急。

　　目前陈木最着急的就是回青城见施桐。

　　但这几个月他一直被各种各样的会议和约见拖住，直到七月初才得以喘口气。全公司开庆功宴，宴会上余波兑现承诺，给陈木放了两个月长假，笑说让他回去娶媳妇儿。

　　底下的人都轰动了，拍手掌拍桌子，嚷着要喝他的喜酒。

　　陈木高兴，痛痛快快应道："没问题。"

　　宴会结束后，哥俩单独聊天，余波给陈木递了支烟："木哥，咱就不说谢了，反正一辈子兄弟。"

　　是兄弟，所以并肩作战，有福同享，有难同当。

　　陈木眯着眼狠狠吸了一口："废话。"

　　余波笑："你准备怎么求婚啊？"

　　陈木呛了口烟："还没想好。"

　　设想过无数方案，总觉得不够隆重，不够瞩目。

　　余波咬着烟："我有个好主意，要不要听听？"

　　陈木挑眉："你说。"

　　余波只说到一半他就懂了，肯定道："就这么办。"

　　两人笑了一阵，陈木告诉他："我买好机票了，明天回去。"

　　"可憋死你了。"

　　"嗯。"

　　"语文课代表算是栽你手上了，也真难为她了，没把你甩了。我猜这些年她身边追求者一茬一茬的，你要碰上了难缠的对手怎么搞？"余波开玩笑。

　　陈木倒挺认真："碰不上。"

面对异性的示好，她一向都是跟人直接说清楚的，不会给别人制造暧昧的机会。

余波"啧"了两声："你跟我显摆她对你死心塌地呢。"

陈木摇摇头："是我对不起她，让她受委屈了。"

余波叹口气，拍拍他肩膀："以后对人好点。"

陈木便笑了："一点怎么行，命都可以给她。"

余波："啧啧，不得了。"

"你呢？"

余波和李茉莉早就分了，忙事业的时候就顾及不了爱情。

"我妈给我相了个，不想见，没意思。"

说完感情，两人换了别的话题。一会儿回忆学生岁月，一会儿感慨创业吃的苦，一会儿又谈及未来规划，东聊聊西聊聊，半夜三更才散了。

回到家陈木收拾行李，他也不费事，就几套换洗衣服，分分钟搞定。

这晚陈木在考虑一个问题，如果他突然出现在她眼前，是惊喜还是惊吓？

最后他个人倾向于惊吓。

于是天蒙蒙亮的时候，陈木颤着手指拨通施桐的电话。

过了很久，那边才接起。

她并未说话。

陈木喉结滚动，他嗓子里就好像滴进一颗清晨的露水，瞬间抖了抖："桐桐，我要回来了。"

当手机屏幕显示陈木来电，施桐就有预感，他的归期已至。

她一直在等着他回来。

其实这比她想象中晚了一点。

但是听到他声音的那刻，仿佛千军万马奔腾而来，气势浩荡，使得她心神随之剧烈颤动。

施桐嘴唇哆嗦了下，点头："好。"

停顿片刻，她才想起问他："什么时候？"

他应该也很紧张，嗓音低哑："航班准点的话，十一点抵达。"

大概由于刚刚醒来，施桐口舌干燥，便有点涩味："临时请假，我怕有困难。"

她本来想问他为什么不提前告诉她。

陈木笑了一声："没事，不用接我，晚上约个地方见面。"

因为他这声笑，施桐竭力保持的平静几近崩塌，她全身发抖："来我店里吧，别太早了，你知道位置吗？"

陈木说："知道，那我去机场了，挂了，晚上见。"

施桐"嗯"了一声，迅速掐断通话。

松了的这口气，反而更像压死骆驼的最后一根稻草。

施桐拉过被子蒙住脸，在床上鼓了一团，身子轻轻颤着，从缝隙里传出来细细碎碎的抽泣声，久久停不下来。

外面的天空尚且一片灰，城市之外的东方地平线，橘红色正一点点升高，阳光终将铺满大地。

小区里夏蝉歌唱，谁家的狗汪汪叫，谁家的猫喵喵喵，万物有灵，它们在为她的喜悦而真正喜悦。

第七次的泪水，是饱尝思念的千帆过尽后，藏都藏不住的欢喜。

她日思夜想的人，终于踏上归程了。

痛痛快快地哭了一场，内心说不出的畅意。

施桐一脚蹬开被子，大口大口喘息。一张脸通红，两只眼却似浸在水里的黑珍珠。

她开始回想他的声音，不再少年气，更富磁性，从耳里传到心上，一听就软了心肠。

那么他人呢？施桐脑海里不由自主浮现出陈木英俊的五官，却还是五年前的模样，实际他成熟了很多。

陈木自己不经常发照片，但余波不知有意还是无意，时不时就会发几张出来。

五年时间赋予他丰富的阅历，这种社会气息浸于他的皮相骨血，不得不承认，他坚毅稳重的模样太有魅力了。

她的少年长成了男人，一如既往帅气。

这时施桐想到自己。她还和他心目中一样漂亮吗？

于是施桐不淡定了，立马翻身起床，刷牙洗脸后敷了张面膜。

周虹出来正好撞见她雪白的一张脸，"哎呀"一声，她拍胸口："吓我一跳，大早上的这是干什么呀？"

施桐："……"

在母亲探究的神情中，她回到卧室给自己搭配衣服。

突然觉得没有能穿的是怎么回事？

他怎么能不提前告诉她啊？！

她一点准备都没有怎么办！！

十五分钟后，定时闹钟响起，这让施桐清醒过来，哭笑不得，还当自己是少女呢？

她抬手揭了面膜，索性暂时放下这个难题，洗了脸给自己修眉毛。

施桐平时不爱打扮，没有重要的活动，她都是素面朝天。

今天一到公司，同事们不由得盯着她，许久才回神。

她不化妆就是清水出芙蓉，薄薄上了层淡妆，更是明艳漂亮。

父亲是集团旗下商报的总编，她自己有才有貌又有钱，也算人生赢家。

就是不知道她那没露过面的男朋友究竟是什么人物。

大家私底下总喜欢八卦，希望见到郎才女貌的配对。

部门刚转正的小姑娘好奇心重，问："桐姐，你也要去参加下午的沙龙活动啊？"

"我不去啊。"施桐感到奇怪，"怎么这么问？"

小姑娘嘻嘻一笑："看你特别化了妆，我还以为你要出镜呢。"

施桐莫名脸热，搪塞："今天起太早了。"

话是这么说，可到了中午，施桐还专门开车出去做了美甲。她的手本来就长得好看，纤细修长，葱根一样白。涂了淡淡的裸粉色，显得皮肤更加白皙，极亮眼。

小姑娘观察力惊人："桐姐，你新做了指甲啊，好漂亮。"

施桐："……谢谢。"

小姑娘第六感也很强，大眼睛一动不动看着她："你是不是有约会啊？"

施桐："……嗯。"

这双大眼睛迸发出光芒，小心思蠢蠢欲动："你男朋友要来接你下班吗？"

施桐摇摇头："他不来。"

她"哎"了一声："我还说想瞅瞅他长什么样子呢。"

施桐愣了愣，笑了："以后有机会吧。"

下午四点，部门开关于七夕节活动的头脑风暴会议，大家各有各的想法，聊得很兴奋，然后就延迟了一个小时下班。

散会后回到办公位，施桐都没坐，躬着身子关掉文档和网页窗口，再关掉电脑，抓起手提包就走。

她是那么心急，大步飞快。幸好铺了纤维地毯，不然她的高跟鞋不知敲出多响亮的声音。

乘电梯的时候正好碰上施云涛，里面只有父女两个人，施桐开口："我已经跟妈说了，晚上不回家吃饭。"

施云涛看她："去店里？"

"嗯。"施桐想了想，说，"今晚我不回家里了，你们别给我留门。"

施云涛随口问："住城中心？"

施桐点点头。

"晚上注意安全。"

"好。"

到了地下车库和父亲分别，施桐坐进车里，先整理一番自己的妆容，才扣上安全带，启动车子。

一路上她既急切又紧张，握着方向盘的手微微痉挛。车子停进奶茶店这栋楼的地下车库后，施桐看了眼毫无动静的手机，做了两个深呼吸，打开车门。

电梯上升的过程中，她一直想象着他们重逢的画面，陈木会不会已经到了？

走进店里没见他人，她莫名舒了一口气，又自相矛盾地感到失落。

五年都等了，还急这一会儿？

晚上逛商场的人多，所以生意较忙，施桐亲自收银打单。

店里的音乐切换成《理想三旬》，柜台前空了。

这首歌是当初施桐在豆瓣上淘到的，那一句"旧铁皮往南开，恋人已经不在"和"如果漂泊是成长必经的路牌"，唱得她眼热心酸。

有一段时间，她总是循环听这首歌，借此回想他们的青春岁月。

她一边跟着哼，一边看今天的流水。突然有人站到面前，投下一片淡淡的阴影，同时带来玫瑰花香气。

施桐抬起头，他果然和记忆中的少年大不一样，成熟了太多，立体五官更显深邃，被时光打磨得沉稳。

陈木定定地看着她，心内风起云涌，哪怕故作镇定，脸颊肌肉还是微不可见跳了两跳。他开口："桐桐，我回来了。"

施桐愣愣盯着他，半分钟后，她微微笑了笑："还完债了？"

陈木动动唇："嗯。"

施桐收回目光，手指随意拨了下收银台上的绿萝叶子，俏皮道："那要恭喜你啦。"

两颗心脏都紧绷着，同时红了眼眶。

这时歌曲唱到结尾部分。

"梦倒塌的地方，今已爬满青苔……"

但是谁说，经历了分离的初恋情人，就永远不会再见呢？

五年时光，他把破碎的梦，重新筑上，带回来了。

这就足够了。

施桐笑着伸手："给我吧。"

陈木怔了一秒，也笑了，递上玫瑰。

施桐接过来，正好旁边的店员看来，她便转手交过去："一会儿把店里的花都换了。"

不待她回答，施桐走出收银台，在店员们的集体注视下，她径自拉起他的手："跟我来。"

陈木手指明显僵硬了下，反应过来的他用力回握住她的手，把她带着拐进了疏散通道。

这样的地方太有故事性，承载着他们的初吻回忆。那年他们也是背着大人躲进昏暗狭窄的楼道里，笨拙慌张地做"坏事"。

四目相对，炙热急切。

施桐不想等了，她踮起脚，捧住他的脸。

他立即按着她的肩膀将人压在墙上，一手揽过她细软的腰，强势覆上去，狠狠地亲她。

太久没接吻，技术稍显生疏。再加上此时重逢的恋人对彼此太渴望了，只顾着发了狠地攻入对方嘴里，唇齿磕磕碰碰也不觉疼，你来我往纠缠不休，本该寂静的空间，响起令人脸红心跳的声音。

直到透不过气了，四片唇瓣不得不分开，两人胸膛相抵，一个柔软一个结实，剧烈起伏，呼哧呼哧喘着粗气。

陈木目光如藕丝，缠在她脸上，扯都扯不断。

他对施桐一点都不陌生。她日日夜夜出现在他梦中，时时刻刻存放在他心中，是他热烈爱着的女人。

施桐也温柔似水地看着他，抬手摸他脸，轻轻摩挲着。以前还有点肉感，现在肌肉紧绷，脸庞线条硬朗，他瘦了好多。

她眼看着快哭了，陈木低头再次衔住她的唇。

这次变得温柔缱绻，小鸡啄米似的，一下又一下地吻，细腻绵长，仿佛要将这五年缺失的吻，一个一个补回来。

恋人久别重逢，唯有亲吻才能表达心中最炙热的爱意。

此刻万千语言都是无用，肢体滚烫触碰更能感受对方的真实，这足以弥补无数个午夜梦醒时分的空虚。

唯一的缺憾是，时间无私公正，它才不会可怜这对缱绻缠绵的男女。

陈木含住她唇瓣轻轻嘬，最后还是依依不舍放开。他呼吸沉重，用拇指抹掉她嘴角的水光，用力将她搂进怀里。

他的胸膛很硬，施桐觉得自己被撞疼了。

但她心里却是无比欣喜的，所以这点粗鲁就忽略不计了，柔软的双臂环上结实窄腰，她同样用力回抱这个男人，喘息着平复心绪。

陈木微微俯身，脑袋贴在施桐耳侧，淡淡的芬芳萦绕，他一颗心静下来。

他亲了亲她纤长的脖颈，挺拔的鼻尖扫在肌肤上，施桐敏感地耸起肩头，轻笑："很痒。"

陈木臂膀紧了紧："对不起。"

对不起她的事情很多，尤其是他那年一意孤行离开。

不过哪怕重来一遍，也没有比这更好的选择了。如果当时他接受了她的帮助，现在肯定没能挣够那笔钱，她自然不会介意，但他不能不介意。

但从始至终，他确实对不起她，只对不起她一个人。她承受的难熬绝不比他少。

施桐身体震了震，眼眶热起来。空气凝固了，静止片刻，她勾起嘴角："你有没有听说过一句话？生命如此短暂，我们没有时间去互相争吵，道歉，发泄，责备，时间只够用来去爱。"

她得出结论："所以你不用跟我说对不起，我知道你爱我，这就够了呀。"

陈木心情顿松，他呼吸喷入她耳中："对，我很爱你。"

施桐笑起来："本来我也有很多对不起你的话要说，但相互忏悔真的浪费时间。"她顿了顿，"我也是，很爱你。"

无人打扰的地方，互诉爱意的成年男女拥抱着，一切都释然，从此只会更加珍惜彼此，无言许下余生相伴的承诺。

良久，施桐轻轻拍了拍他背脊："我们该去吃饭了。"

陈木不肯放："再抱一分钟。"

这一瞬间，他的少年气好像又回来了。

施桐由衷笑道："好吧，只有六十秒，不能更多了。"

她这么说着，也没有真的计数，等陈木放手后，施桐跺了下脚，声控灯亮起来。

借着昏黄的光，才发现口红蹭了一点在他嘴边，她愣住了。

她为了漂亮，忘了这茬！

口红是会被吃掉的！！

陈木发现她的异样："怎么了？"

她用行动代替，左手捏住他下巴，右手使劲擦了擦，然后说："你去店里帮我拿下包和手机，我等你。"

陈木大概知道怎么回事了，他的目光在她粉嫩的唇上停了两秒，笑了笑："好。"

两人走出疏散通道，施桐停在外面电梯处，陈木往奶茶店走。

店里人多，不过忙碌的店员们还是向陈木看过来，一半欣赏一半猜测。

他就是桐姐的男朋友？好帅啊！

陈木笑了笑，对其中一个说："麻烦把你们老板的包和手机给我一下。"

拿到手后，他礼貌地道谢，然后离开。

施桐等了两分钟，见到他身影出现就迎过去，自然而然挽住他："想吃什么？"

陈木把决定权交给她："你说吃什么就吃什么。"

两个人去吃了火锅。

又是一个充满回忆的地方。那是他们高三那年，一诊考试出结果后，他耍赖不成，带她去看电影，被余波撞见了嚷着请客，李茉莉挑了一家火锅小咖。这家火锅小咖发展得很好，分店开到新天街，恰好就在这栋大楼。

他们边吃火锅边聊天，当然大多数都是他讲她听。五年的创业故事很长，火锅吃完了，也不过说了其中的冰山一角。

施桐问他："晚上你住哪儿？"

他放开了，说："回家睡沙发，不过如果你能收留我就好了。"

家里馆子卖了后，他爸去了一家大饭店做厨师，他妈妈相对轻松点，通过关系进了自来水厂上班。因为陈木大多数时间都不在青城，为了省钱，他们就租了套一室一厅的老房子。

陈木之前没收入，现在债还清，今年拿到年终分红就可以买房了。

反正也不是第一次收留他了。施桐点点头："我也正想说，去我那儿吧。"

还没听够他的创业故事，想让他继续讲。

施桐开车，陈木坐副驾驶。他们不约而同想起了大二的暑假，在草莓园宽阔的停车场内，他陪她练车的快乐时光。

学生时代的恋人就是有这个好处，一起学习一起长大，所以哪怕出现了空白断带，但经历太多，处处都存在过往的影子。

正如施桐的这套房子，陈木也不是第一次来。

他目光扫了一圈，跟着她进厨房："你不经常住这里？"

施桐洗了热水壶烧水："偶尔来，和我妈一起有饭吃。"

陈木看着她冲水杯："你不会没在这里开过火吧？"

施桐回头："煮速冻饺子算吗？还有泡面。"

他一愣，笑了："那也算吧。"

虽然大多数时间都空着，但周虹闲得没事做，每个星期都会过来帮她浇花、搞搞清洁，方便女儿随时来住。

水烧开了就会自动断电，两人走出厨房，陈木问："我睡哪儿？"

施桐知道他明知故问，斜眼："你要是不想睡沙发的话，还有一间卧室，不过没有买床，你可以打地铺。"

他厚脸皮："我也不想打地铺。"

施桐："……"

家里一直为他准备着生活用品，甚至睡衣都有，施桐一一拿出来，让他去洗漱。

空调冷气足，陈木却感到暖洋洋的，一颗心软得不能再软。他从浴室镜子里，看着自己无比温柔的双眼，重重搓搓脸，傻傻笑了。

他洗澡还是一如既往迅速，出来的时候，施桐正从衣柜里拿出空调被，转身见到他光着上半身，当下一颗心就扑通、扑通跳起来。

陈木属于结实有肌肉类型的男生，她觉得他瘦了，可是脱了衣服，他分明更加健壮。

小麦肤色更深，胸肌健硕，腹肌充满力量，线条又不失美感。上面还淌着水珠，就像充分运动过后的状态，特别有男人味。

他毫不避讳，直直盯着她。

施桐脸倏地红了，也不好移开目光："你在健身？"

"没有去健身房，自己在家举哑铃、做仰卧起坐，我没有变成大腹便便的中年男人模样，你还满意吗？"

"你三十岁不到算什么中年。"施桐把空调被丢在床上，"你先睡，要不看会儿电视？"

陈木说："我看电视吧，等你。"

等到她洗完澡出来，他既没睡也没看电视，站在阳台外面抽烟。

施桐放下擦头发的毛巾，手指梳着发朝他走去，从身后抱住他："想什么呢？"

火星掉落，没入夜色中不见。

陈木摁灭烟，抛进墙角的垃圾桶，沉沉吐出青雾："想你。"

她湿润的发贴在他背上："有多想？"

他握住腰上的手："每个细胞每根汗毛都想。"

施桐感觉自己被电了下，她抖了抖："肉麻死了。"

他笑出声："真的，每时每刻都想，无时无刻不想。"

她的眼睛就和天上的月牙一样："我也是。"

两人就这样静静地抱着，她头发上的水珠顺着他的背脊缓慢向下滴落，冰凉的，痒痒的。

陈木忍不住转过身的同时，一只手搂住她的腰，一只手抬起她下巴，低头就亲下去。

施桐一惊，他趁势闯入。

她感受到淡淡的牙膏味，苦涩辛辣的烟草味，更多则是他自己本身强烈的气息，就像这七月正午最烈的太阳，又或者是冬日里烧红了的炉子。

这令她无法抗拒，只能承受。

这天晚上的后来，两人时隔许久后再次单纯地睡在一张床上。

她想做一个倾听者："说到你和余波因为规划方案大吵了一架，你继续给我讲吧。"

陈木便继续讲下去。他告诉她的全是趣事，即便受过的难，也是苦中作乐的那一类。

施桐知道，真正的困苦都被他隐瞒，但能多知道一点是一点，什么都好。

这晚她太兴奋了，精神十足。

他正好和她相反，心爱的人在手边，失眠不治而愈，讲着讲着就闭上眼睛。

施桐叫他："睡着了？"

"陈木？"

"喂……"

她轻轻笑出声。

第十九章
情意绵绵的呢喃

昨夜忘了拉窗帘，清晨金光洒进来，卧室被照得亮晃晃。

施桐睁开眼，他从背后拥抱着她，腰间的重量和头顶的呼吸令她心安，无声笑了笑。

她一动，陈木手臂一收，将怀里的人抱得更紧了。

"别闹。"施桐感到好笑，"再不起床，我要迟到了。"

他仍旧闭着眼，低头碰了碰她发顶："一分钟。"

施桐嘟囔："一分钟三十块呢。"

单位规定，迟到一分钟，罚款三十。

陈木耍赖："我不管。"

施桐："……"

过了一会儿，他放开她，自己也睁开眼睛，坐起来靠着床头。

施桐下床去了浴室洗漱，她很快回来，坐到梳妆台前。

她的背影沐浴金光，陈木深深看着她。

她突然回过头问他："你什么时候去我家？"

他们之间已不必提"结婚"，从他踏上归程那刻起，就意味着他回来兑现年少之约，要与她结婚了。

陈木愣了一下，找到烟盒和打火机："你怎么安排？"

施桐涂着防晒乳说："就这星期六吧，我会提前告诉他们。"

他打开烟盒，取了一支烟出来咬进嘴里："好。"

她看了他一眼："那你打算什么时候带我去你家？"

陈木不由得笑出声："见家长吗？你早就见过了。"

施桐："跟你说正经的。"

"周日怎么样？"

"可以。"

打火机"咔"一声响，他点燃烟。

施桐眉心皱了皱，问："有瘾了？"

他沉吟片刻，吸了两口："还好，瘾不大，你不喜欢的话我就戒了。"

"抽吧，少抽点就行。"她到床边，俯身亲了亲他脸颊，"钥匙就放在玄关，我走了。"

到卧室门口，施桐想起了一件事，停下来："你不是说我没请你喝奶茶吗，晚上去店里，正好也到了聚餐团建的日子。"

昨晚开的小玩笑。

陈木心想，当了老板果然不一样，虽然嗓音还是那么软，但有气势多了。

她没得到回答，便没有急着离开。

他点了点头："好。"

施桐出门晚，八点半正是上班的高峰期，毫无意外，她成了缓慢前行车流中的一个组成部分。

只是她的心情很好，觉得今天的天空十分漂亮，炎炎烈日格外炫目，就连拥堵的路况也不那么讨人厌。

想到这周末的两次见家长，她就觉得心情愉悦，不自觉翘起嘴角，满意极了。

对于施桐的迟到，同事们也都是"活久见"系列。不过令大伙儿更意外的是，她主动去找主编申请提前休年假了。

加上前后两个双休日的九天小长假，不过要等到这个月下旬才行。

中午施桐找施云涛一起吃饭，父女两人找了一家幽静的私房菜馆。

她说："周六我带陈木回家吃饭。"

施云涛愣了一秒："他回来了？"

他一直在网络上关注着陈木，知道他那创业项目今年一鸣惊人，心里为女儿感到高兴，有一种快熬到头的感觉。

施桐点了点头。

施云涛欣慰地笑了："你赌赢了。"

她也跟着笑："我就没想过输。"顿了下，她有点不好意思，"这两天都不回家住，过会儿我给妈妈也打电话说一声。"

周虹的反应比施云涛大得多，她尤不相信，连连发问："真的回来了？什么时候回来的？怎么这么突然？"

回来了就意味着是好事。作为母亲，她想的不仅仅是事业，还有他对女儿的感情。

施桐知道她为他们俩的事操碎了心："昨天回来的，他喜欢吃水煮鱼和猪肉炖粉条，别忘了做这两个菜啊。"

"嘿，还点上菜了？"周虹当然也高兴，她的心愿就是女儿幸福，满口答应，"行，我记下了。"

"谢谢妈妈。"

陈木也把这事告诉了家里。

白天他回去拿行李，蒋贞梅今天没上班。

自来水厂的工作非常轻松，到点了检查一下水阀就成，而且上三天休三天。但由于受那年的巨大变故影响，她看起来还是衰老了许多。

午饭后，陈木说："妈，这个星期天你和我爸都请个假，桐桐来家里。"

蒋贞梅一喜，眼尾的皱纹更深了。旋即想到什么，四处看了看，房子太旧了，墙布脱落了几处，脚底下的木地板也掉了点漆。

她想得多，又愁起来，叹口气："我们家这寒碜样子……"

陈木宽她的心："没什么，桐桐不会在意这个，她看中的是我这个人。"

蒋贞梅倒也清楚，人家条件那么好的姑娘，要不是真心实意喜欢他，当初不会提出拿那么大一笔钱出来，也不会巴巴干等了这么多年。

她又笑起来："她喜欢吃什么？我好准备着。"

陈木说："可以炖锅排骨，其他家常菜不要太清淡了，她不吃苦瓜。"

这个季节，蒋贞梅最爱买苦瓜，说是消暑清热。

蒋贞梅又问："水果呢？"

陈木笑了："西瓜和提子就好了，妈，你这么紧张干什么？"

"她家里条件好，我担心招待不周，落了你的面子。"

"不会的，就算我们住地下室吃馒头青菜她都不会嫌弃的，您就尽管放心吧。"

蒋贞梅继续问："那你是哪样打算，什么时候结婚？以后不在一个地方工作怎么解决？"

她都想得到的问题，陈木当然也想到了。

他说："过阵子我带她去溪城玩玩，在那边求婚，先领结婚证，明年办婚礼。工作要和她商量一下，反正我也不用每天都在公司办公。"

蒋贞梅点点头，敞开了说："这几年你爸的工资都存着，大概有三十来万，只够给你付首付。"

心里苦涩歉疚，反而是他们做父母的欠儿子好多。

"不用，你们自己留着，今年有年终分红。"他往别的话题引，"对了，桐桐喜欢花。"

蒋贞梅果然被带偏："那我买回来装饰一下。"

母子两人说了一会儿，陈木看时间差不多就出门了。他先把行李放回施桐那儿，再打车去了奶茶店。

一进门有人跟他打招呼："木哥来了。"

是她的店员，陈木笑着点点头。

"喝点什么？桐姐请客。"

"就你们的招牌奶茶吧。"

"加冰吗？"

"好，谢谢。"

陈木坐进窗边的二人空位，环视一圈，每张桌子上都有一枝玫瑰。

应该就是他昨天送的那一束。

陈木笑笑，没两分钟奶茶送上。

喝了一口，味蕾满是甜蜜，这又是一段回忆。

施桐喜欢喝甜饮，读书那会儿，他们经常光顾学校附近的店，有时会坐一会儿，有时买了边走边喝，很享受的时光。

他喝到一半她就来了，把门上的牌子翻了个面，表示暂停营业，让店员们做收工工作。

施桐走到他对面，把包放在桌上，坐下："好喝吗？"

陈木点头。

施桐笑说："我从七月十六开始休年假，还有下个周四周五我要去茶城出差，参加一个中法英木艺家的交流活动。"

"我陪你过去。"

"不是过去玩的，忙着呢，没时间理你。"

"……"

"不过我周五晚上的飞机，到时我把车钥匙给你，你来机场接我吧。"

"荣幸之至。"

"少贫……"

"她们都叫你桐姐？"

"嗯。"

"挺霸气啊。"

"……"

差不多一个小时，店里的客人走光，店内收尾工作也做好，关了店门，一行人去旁边 B 栋的新疆主题餐馆。

陈木和施桐手牵着手走在后头，年轻店员们稍快几步，嘻嘻笑着低声谈论着什么。

到了地儿，四个年轻人朝他们招手："桐姐，这儿。"

上白班的店员，他们未和陈木见面，四双眼睛全部落在他身上。

施桐虽然在微信群里说过了，不过还是再介绍了一遍："这是你们木哥。"

整齐划一的"木哥",陈木点点头,笑:"你们好。"

年轻人话多,而且看起来施桐和他们处得很好,没人因为老板在场而觉得拘束,甚至还打听起了他们的爱情故事。

听说二人是初中同桌,又整齐划一地"哇"了一声。

陈木一贯会活跃气氛,没个正经起来,什么话都往外捅,施桐悄悄踢了他几脚。

就属他们这桌笑声最大,幸好这店做的就是热闹生意,不然就讨人厌了。

吃饱喝足,桌上还有一盘没怎么动的大漠烤羊排,在座女生稍多,比较肥腻,还有腥味,所以不受欢迎。

陈木正要叫服务生结账,其中一个男生提议:"别浪费了啊,我们来翻手心手背怎么样?输的人就来一块。"

他们年纪大,当然觉得很幼稚,不过年轻人有玩乐的兴趣,倒也不好扫兴,还是参与了。

施桐可能是个游戏黑洞吧,前三轮连输,之后两轮留到末尾才侥幸逃脱。最后盘子里只有一块肉,大家纷纷猜测它的归属权,打赌说一定是桐姐的。

施桐:"……"

陈木笑看她一眼,她满脸写着:千万不要。

墨菲定律,怕什么来什么,手背全部退出,留她孤零零一个手心。

年轻孩子们笑哈哈的,善意的幸灾乐祸。

陈木心想,还真不怕"得罪"老板?

他自觉拿过她面前的盘子,笑说:"你们桐姐吃不了这个。"

说着,他夹起蘸佐料,送入嘴里。

"哇哦!"

陈木虽在施桐那里住下,不过他坚决不睡床了,还好客厅沙发大,容得下他。

他不是没有情欲。

施桐猜测，他大概还守着当年那句承诺："在我们结婚之前，不会的。"

周六清晨，两人简单地洗脸漱口后到小区外面的早餐店喝粥，周末大家都选择睡懒觉，店里客人不多，零零星星坐了两三桌。

陈木把半个咸鸭蛋从壳里撬出来放她碗里："这是他们家最好吃的东西。"

施桐挑了一小块蛋黄试试，咸度刚刚好，口感绵沙，比较下饭。

她不由得惊讶："你挺会找啊。"

关键是她在这儿住了这么久都没发现。

陈木忍不住笑："我猜你八成没来过。"

她不否认，带着点撒娇的口吻："我懒嘛。"

他伸手揉了揉她头顶，宠溺道："知道了，真好意思说。"

她嘻嘻地笑。

吃好了回家，两人先后冲凉。施桐吹头发的时候，他赤着精壮的上身出来，短发凌乱地贴在额头上淌水，特别性感。

施桐招手："过来我帮你吹头发。"

陈木改道走来，蹲在她脚边，她五指插进他的湿发中，一边吹一边轻轻抓，挠痒痒一般舒服，他仰着头笑得一脸满足。

几下就吹干了，施桐重新给自己吹："好了，你去穿衣服吧。"

他站起来顺便亲了她一下："遵命。"

施桐被逗乐，光着脚踢了踢他小腿，毛毛乎乎的，反倒把她扎着了。

陈木穿上白衬衫，袖口卷上去露出结实的小臂，挺括的西裤使得他两条大长腿完美展现，看上去很有气场。

施桐心想，这么挺拔帅气的小伙，她爸妈肯定满意得很。

诚然如她所想，施云涛和周虹确实喜欢陈木，对他印象很好。人生低处见人品，他又对女儿始终如一，没什么好挑剔的。

聊得投机，酒喝微醺，这顿饭吃得非常尽兴。

隔日去陈木家里，施桐第一次尝到陈忠的手艺，不愧是大厨，看起来诱人，闻起来咽口水，吃进嘴里比期待中更美味。

施桐突然想起初三她帮他提高了成绩，陈木就邀请她到他家馆子吃饭，当时因为羞赧婉拒了，后来也一直未能成行。

她真的记得很多事情，哪怕很早以前了，只要有个引子，就能从庞大的记忆洪流中浮出来。

他俩板上钉钉的事，就像施桐爸妈喜欢陈木一样，陈木爸妈也很喜欢施桐，所以相谈甚欢，真有了一家人的气氛。

本来挺高兴的，但是夜里回去的路上，陈木发觉施桐有点不对。

他问："怎么了？"

施桐情绪低落："外婆过世你都不和我说。"

那年离开小镇后，没想到和外婆竟然成了永别。

小黑也不在了，某天从家里跑出去就再也没有回来，也许被好心人捡回去收养，也许流浪老死在了哪个街头。

想到这些，她心里有些发闷，感到难过。

陈木开着她那辆车，他空出一只手握了下她的手，无声传递安抚。其实当时电话给她拨出去了，然后立马掐断，他也很难说清自己什么心情。

施桐深呼吸："以后不管好事坏事我们都一起承担，答应我？"

夜色沉沉，陈木双目更加深沉，他"嗯"了一声："答应你。"

新的一周开始，周四天还没亮，陈木送施桐去机场，目送她过了安检才转身离开。

她到达茶城给他打了个电话报平安，之后就一直忙，他也没打扰她。

这次来茶城，她带着好奇心重的小姑娘一块的。晚上两人住一间房，她正洗澡呢，小姑娘敲了两下门："桐姐，你手机响了。"

施桐没听清，关掉浴霸："你说什么？"

"有人给你打电话。"

"谁啊？"

小姑娘笑眯了眼："陈欧巴，应该是你男朋友。"

里面的施桐被热气蒸红了脸："我一会儿出来给他回。"

高中被冉薇带着看韩剧，到底是小女生，被里面的男主迷得神魂颠倒。

大学有段时间疯狂追《来自星星的你》，有次激动之下说出了"都敏俊欧巴"一词，这他也能吃醋，硬是磨着她改成这个手机备注。

天哪，好臊皮啊。

五分钟后她走出浴室，小姑娘看着她，眼里光彩熠熠："桐姐，你男朋友是个大帅哥吧？"

不然怎么好意思叫欧巴？

施桐没否认："还可以。"

她心内燃起熊熊八卦之火："有照片吗？给我欣赏一下呗。"

施桐点点头："我找找。"

她刚拿起手机，还没解锁，陈木又拨来电话，她秒接。

话筒里传来他的声音："刚才忙？"

"我在洗澡，你在干吗？"

"我在想你，你想不想我？"

有第三人在场，施桐倒也不好意思说肉麻话："明天晚上就回来了。"

他低低笑了一声："忙完没？"

施桐在沙发里找了个舒服位置："嗯，你今天都做了些什么？"

"你登微信，我视频告诉你。"

"……"

陈木挂了电话，施桐从包里找出耳机插上，同意他的视频请求。

他一张帅脸占了大半个屏幕，咧嘴笑得没心没肺。

施桐盘腿坐直，给自己调了个好看的角度，笑："你说吧。"

陈木张嘴就来："想你啊。"

幸好她机智戴了耳机。

施桐乐："知道了，还有呢？"

陈木深深看着她："除了想你都不知道干吗，你一个人？"

他的灼热目光穿透屏幕，看得她耳朵泛起绯色，一片滚烫："两人间，还有我们部门一小姑娘。"

他笑起来眼若点漆："两个小姑娘，注意安全，门反锁好了没？"

"我就别小姑娘了，不敢当不敢当。"

"你不知道自己永远十八岁吗？"

"少来，我还永远十六岁呢。"

"那就十六岁好了……不行，十六岁未成年，我做不出那事，还是十八岁吧。"

施桐心如蜜甜，轻轻笑出声。

小姑娘看过来："桐姐，你在视频啊？"

她反应过来，见小姑娘穿得齐整，便扯了耳机，对陈木说："跟你介绍一下，小凌，策划、文案、摄影样样都会，全能型人才。"

说着，她把手机转向小姑娘："这我男朋友。"

小姑娘马上凑过来，眼睛直了，笑得跟花儿一样："Hello！Hello！"

陈木打招呼："你好。"

小姑娘看过一眼就心满意足了："你们继续聊吧。"

她偷偷竖拇指，比口型："真的好帅啊！"

施桐笑起来。

陈木问她："笑什么呢？"

施桐再次插上耳机，说："不告诉你，怕你骄傲。"

他一脸自得："那我知道了，夸我帅呗。"

"不要脸。"

瞎聊了好半天，小姑娘都躺床上要睡觉了。

施桐说："就这样吧，手机没电了，我明天还要早起，你也早点睡。"

陈木说："好，明天登机的时候给我打个电话。"

"知道了，忘不了。"

挂断视频后，施桐充上电，才发现小姑娘精神得很。

"桐姐，你男朋友声音也很好听啊。"

施桐觉得这是事实，她没有谦虚："谢谢。"

"我听说你们是同学呀？"

"嗯。"

"谈多少年了啊？"

"快十年了。"

"我的天哪，七年之痒都过了，那你们怎么还没结婚呢？"

施桐被问得愣了一下，旋即又是一笑："应该快了。"

她这个笑容包含着很多意味，但在旁人看来，那是实打实的幸福，小姑娘真心实意祝福道："那我就先恭喜桐姐了。"

"好，到时请你吃喜糖。"

"好呀。"

第二天做完活动已经是傍晚六点，两人匆匆忙忙赶去机场，因为时间紧，就只吃了个面包垫肚子。

飞机到达青城，已经是晚上九点，居高而下，整座城市灯光璀璨。

缓缓落地，没有托运行李倒也方便。

陈木就在出口等她，施桐一眼就看到了。

他也第一时间发现她，大步走过来，顺手就接过她的包和摄影装备，另一只手牵起她。

施桐笑了笑，转头问小姑娘："你住哪儿？我们先送你回去。"

小姑娘见到真人反而有点拘谨了，连忙摆手："不用麻烦了，我自己打个车就行。"

施桐丝毫不给人拒绝的机会："不麻烦，我把你带出来，也要负责你安全到家。"

陈木也顺着说："没关系，很方便的。"

小姑娘坐在后座，偷偷打量前面的俊男美女，在部门的八卦小群里发消息。

"我见到了！见到了！桐姐和她男票配一脸哦！"

到地方后小姑娘下了车，快活走入巷子里。

陈木这才亲了亲她脸颊，重新发动车子："累吗？"

施桐侧向他："累倒不累，就是饿了，想去烧烤摊煮个面吃。"

他空出一只手挠了挠她下巴的软肉："好。"

她笑着躲开："痒……"

回到小区，这会儿正是小吃摊陆续出摊的时候，一眼望过去，全是亮着黄光的推车，锅铲声、油炸声和着袅袅香味与烟雾汇聚在这夜色中，给生活加入喧嚣气息。

把车子停进车库后，两人才手牵着手出来觅食。点了烧烤，煮了个团面，就坐在路边吃。

这种烧烤摊，是陈木最喜欢的。尤其读大学时，每到晚上校外一条道上摆出好多摊子，他们经常光顾。

但陈木走后，施桐一个人再也没有吃过了。她怕自己吃着吃着会突然泪流满面，丢人现眼。

青城的烧烤味道都很重，施桐半夜腹疼还以为闹肚子，起来上厕所，才知道大姨妈来了。她出去喝水，打开门发现客厅里落地灯亮着，陈木抱着笔记本电脑，似乎在处理公司的事。

他听见开门声音望过来，前一秒冷峻的眉眼顷刻变得温柔。

"我出来喝杯水，你在工作？"她问。

陈木合上笔记本，简单道："做一个方案。"

她冲了杯温热的水过去坐下，打趣道："余波还让不让你好好休假了？"

陈木笑了一声，却未解释。方案是余波之前出的那个求婚主意，他正趁她睡觉，一点一点落实细节。本来也可交给品牌战略部更专业地策划，可他更想自己花心思。

"半夜醒了口渴？"陈木问她。

水还是有些烫，施桐慢慢地喝了两口，才说："生理期，想喝点热的。你方案做完了？"

"做得差不多了。疼不疼？"

"我现在体质比以前好多了。"不知怎的，这时施桐突然想起一件事，"当初你的那个房子，放在我这里的那把钥匙没有还给你。"

陈木愣了一下，才说："我告诉房东弄丢了。"

"退房时怎么不找我还给你？"

"退房匆忙，没来得及。"

其实不是来不及。那时她放狠话说不会等他，他几乎以为他们分手了。好像她把门钥匙还给他，他们就彻底没了瓜葛。他不愿意。

"钥匙我还留着，你还有房东电话吗？要不要还回去？"

"不还了。他从押金里扣了钱换新锁，留着做个纪念吧。"

那盏落地灯灯光是暖黄色的，显得温馨。施桐与他靠在一起，有一搭没一搭地聊天，后来她贴着他胸膛睡着了，陈木痴痴地凝视着她恬静的睡颜，他的目光，比这个夏日悠长的黄昏更温柔。

中法英艺家交流活动后续工作全部交给小姑娘负责，施桐开始休年假。下午的飞机，到达溪城，刚好能看见火烧云似的晚霞。

余波来接他们，他还是一如既往地招摇张扬，开了辆蓝色跑车，戴着墨镜探出头来，吹口哨："语文课代表——"

施桐："……"

上了车，余波回头说："这么久不见，语文课代表一点没变，还是那么漂亮啊。"

老友见面不胜欢喜，施桐眼睛弯弯："你也一点没变，还是那么会说话。"

余波一踩油门，嘻嘻哈哈地说："你错了，这要看人的。在语文课代表面前我能变吗？不能让你感到陌生啊。"

施桐和陈木互视一眼，她说："那就承蒙余总看得起啦。"

"我去，你可别叫余总，我心脏承受不了。"他裂开一嘴白牙，"小弟我该叫你嫂子才对。"

施桐开玩笑："先说好，我不给改口费哦。"

"……"余波说："对了，茉莉和班花也在溪城，我叫了她们一起聚。"

陈木无所谓："行啊。"

施桐本以为在外面吃，结果余波直接开到陈木住的地方，菜他都买好了，就等着陈木回来下厨。

余波问施桐："知道为什么在家里吗？"

施桐摇了摇头："为什么？"

"我最大的遗憾就是读书那会儿，我们几个没机会聚一起在宿舍煮火锅喝小酒，现在大家都在，来圆个梦。"

施桐忽觉眼热，她笑起来："我喜欢这个安排。"

公司给陈木配的房子比较宽敞，两室一厅的格局，客卧被他改造成书房。他走了这小半个月，余波专门请钟点工来做了卫生，因此屋内干净整洁。

陈木不让施桐帮忙，悄悄说："你别碰冷的，自己看电视，一会儿李茉莉她们到了开下门。"

他叫了余波给他打下手，两个大男人在厨房里忙活。

炉灶打着火，锅里烧上水，陈木处理一堆海鲜："你和李茉莉什么情况？"

余波剪掉虾须虾头，取出虾线丢到一边："我不知道她什么意思。"

陈木问："有和好的可能？"

余波口气随意："看她。"

他瞥他一眼："你主动点不就行了，这种事上要面子没意思。"

余波手上的虾子滑进槽里，他捡起来，吊儿郎当："得，你过来人有经验，我学着了。"

"滚。"

准备好食材，陈木炒好火锅底料，加了热水煮，然后到客厅开了瓶葡萄酒倒入醒酒器中。

施桐回头看了陈木一眼，又转过身，电影频道播放着《喜剧之王》里的一个经典片段。

"走了？"

"是啊。"

"去哪里？"

"回家。"

"然后呢？"

"上班咯。"

"不上班行不行？"

"不上班你养我啊？"

周星驰饰演的尹天仇无助地笑了笑，张柏芝饰演的柳飘飘也是了然一笑，两人轻轻挥手再见。

走了几步，尹天仇追上来："嘿！"

柳飘飘停下，点了支烟吸，没有回头："又怎么了？"

尹天仇鼓起勇气大喊："我养你啊。"

陈木走到她身后，两只手按住她肩膀捏了捏："怎么又看这个？"

这时门铃响了，施桐笑笑，站起来："我去开门。"

调出监控，屏幕上出现两张漂亮的脸蛋，施桐一打开门，来人扑到怀里抱住她，笑嘻嘻地说："语文课代表，好久不见啦。"

第二十章
同你执手度余生

猝不及防地，施桐差点摔倒，明小佳及时从旁边扶住她手臂。

李茉莉放开她，两只手捧着她的脸蛋搓了搓："你怎么还跟以前一样啊？"

陈木一声轻咳。

没人理他，他回到厨房，做干锅海鲜、麻辣龙虾。

施桐笑起来："茉莉，我差点认不出你啦，你现在好漂亮啊。"

这话稍微夸张了一点，但她真的比读书时好看太多了。

明小佳轻声一笑："她去了趟韩国。"

李茉莉白了好友一眼，开心道："我割了双眼皮，微整了下。"

施桐惊讶："我一点都没看出来。"

李茉莉故意逗她："要不我卸个妆给你仔细瞧瞧。"

施桐："……"

她性格倒没变。

进了屋后，李茉莉顺着香味钻进厨房，咋咋呼呼："哎哟木哥，看不出来你还是个家庭煮男啊。"

明小佳和施桐留在客厅，她看着屏幕上的满脸胶原蛋白、梳两个小辫子的"学生妹"，说："那时候的张柏芝真美啊。"

施桐点点头，不无感叹："是啊。"她问道，"你怎么也来了这边？"

　　明小佳回国后就在青城开了家油画工作室，她俩倒是经常见，时不时约着吃饭逛街看电影，比读书时更亲近。

　　"我最近没活儿做，跟着茉莉过来看看。"

　　"她和余波？"

　　明小佳压低声音："死鸭子嘴硬呗，谁都不想认怂。"

　　身后传来一声"喊"，李茉莉嚷道："你俩说我了吧，还讲悄悄话，不看就换个台啊，今天有《快乐大本营》。"

　　明小佳说："姐姐，这会儿放《新闻联播》，你怎么还爱看那节目？"

　　李茉莉挨着她们坐下："我十年如一日地专一呗。"

　　施桐笑："话中有话哦。"

　　李茉莉："语文课代表不愧是语文课代表，阅读理解满分。"

　　三个女人坐一块天南地北地聊着。过了一阵，余波抱着电磁炉出来，问她们："饭桌上吃还是客厅吃？"

　　李茉莉看了他一眼："就这儿吧，还能看看电视。"

　　余波也看着她："哦。"

　　他把电磁炉放到茶几上，折回厨房端了一个锅出来，通了电烧上锅底。

　　一半红油浮着辣椒，一半白汤漂着番茄片和红枣。

　　李茉莉不满："你们是不是看不起火锅啊？"

　　余波嬉皮笑脸："木哥说怕你们长痘啊。"

　　晚餐很丰盛，陈木倒上酒，给施桐的却是牛奶。

　　李茉莉一脸震惊："什么意思？还喝奶啊。"

　　这话听着容易想歪。

　　"……"

　　李茉莉语出惊人："是不是喜事将近？"

　　施桐连忙澄清："我这两天不能喝酒。"

　　李茉莉神经大条："为……"

　　明小佳给了她一个眼色："来来来，先碰一个，好多年没聚了。"

余波调侃："还是班花爽快，不过我说你怎么还单着？还喜欢咱木哥呢？"

这当然是玩笑话了。

喝了酒，明小佳嗤笑："拉倒吧，我有正在发展的对象。"

"怎么不带来？"

"成了再说。"

"他做什么的？"

"小鲜肉，还没毕业。"

"班花可以啊，很时髦。"

年少的朋友，读书时上厕所都喜欢黏一块。长大之后，见面必须提前询问对方是否有空。

难得一聚，余波和李茉莉也未因分手而心生芥蒂，举杯畅谈，这顿饭吃得那叫一个开心。

吃完后夜已深了，陈木这儿只有一间卧室，没法留人。余波叫了代驾，他先送李茉莉和明小佳回酒店。

他们走后，倏地安静下来，留下杯盘狼藉。两人一块收到厨房，陈木赶她出去："你别动，我来。"

施桐没听他的，说："肚子好撑啊，运动运动。"

她的两只手已经沾上洗洁精的白泡子，陈木捏住她的手，打开水龙头，调好冷热，帮她冲干净："那你站着吧。"

施桐："……"

他躬身洗碗，施桐从后面抱住他，脸颊贴在他背脊上："衣服有味啦。"

陈木"嗯"了一声。

"我觉得这样真好，下次回青城，我们请冉冉和许乐亦一起吃个饭吧。"

"行啊，他俩有小孩没？"

"没有，冉冉不想生。"

"怎么？"

"她怕疼。"

陈木手顿了顿："我们也可以不要。"

施桐抱着他摇了摇："我妈说我现在是生孩子最好的年纪，三十岁之后就危险了。你喜欢男孩还是女孩？"

陈木说："我随便啊。"

施桐用额头轻轻撞了他一下："你点菜呢。"

陈木笑了一下："只要是我们俩的，生个冬瓜我都喜欢。"

"……"这次施桐拧了他一下，"乱说话的习惯能不能改，真生个冬瓜出来，不哭死你。"

"该改改，反正生啥是啥，我都喜欢。"

"我都想要，如果能怀龙凤胎就好了。"

"要不明天去寺庙烧香？"

"……"

"我听说溪城有个村子，两百多户人家，生了三十几对龙凤胎，他们养的鸡和鸭生出的蛋都是双黄看的，我们去瞧瞧，看有没有什么秘方。"

施桐眼睛一亮："真的？"

陈木好笑："假的。"

"……"

"我没那么贪心，我心里最重要的人是你，有你就够了。"

施桐心里甜滋滋的，隔着衣服亲了亲他："有件事没告诉你。"

陈木一边忙着洗完刷锅，一边应着："嗯？"

"去年我来了趟溪城，去了童话公园，还遇上一个跟你很像的人。"

她感觉到陈木的呼吸重起来。

他问："什么时候？来这边出差？"

"不是，我过来找你，看余波朋友圈知道你连续三天发高烧，我很心疼。"

也是神奇了，去了那么多城市，还真的没有溪城的活动。

静了静，陈木笑："你又不是不知道波子这人，丁点小事，他就爱夸大其词。"

施桐："现在当然由你说了，以后不许这么吓人了。"

"不会了。"陈木扭头亲了亲她鬓角，"你怎么没来找我？"

"怕你不想见我呗，你不是还让余波删了朋友圈吗？"

"我想见你，每天都想，想疯了的那种。"

"……我很后悔。"

要是之后的日子每天都在一起生活就好了。

一天都不要分开了。

溪城虽然没有什么拿得出手的景点，陈木还是带施桐四处游逛了一圈，但唯独没去童话公园。

第三天夜里，施桐终于沉不住气："我们什么时候去童话公园？"

陈木正在做俯卧撑："来，趴我背上。"

"干吗？"施桐疑惑。

"带你锻炼啊，试试嘛。"他身体压下去，仰起脸看她。

她很诚恳："你确定？"

他点点头："嗯。"

施桐站起来："好吧。"

她脸朝天睡在他后背上，故意沉下去："好了，不会起不来吧？"

陈木哼笑一声："小瞧我？"

说着他缓缓撑起来，稳稳当当地又做了十个："怎么样？"

"还行吧。"

突然，他腾出一只手反绕到后背，搂过她腰将她带到地上躺着，她惊呼的瞬间，他另一只手已经垫在她脑勺下："就只是还行？"

施桐眼睛亮晶晶，笑道："你还没回答我的问题？"

陈木看着她清澈瞳孔里映出来的自己，怔了一怔后，低头去吻她。

亲了会儿，他索性抽出手按在她肩膀两侧外做起俯卧撑，每每下去，就亲她一下。

施桐心跳加速，愣愣地配合他，半晌才清醒过来，挠了挠他胳肢窝，陈木痒得泄了劲儿，整个人覆到她身上。

她被他弄得呼吸困难，继续挠他。而陈木躲着捏她腰，两人你来我往的，又捧着脸亲了起来。

这个吻绵长又细腻。

日暮西沉，落日余晖温柔沐浴着他们，就像影视剧里拍摄的效果一样，看起来唯美浪漫，十分动人。

接完吻，施桐眼睛亮亮的，她没有忘记自己的目的："你还没说什么时候去童话公园。"

陈木翻身躺在地上，侧头看她，嗓音沉沉："别急，再等两天去。"

她不明白："为什么？"

陈木神秘兮兮："到时候你就知道了。"

施桐眼睛一亮："有惊喜？"

陈木承认："有。"他补充，"你别问，反正现在不能说。"

"我才不会问，我一点都不好奇好吗。"

"……"

半分钟后，她轻轻碰了碰他胳膊："骗你的，透露一点点吧。"

陈木站起来往厨房走："今晚吃水饺怎么样？"

"喂——"

"我教你包饺子啊。"

"哎——"

施桐软磨硬泡，陈木嘴严得很，她表示不满："什么呀，哼。"

他捏她鼻子："哼也没用，就不告诉你。"

她皱眉头，故作可怜状："你不爱我了。"

陈木觉得她样子好笑，一本正经："爱你，最爱的就是你。"

"肉麻死了。"

"更肉麻的都有。"他凑到她耳旁，呼吸灼热。施桐红着耳朵，怕他说下作的话，及时推开他："不想听。"

陈木低低笑出声来。

这天夜里一点，陈木从沙发上坐起来，他到卧室确认她熟睡后，轻手轻脚出门。

施桐凌晨三点醒了一次，拿手机看时间，摸到一张纸，她打开灯看见他的留言——

"公司有紧急的工作需要我去处理，如果你醒来发现我不在，不要害怕。"

彼时陈木正在灯火通明的公园里挂霓虹灯串，一起忙活的还有余波和部分员工。

大家伙说说笑笑，夏日深夜一片火热。

手机铃声响起，陈木单手扶住梯子，从裤袋里掏出来手机，是施桐来电，嘴角扬起，招呼众人："暂时停一下，大家别说话了。"

安静下来，陈木接通电话，声音温柔："醒了？"

施桐"嗯"了一声："你走多久了？"

"没多久，你接着睡吧。"

"好，那我不占你时间了，你忙吧，早点回来。"

"好，我一会儿就回来。"

等到施桐挂掉电话，余波在底下拍了拍梯子，抬起头看他："木哥，你台词背熟了没啊？"

陈木把手机往兜里一揣，挑眉道："还用背？"

余波哈哈大笑："厉害厉害，真有你的。"

陈木到家时天光微明，他刚拧开卧室门，施桐就从床上坐起来，迷迷糊糊看着他。

她头发凌乱贴在脸上，半眯眼睛："回来啦。"

陈木过去亲了亲她额头，冲了凉躺到她身边："陪我再睡会儿。"

施桐抱住他腰，将脑袋埋到他怀里。

睡到大中午才起来，就在家里煮粥。陈木从冰箱里拿出鸡蛋，准备摊两张饼。

施桐倒了杯牛奶，倚着厨房门口喝："公司出什么事了，要你大半夜去处理？"

陈木面不改色："有个方案必须由我定稿，今天一早就要发给乙方执行。"

施桐不疑有他，点点头："喝不喝牛奶？"

陈木打散蛋："我要你喂我喝。"

她笑着过去，把杯子伸到陈木嘴边，陈木就着喝一口："波子约了两个客户，让我和他明天一起去见一下。"

"他是不是忘了你在休假这回事啊？"

"这事比较重要，他一个人应付不了。"

"认真了啊，跟你开玩笑的。"

陈木笑了一声，把盒里剩下的牛奶全倒进面粉中，和着鸡蛋揉："那晚上你自己打个车到公园来怎么样？我带你去看萤火虫，咱们在那儿露营。"

施桐一喜："好呀。"

七月太阳火辣辣，两人下午在家里待着。施桐窝在陈木怀里看电视，换了一个又一个台，最后定在一档综艺节目。

她靠着他胸膛："要不我把工作辞了过来陪你吧。"

陈木捏着她手臂上的软肉玩："怎么了？"

"不想和你异地恋啊。"

"嗯，我也不想，所以我以后尽量都在家里。"

"你这样太辛苦了，我无所谓，在哪儿都是一份工作。要不公园给我留个店面？我过来开家奶茶分店，都不用上班了。"

陈木笑起来，五官舒展开："你真这么想？我看你挺喜欢杂志社的工作啊。"

"喜欢是喜欢，有感情了。不过和你没法比咯，我最喜欢的还是你。"

"再说一遍，最喜欢的是谁？"

"大傻子。"

"大傻子是谁？"

"你啊。"

"我是谁？"

"神经病。"

陈木笑了一阵，才说："不急，我和波子正在考虑明年回青城。看中了一个靠山环水的地儿，那儿房子和民俗都挺古老，我们准备去考察考察，看有没有必要打造聚集形的多种文化主题民宿，现在国家政策很支持这一块。"

"这样太好了，那我就不辞职了？"

"嗯。你先看看喜欢哪个地段的房子，春节买一套，先把婚房装出来。"

"好啊，那我留意一下。"

施桐和陈木从婚房装修说到蜜月旅行，说得渴了，开了个西瓜，一人抱一半，用勺子挖来吃。

他们非常享受这种状态，谈什么都不觉得无趣。

隔日陈木走后，施桐犯了懒，越睡越想睡，在床上躺了整整半天。想年轻时，每天早晨六点半就准时起来背单词，也是精神抖擞，现在真的老了啊。

中午陈木打来电话她才醒，他问："还没睡醒？"

施桐揉揉眼睛，打了个长长的哈欠，嗓音软绵无力："现在醒了。"

"我给你点了外卖，让小哥挂在门上，你去拿一下，如果凉了微波炉加热后再吃。"

施桐坐起来，随意扒拉两下头发："是什么啊？"

陈木声音带笑："儿童套餐。"

"你当我是小孩子呢？"

"嗯，快去拿，我不和你说了，挂电话了啊。"

"好。"

施桐穿好衣服出去，开门取下门上的袋子拎进屋。

傍晚的时候她洗头洗澡，把自己收拾清爽后出门。坐上出租车，报了地址后给陈木说了一声。

陈木这才开始紧张起来，探到裤子口袋里把冰凉质地的东西攥在手心里，深深吸一口气，安排人点亮所有的灯。

霎时间，公园里变成一片光的海洋，游人们此起彼伏惊叹起来，一片"哇哇声"。

行道两边的每一棵树都闪闪发光，树枝上吊下来金色五角星和红色桃心，以及 LED 字灯——

"施桐，我爱你！"

"施桐，嫁给我！"

"施桐，和我结婚吧！"

"I LOVE YOU（我爱你）！"

"Marry Me（嫁给我）！"

晚风拂动，树叶轻晃。

有小孩的声音："妈妈，这里好漂亮啊！"

有女生的声音："这是求婚哎，太浪漫啦！"

有男人的声音："弄这么大排场要花多少钱？"

更多的则是好奇询问："施桐是谁？"

一辆寻常的出租车载着一无所知的女主角驶来，还有两分钟到达目的地。

夏日傍晚似火，浓烈大胆地点缀着天空，但这样的壮观稍纵即逝，晚霞很快臣服于夜，被深不可测的黑色掩藏。

暖暖的灯光折进车窗，投在施桐脸上，覆着温柔光彩。

她愣愣看着外面，一时花了眼。

"到了。"司机提醒，目光瞟过计费器，"三十四块。"

施桐回神，解开安全带，拿了张五十元的钞票递过去。

司机找零，同时感叹："今晚有热闹看咯。"

施桐笑了笑，道谢后下车。

大门两边气球飘飘，夹道的红玫瑰热烈盛放。

施桐往里走，摸出手机给陈木拨电话，电话还没接通，她就因眼前的景象怔住了。

明小佳和李茉莉朝她扬手："桐桐！"

周围还有许多人，视线齐齐聚焦过来，然后举起手中的求婚字牌。

最引人注目的还是他们身后的临时 T 台，灯光璀璨的背景墙中央，嵌着用玫瑰花拼出来的"施桐，我们结婚吧！"。

满地繁花团团，空出一个巨大的心形，陈木就站在那里，单手抱着一捧玫瑰，笑着看她。

他又是一身挺括的白衬衫黑西裤，如白杨一般挺立，帅得让人移不开眼，心脏怦怦跳。

施桐呆呆的，好一会儿，她把手机放回手提袋里，抬腿走过去。

人们自觉让出一条道，经过明小佳和李茉莉身边，李茉莉摇了摇手中写有"Marry me！"的牌子，嘻嘻地笑。

明小佳拿过她的包："我第一次见他这么紧张，你快上去吧！"

施桐下意识地看了他一眼，这时候一束灯光打在她身上，并随着她的步伐移动。

陈木也迈开大长腿走向她，他伸出手，施桐接过花，同时握住了他的手。

他应该真的很紧张，掌心一层薄薄的湿意。

以余波为首，底下阵阵嬉笑，将黑云震碎，星星缀了出来，洒下美丽的光辉。

她和他一起站到桃心里面。

施桐压低声音："你骗我？"

陈木咧开嘴笑，捏捏她的脸蛋："想给你一个惊喜。"

施桐感动之余，还很忐忑。

余波抛了个话筒上来，陈木帅气接住，又引得一声声尖叫。

他转身面对她，目光定格在她泛红的脸上，他牵起她一只手笑："桐桐，今天我终于可以向你求婚了，谢谢你，等了我这么久。"

这时音乐响起，两侧的荧幕亮起来，画面上的影像比较模糊，年代久远的照片，里面的他们都还很稚嫩。

陈木深深吸气，笑了一声："怎么办？想说的话很多，但我现在紧张得要死。"

施桐眼眶热起来，她也笑："什么都不用说，我答应你了。"

这句话只有陈木听清了，他眼波宠溺，忍不住亲了亲她手背。

余波大声喊道："说啊，木哥不要怂！"

李茉莉跟着喊："噢！说！说！说！"

明小佳催促："陈木，别浪费时间了，赶紧说吧！"

公司的员工和围观的游客为他打气，一片躁动。

陈木又笑了一声，缓缓开口。

"第一次认识你是十四年前，那时候初一，非常有缘分，我们读一个班。开学没多久我就注意到你了，因为班上男生都喜欢议论你，好多人都想追你。"

"第一次为你心跳是一个阳光灿烂的天气，你坐在窗边看书，连头发丝都带着金光，这简直和我的梦中情人一模一样。"

"后来我就想和你成为同桌，或者前后桌也行，遗憾的是，我的座位总是离你很远，而你也没有注意到我。不过幸好……"

他拉长声音，继续说下去："初中最后一学期我们终于坐到一起了，你比我印象中更美好，像棉花做的一样，纯净、柔软，我发觉自己好喜欢这样的你，打定主意要跟着你去青城中学。"

"不过用现在的话来说，当时我就是一个学渣，为了能跟你读同一所高中，我变得刻苦努力，打起十二分的精神学习。本来以为需要我爸帮我实现愿望的，还好越努力越幸运，我靠着自己体面地考上了。"

施桐被逗乐了，大家都很给面子地发出爆笑。

陈木渐渐放轻松，他注视着心爱的女人，深情款款："你和以前一样，还是那么漂亮，还是像棉花一样纯净柔软。"

"桐桐，这个世界上我最想感谢的人就是你，要是没有你，我现在肯定过得一塌糊涂，可能什么都不是。我更想谢谢喜欢我的你，谢谢即使我没有及时兑现承诺也依旧真心喜欢我的你。"

施桐一颗心软得化成了水，她取过他的话筒，双目含笑，声音微微发颤："陈木，不客气。还有，初一开学没多久我也注意到你了，你很帅，特别是打篮球的时候，对我好的时候，真的很帅。"

陈木愣住了，两秒后才缓过神。

余波、李茉莉和明小佳带头呐喊鼓掌，场面顿时沸腾起来。

陈木笑得太满足了，眼睛眯成一条缝，嘴角开到后槽牙，他轻轻揉了揉她的脑袋，拿回话筒："以前我总是对你说，等到我们毕业就结婚，后来发生了意外，我失信了，这么多年让你一个人承受太多，委屈你了。"

他顿了顿："谢谢你一直等着我，让我有机会实现自己的梦想。我对你的心从未改变，我爱你，就算活到一百岁，我也只爱你。"

"想和你结婚，想和你生孩子，想和你白头到老，我的生命里不能没有你，桐桐，请你嫁给我。"

陈木单膝跪地，从兜里掏出一枚钻石戒指，大声吼出来："我们结婚吧，好吗？"

屏幕上的画面变成他们热恋时的高清合照，万花筒似的滚动播放。

施桐非常激动，情不自禁，热泪滚滚。

余波"噢"了一声："语文课代表，嫁给木哥吧，他爱你一万年哦！"

"嫁给他！"

"嫁给他！"

"嫁给他！"

…………

呼喊一声比一声高，施桐什么都听不见，她抹了一把眼泪，不停地点头。

陈木拉过她的手，将戒指套了上去，很无奈地说："怎么又把你弄哭了？"

笑声阵阵。

星星眨眼。

李茉莉和明小佳相视一笑，异口同声："亲一个！"

"亲一个！"

"亲一个！"

"亲一个！"

陈木捡起地上的话筒："接下来少儿不宜了，各位家长捂一下小孩眼睛哦。"

施桐脸红得就像她怀中抱着的红玫瑰。

底下的人嘴巴都快笑咧了。

陈木站起来，双手捧住她的脸，忘情吻上去。

笑声又变成了尖叫，经久不绝。夏日的夜晚，就应该这么气氛高涨。而真心相爱的人，也一定会收获幸福。

这晚是狂欢，也是他们的二人世界。

漫长的热吻结束，在哄叫声中，陈木带着施桐离开现场。

余波给他善后："谢谢大家见证今晚的求婚，一会儿你们可以到购票处的服务台领取一份礼物。辛苦各位……"

他的声音越来越小，直至消失。

施桐平静下来："我们去哪儿？"

陈木紧紧握着她的手，低头笑着告诉她："烛光晚餐。"

和求婚现场一样浪漫，在他亲手打造的童话森林梦幻的金殿堂里，共享烛光晚餐。外面是七彩的河，河对岸是青山绿林，景色静美。

由于清了场，此刻只有他和她。烛光摇曳，花香沁脾，心爱的人就在身旁，这一切别提多醉人了。

享受完烛光晚餐后，施桐问："接下来去哪儿？"

陈木说："昨天说好了啊，看萤火虫，露营。"

施桐哼了哼，小声嘟囔："还以为这是你骗我来的借口。"

陈木轻笑一声："好了，处理工作和见客户是假的，以后都不这样了。"

两人步行去萤火虫谷，平日限额两百名游客的静谧地方，今天不对外开放，成了无人之境。

青石板上，树草丛里，如墨半空中，成千上万的微小萤火虫飞舞着，和漫天繁星融为一个整体，比起当初在隐秘山坡所见的震撼了无数倍。

他给她制造了一个精美绝伦的童话梦境，施桐如痴如醉，即便溺亡于此，她也愿意。

帐篷是早已搭好的，他们只管入住，相拥着躺进黑色中，两人轻声细语交谈。

"桐桐。"

"嗯……"

"我是这个世界上最幸福的男人。"

"傻。"

"难道不是吗？"

"嗯，不是。"施桐静了静，转身面对他，"你说这几年我承受太多，其实你才是，太苦了。"

陈木轻声笑："这不算什么。你就是我的糖，你让我变成世界上最幸福的男人。"

她笑嗔："油嘴滑舌。"

他拉着她的手按在胸膛上："真心话。"

掌心下的心脏跳动着，怦怦怦，沉稳有力，令她安心。

施桐勾起嘴角："你怎么这么容易满足？"

"不容易了。"

"嗯？"

"不是谁都能得到你的爱，唯独我有这个福气。"

"你好自恋。"

"我说错了？"

"没有，你说得很对。"

"我就知道。"

"那你知不知道我很高兴，我们能修成正果，能和你一起从校服到婚纱，是我这辈子最幸福的事。"

"还不够，以后我会让你过得更加幸福。"

"我很贪心的，你要永远爱我。"

"当然，我永远爱你，比永远还永远。"

············

情意绵绵的呢喃，零零散散飘荡在这夜晚的人间仙境里。

**番外一
从校服到婚纱**

这年施桐生日那天，陈木和她从民政局领回结婚证，两人正式成为合法夫妻。

婚礼时间定在她的下一个生日，留了整整一年时间筹备。按照陈木的意思，要办得盛大隆重，轰轰烈烈。

许乐亦介绍了一个婚礼策划师，陈木一有空就约策划师反复交流沟通。

年后他们买了婚房，装修紧跟着提上日程，主要由施桐负责，她也忙了起来，直到五月中旬才搞定，都没有喘息的机会，直接进入拍婚纱照阶段。

这比装修更累，仅是试婚纱就把施桐折腾得够呛，拍摄又飞去别的城市取景，花了大半个月时间，施桐觉得自己整个人都废了。

反倒是陈木一点都不嫌麻烦，他亲眼看着她终于为他穿上婚纱，心里别提有多美了。

婚礼日子一天一天近了，之后更是闲不下来，连父母们都紧锣密鼓参与进来。

一封封请柬发出去。

内页左面是两张图片——

施桐和陈木的校服照和婚纱照。

内页右面烫金文字写着——

从校服到婚纱

我们的爱情终于开花结果

但这只是新的启程

千山万水与天涯海角

你我一生同心同行

收到喜帖吃了一嘴狗粮的都晒了出来，特别是老同学，嗷嗷叫着，感叹他们终成眷属，庆贺他们成就一段美丽佳话。

日子过得很快，眨眼就到了婚礼前一天，这晚安顿好朋友后，施桐一个人睡在少女时代的闺房里，屋子被装饰成一片红色，极是喜庆。

婚礼在即，她毫无困意，从抽屉里翻出一大堆本子。

她找到了当初陈木表白时，他指定她必看的那一个。

有一页，他摘抄了《三诗人书简》里的情话："我置身于一个充盈着对你之爱的世界里，感受不到自己的笨拙和迷茫。这是初恋的初恋，比世界上的一切都更质朴。"

施桐用指腹摩挲着这些年份久远的字迹，满眼的温柔。

好像忘了告诉他，她也是这世界上最幸福的女人。

婚礼当天天还未亮，化妆师就带着助理到家里来，帮她化妆、穿婚纱。

没一会儿，伴娘明小佳也来了，冉薇和李茉莉也结伴前来。她们的堵门环节早就商量好了，这会儿带来各种道具，再次确认，以保万无一失。

时间分秒不停，天边泛起鱼肚白，丝丝橘光冲破云层。

新娘子完美无瑕出炉，精致漂亮得足以令人忽略绚烂的朝阳。

新郎很急切，还没到接亲时间点，浩浩荡荡的婚车就抵达了小区。接亲团被关在闺房外，叫声一声比一声高，嚷嚷着要进门。

明小佳开口："请新郎说出新娘的十个优点。"

"只有十个吗？"陈木笑了一声，隔着门，一一数来。

"漂亮，笑起来好看，不笑也好看，脸红的样子好看，头发丝、指甲盖、从头到脚，每一个地方都好看。"

"声音好听，听一辈子都不够。"

"像棉花一样，又软又白。"

"脾气好，心肠软，很善良。"

"聪明优秀，是个学霸，也是我的指路灯，是我的人生导师。"

"可爱，我最喜欢她撒娇的样子。"

"独立勇敢，在我面前却像个小孩子，信任我、依赖我。"

"讲道理，善解人意，温柔体贴。"

"不爱生气，生气了也特别好哄。"

"珍贵，全天下独一无二，我不能没有她。"

"她爱我……"

明小佳"喊"道："她爱你也算优点？"

陈木一本正经："当然。"

施桐早已眉眼弯弯，笑容堆满脸。

换成李茉莉："好，木哥，那你给桐桐做出十个爱的承诺，我们录音了哦。"

陈木早有准备，大声喊："桐桐，你听好了，我发誓——"

"永远爱你。"

"永远珍惜你。"

"永远宠着你。"

"永远对你好。"

"永远忠诚于你。"

…………

早已不止十个，但无人打断他。

末了，陈木说："最重要的是，我会陪你一起变老。"

施桐又被他弄哭了，湿了纸巾。

鼓掌、哄叫齐齐上演，拍门声震耳欲聋，余波嘻嘻笑："莉姐，行了吧，快给木哥开开门。"

冉薇继续出题："求茉莉没用，只要木哥能说出一年之中的十个重要日子，桐桐满意了，就让你们进来。"

毫无难度，陈木想也不想："十个太少了，一年三百六十五天，只要和桐桐在一起，每天都是重要日子。"

余波大叫："语文课代表，木哥这都教科书式的答案了，钥匙在哪儿？"

拿到钥匙开门后，一群人就跟土匪似的闯进来。

陈木看着坐在大红喜床中央穿着洁白婚纱的施桐，一时失了呼吸，无法移开目光。

施桐也怔怔看着一身笔挺西装的陈木，四目相对，无形的火光噼里啪啦燃烧。

他们为彼此心跳加速，这无疑是今生最震撼的一次惊艳。

接下来的闯关都没有难倒陈木。

轻轻松松辨认出她的唇印，将棉花手捧花送到她手里。

轻轻松松打开密码箱，取出里面的银色婚鞋，单膝跪地替她穿上，捕获法式热吻。

他成功接到新娘。

太阳升起，晴空万里。

树叶闪着绿意金光，电线上停着灰黑的鸟。

底下道路通畅无阻，黑色车队声势赫赫，车头扎了玫瑰花环，沿路留下醉人芬芳。车尾粉红气球随风飘扬，浪漫气息如影随形。

这是个妙不可言的好日子。

豪华婚车后座，陈木紧紧握着施桐的手，眼神情意绵绵，那是无法用言语形容的深情。

施桐的脸比夏日荷花更娇艳，她洋溢着幸福的笑容，无比动人。

陈木盯着他美丽的新娘："昨晚睡得好吗？"

施桐笑，点点头："很好，你呢？"

陈木倒在她肩头："不好，想你想得睡不着觉。"

旁边伴娘轻嗔："至于嘛，真黏人，就一晚上而已。"

他没有为自己辩解，只是那挑眉一笑，所有尽在不言中。

一晚太长了。

只要是分开，不论时间多少，他时时刻刻都想她。

车子向前奔驰，距离目的地越来越近。

施桐即将看到什么呢？

海蓝天，棉花云。

矗立在江边的欧式古堡。

一望无际的绿茵茵的草坪。

精心打造的梦幻缤纷花海。

让人少女心炸裂的丰盛甜品。

…………

以及他爱着她的一颗鲜活的心。

时间倒带，重复一下那年的对话。

"桐桐，你以后想办什么样的婚礼？"

"我都可以啊。"

"那我们也办草坪婚礼好不好？地方我都选好了，就诞町花园那儿，超级大一片高尔夫球场，建筑是欧式的，还靠着江，你肯定会喜欢的。"

"你怎么知道我肯定会喜欢？"

"当然，你什么我都知道。"

"办一场婚礼好贵啊，其实我们简单点就好了，我又不追求场面。"

"不能简单，一辈子就一次，我要让你风风光光地嫁给我。"

番外二
他最爱的人

施桐怀孕快八个月的时候，行动越来越不方便，在冉薇这个"过来人"的建议下，她打算去剪短发。

冉薇上个月生了个大胖小子，她还在坐月子，和施桐的交流全靠微信。

视频中，冉薇穿着宽松的哺乳裙，整个人散发着母性光辉。

她开玩笑："桐桐，你要是生个女儿的话，咱俩就可以结娃娃亲了。"

施桐弯起嘴角："好呀。但其实我觉得第一胎是儿子比较好。"

冉薇惊讶："你还想生二胎？"

说到这个话题，施桐目光柔软："嗯，一儿一女比较圆满。"

冉薇给她竖大拇指："虽然我也想要个女儿，但我就不生了，你女儿就是我女儿。"

冉薇怕疼，原本她和许乐亦打算丁克的，后来仔细想想，还是改了主意。她是顺产，从凌晨开始阵痛，到下午三点才生出来，其间她一度疼得想死，这样的经历，不想再有第二次。

不过考虑到施桐也快临盆，冉薇没对她说那酸爽的过程，担心给她造成心理负担。

施桐笑道："好啊，多一个漂亮妈妈，她肯定很开心。"

"我发现你现在越来越甜了，陈木是糖吗？"

刚提到陈木，施桐就听见开门声，她笑了笑："我不和你说了，他回来了。"

冉薇笑出声："行，去吃你的糖吧。"

施桐被她调侃得红了脸。

陈木进屋，先报上一句："我回来了。"

结婚后，他的工作重心转回青城，公司新开发了一个项目，在这边打造文化主题民宿。虽然这阶段依然忙碌，但他尽可能压缩工作时间，每晚按时回家，周末至少空出一天陪伴施桐。

施桐扶着腰走过去："今天怎么这么早？阿姨都还没来做晚饭。"

他笑着亲了她一下，才说："下午没什么重要的事，开了个周总结会就结束了。"

他去洗手，擦干了才牵她："今天感觉还可以吗？"

施桐点点头："挺好的，刚和冉冉聊了会儿，我准备把头发剪了。"

陈木说："好，明天我陪你去。"

他下班早，就喜欢亲自下厨给她做吃的，于是打电话叫阿姨不用过来了。

晚饭后看了半小时电视，他带她下楼散步，医生说适当的运动有助于生产。

二月的青城，还未入春，不过风开始暖了，大概是快做母亲的缘故，施桐觉得每一缕都很温柔。

陈木紧扣着她的手，两人在公园里慢慢走。

施桐忽然感慨："我觉得自己真幸福。"

陈木低头望她："好巧啊，我也是。"

她抬眼，两人相视一笑，他趁势偷袭了她的唇。

第二天清晨五点，施桐是饿醒的，睁开眼，习惯性地一摸身边，发现人已不在床上。她知道他在哪儿，到了厨房，果然看见他在灶边忙碌。

她看着这道高大的身影，不禁眼一热。

怀孕后，她食量增加，特别到了后期，每天清晨五点都会感到饥饿。渐渐地，他也形成了习惯，到点就起床给她准备营养餐。

施桐没有发出任何声音，陈木仿佛与她有心电感应，回过头，见到她两眼红红的，还以为她哪儿不舒服了，急忙走到她身边："怎么了？"

施桐定定看着他："你对我真好。"

陈木松口气，不由得失笑："我不对你好对谁好，嗯？"

因为他宠溺的语调，施桐微微脸烫："还有树树和棉花。"

是陈木给孩子取的小名。

如果生下来是男孩叫树树，希望他如一棵树，可以自由生长。如果生下来是女孩就叫棉花，原因无他，实在是陈木太爱施桐了，而他经常说施桐像棉花，故而想把这份美好赋予到女儿身上。

陈木抬手捋了捋她额前的发："也对他们好，但我最爱的人是你。"

他很会说情话，她心颤了一下，转移话题："锅里是什么？"

"排骨海带面，吃了补钙。"

陈木过去关了火，将面盛出来，插了双筷子，单手端着，另一只手牵了她往餐厅走。

他看着施桐吃，她吃一半吃不了了，他便将剩下的解决掉，连汤都喝得一干二净。

施桐又回床上睡了三个小时，九点钟起来吃了碗燕麦粥，还有鸡蛋和一些青菜，之后他陪她去理发店。

理发师手起刀落，几下就把她黑长的头发剪掉，又细致地修了一会儿，顺直的齐耳短发，镜子里映出的施桐更像女学生。

陈木看直了眼，心跳漏了一拍，他还未见过她这一面，非常乖巧。

施桐自己也挺满意，她原本还担心自己驾驭不了这样短的发型，没想到还不错。

弄好了，他理所当然地夸她："你这样真好看。"

施桐问："你喜欢短发的我，还是长发的我？"

陈木想也不想："都喜欢。"

"更喜欢短发还是长发？"

"我不做选择，你的所有一切，我都喜欢得要命。"

施桐听得心花怒放。

怀孕三十八周的时候，施桐开始休产假，陈木也把所有工作交给余波，在家陪她待产。

说来也奇怪，都说孕妇会情绪不稳，容易生气，一点小事就能惹哭，可施桐整个孕期都挺开心幸福的。大概全是因为他把她照顾得很好，细致入微，给了她极强的安全感。

预产期前一天，刚过零点，施桐才没睡多久，就生生肚子疼得再也睡不着。

她动了一下，陈木便醒了，打开灯见她眉心绞在了一起，紧张起来："是不是要生了？"

施桐点点头："我感觉是。"

在医院生孩子的时候，陈木进了产房陪她，他紧紧地握着她的手，不时放到嘴边亲吻。因为有他传递的力量，还有对两个人爱情结晶的期待，施桐觉得这份疼痛是可以忍受的。

刚出生的树树皱皱巴巴，差不多一个多月就舒展开来，皮肤白白嫩嫩，双眼皮大眼睛高鼻梁，长得像陈木，人见人爱。

因为是男孩子，所以陈木对树树比较严格，出生后就让他独自睡婴儿床，一岁时训练他自己吃饭，两岁开始教他学习穿衣，等到了三岁，就让他自己睡一个房间了。

倒是施桐比较宠树树，喜欢抱他亲他夸他，所以树树在妈妈面前很软萌、乖巧，在爸爸面前又很独立，像个小男子汉。

有一次，陈木到国外考察项目，要出差一个星期，分别前，他抱着施桐，依依不舍地亲了又亲，然后跟树树告别："爸爸去工作了，你在家能照顾好妈妈吗？"

树树肯定地点点头："我可以。"

陈木又说："不许让妈妈受委屈，知道吗？"

树树再次点头："我知道。"

陈木见他表现得这么好，就蹲下去张开双臂："过来，爸爸抱抱。"

树树"嗒嗒嗒"跑了几步，扑进陈木的怀中，施桐在一边笑意盈盈。

陈木只是对儿子不溺爱，但他给树树的陪伴并不比施桐少，从最开始的换尿布，到现在教他认字算数等等，很多事他都亲力亲为，他是爱他的。

父子两人抱了小半分钟，陈木站起来，拉过施桐，再次亲她："我走了。"

施桐替他理了理领带："到了报平安。"

陈木笑："明白。"他叮嘱，"你工作忙的话，就把树树送到他奶奶那儿，别太累了。"

树树听见了，忙说："我不去奶奶家，要跟妈妈在一起。"

陈木低头对他说："那你晚上不能和妈妈一起睡觉，OK？"

树树比手势："OK！"

可是等到陈木一出门，儿子就奶声奶气地问施桐："妈妈，今晚我可以和你一起睡觉吗？"

施桐啼笑皆非："我觉得可以，可是怎么办，你都答应爸爸了呀。"

树树说："我是骗爸爸的。"

施桐说："小孩子不能骗人的，你忘记狼来了的故事吗？"

树树想了想，认真道："那我给爸爸打电话。"

陈木刚上车，手机就震动起来，来电显示老婆。

他接起，笑道："这么快就想我了？"

那边却是儿子回答："我没有想你。"

车内安静，司机听见了，忍不住笑了笑。

陈木："……"

树树鬼机灵："爸爸，妈妈说我可以和她一起睡觉。"

陈木严肃问："所以呢？"

树树一本正经："爸爸你放心，晚上我会替你保护好妈妈的。"

陈木到底绷不住，被逗乐了："好吧，那我就把妈妈交给你了，男子汉大丈夫，必须说到做到。"

树树脆生生地说："好。"

晚上，树树如愿躺在施桐的臂弯里，他嘟着嘴亲她："妈妈，你好香啊。"

施桐凑在他软软的颈窝闻了闻："树树也好香。"

树树说："妈妈更香，我爱妈妈身上的味道。"

施桐问："你只爱妈妈身上的味道，不爱妈妈吗？"

树树抱住她，告白："我爱妈妈。"

"有多爱？"

"很爱很爱，比爸爸爱妈妈还多。"

"你怎么知道爸爸爱妈妈？"

"不能说，这是我和爸爸的小秘密。"

施桐轻轻"哼"了一声："你们都有不能说的小秘密了，不开心。"

树树一听妈妈不开心，立马哄她，非常小声地"出卖"了陈木——

"爸爸告诉我，他最爱的人永远是妈妈。"

番外三
此乐亦未忘

冉薇快烦死了。

后桌男生一直哼哼《爱转角》，真的，好——难——听！

她手上的物理题解了半天解不出来，心里毛焦火辣，最后怪罪于这不绝于耳的声音。她回头瞥他："喂！"

金色阳光下的少年五官亮眼，他支着脑袋："说吧，什么事儿？"

冉薇淡淡道："你的音乐是体育老师教的吗？能不能闭嘴？"

许乐亦愣了愣，旋即乐了："你拐着弯提醒我五音不全？谢谢了。"

他笑着说："我挺喜欢唱歌的，有句话叫'笨鸟先飞'，我得多练练。"

冉薇翻了个白眼："我麻烦你，要练回家练，不要影响我，行不行？"

许乐亦无视她的谴责，他突然站起来，目光扫过她桌上的草稿纸，又是一笑，倾身拿过旁边的试卷："厉害，居然开始做高一的题了。"

冉薇冷冷地说："别碰我东西。"

"别这么小气嘛，同学之间就应该互帮互助，来，我好好给你讲讲，没那么难。"

"你会？"

"请不要用疑问语气，这毋庸置疑，我会。"

同样生而为人，偏偏有人生来智商就高，不用多努力就能考出高分。

许乐亦就是其中之一。

这人上课睡觉，下课打球，自习课哼歌，没见他把心思放学习上。可每当月考排名出来，他次次年级第三名。

而冉薇次次第四名。

和奥运的金牌、银牌、铜牌一样，大家记住的也是第一名、第二名、第三名，没第四名什么事。

所以每当她认真学习，而他在后面制造"噪音"时，冉薇就烦死了许乐亦。

她知道自己敏感了，但她控制不了，一听他哼歌就静不下心。

第一百次忍无可忍，她推倒他桌上的书："喂，你就只会这一首是不是？"

许乐亦不恼，两眼含笑，如墨又如星："吃朝天椒了？干吗这么大脾气？"

冉薇死死盯着他。

许乐亦想了想："你不喜欢这首歌？那你想听什么？随便你点。"

冉薇火大，她感觉自己头顶在冒烟，冷冷威胁他："你要是再唱，我用502封了你的嘴。"

他露出害怕的表情："你好凶哦。"

冉薇："……"

她转回去，不搭他的话。

许乐亦轻轻戳了戳她的肩。

冉薇手中的笔一摔。

"哪道题不会？我给你讲。"

"……"

"别生气呀，大不了下次我比你考差点，成交吗？"

"成交个屁，我不用你让。"

"女士优先嘛，前三名都应该是女生。"

"……"

渐渐地，老师和一些细心的同学都发现，自某次过后，名次榜上第三和第四的名字就调了位置，而且再也没换回来。

年级大会上，年级主任总调侃："咱们这状元、榜眼、探花都是女同学，男生们可要加把劲了。"

冉薇对许乐亦发火："你要不要这么幼稚，考出自己的真实水平。"

许乐亦歪头笑："你发现没，我现在唱歌你都不闹脾气了哎。"

"谁闹脾气？"冉薇气愤，"我是免疫了，自动屏蔽。"

许乐亦了然地"哦"了一声："习惯成自然，对吧？"

冉薇无话可说。

她和他简直没有共同语言。

许乐亦显然不这么认为，他尤其喜欢逗她，结果往往是热脸贴冷屁股，文雅点就是"我本将心向明月，奈何明月照沟渠"。

只是班上许多女生都不明白，为什么冉薇不给许乐亦好脸色。

他长得帅，阳光开朗，成绩优秀，很招桃花的。无论是其他班，还是高年级低年级，暗恋他的女生很多。

胆大的亲自递来情书，许乐亦直接拒收："谢谢你，但你不是我喜欢的类型。"

女生虽然有点尴尬，仍好奇地问："你喜欢什么类型？"

许乐亦脑子里浮现一道身影："高个子，大长腿，短头发，巴掌脸。我不喜欢长得白的，关键是，在我最伤心的时候，她的笑容治愈了我。"

后来就有了流言，校草许乐亦喜欢爱笑的黑美人。

传到冉薇耳里，她嗤笑，这品位挺独特啊。

冉薇和"死对头"许乐亦关系好起来，是因为一件校服。

每周一的升旗仪式，学校要求必须穿校服。冬天要求相对低，衣服外套套在外面即可。

好巧不巧，上周末，她把校服外套带回家洗了，这天忘记带到学校来。

横竖都是被班主任一顿批评，冉薇做好了心理准备。

排队到操场集合，走着走着，身后递过来一件黑白色校服。

冉薇惊愕地看着许乐亦，一秒后拒绝："不用了。"

他丢给她："给你穿你就穿，客气什么。"

冉薇："你……"

许乐亦："我无所谓，不用谢了。"

冉薇脑子一热，竟然真的承了他的好意。

那天升旗仪式，全校就许乐亦一个人没按要求着装，太显眼了，被德育主任点名批评。班主任丢了脸，结束后拎他到办公室劈头盖脸骂了一顿。

回到教室，他见自己的校服叠得整整齐齐地摆在桌上，"哟"了一声，笑道："手挺巧啊。"

冉薇面上带着歉意："谢谢你了。"

许乐亦漫不经心："不存在的，我是老油条了。"

顿了顿，他讲条件："你以后别再讨厌我就行。"

冉薇扪心自问，她没有讨厌过他。

觉得一个人烦死了，和觉得一个人讨厌死了，概念完全不同。

她偷偷地想，看在校服的分儿上，以后他瞎乱哼歌、没话找话，她便不烦他了。

不知从什么时候开始，她和他相处越来越好融洽，话越来越多，笑越来越多。

后来上高中，他们又分到一个班，又成为前后桌。

许乐亦依旧喜欢在她身后哼《爱转角》。

她偶尔会警告他。

"许乐亦，别影响我……"

"难听得要死。"

"求你闭嘴好吧？"

这就是典型的心口不一。

嘴上不留情。

一颗少女心附着风中的柳枝荡漾，划过春湖，是甜的。

冉薇彻彻底底对许乐亦动心在一个瞬间。

那天英语晚自习课，老师安排前后桌合作模拟一个场景，正在进行对话，许乐亦突然切换成中文，对冉薇说："把你的手给我。"

冉薇问："干什么？"

她一边问一边把手伸过去，结果许乐亦牵起来就轻轻咬了一口。

施桐和许乐亦同桌目瞪口呆。

什么情况？！

冉薇一颗心扑通扑通跳起来："你是狗吗？"

许乐亦莫名其妙地来了一句："我好喜欢你。"

冉薇心跳漏了几拍，旋即跳得更快了，要跳出来似的。

施桐："……"

许乐亦同桌："……"

她红着耳朵："有病。"

许乐亦轻声感叹："嗯，我患上了妄想症，好想跟你早生贵子。"

冉薇眼里闪过一丝笑意，翻开英语书盖住他脸："耍什么流氓。"

后来整个晚自习，许乐亦都在低声唱《爱转角》。某一刻，冉薇也跟着哼了两句，两人默契地唱到一个调子上，合了节拍。

好友施桐暗暗猜测他们在一起了。

事实上，在陈木尚算兴师动众的告白之前，她和他什么事都没有。

在陈木制造浪漫的那个平安夜晚上，冉薇和许乐亦一起坐公交车回家，她随口叹了一句："真羡慕啊。"

许乐亦瞧着窗户玻璃映出来的她的脸："你喜欢这种形式？怎么不早说？这也是我的长项啊。"

冉薇心一动，隐隐约约明白了什么。

她笑了："神经病，你不是喜欢爱笑的黑美人？"

许乐亦低头看了她一眼："我的原话是，高个子，大长腿，短头发，巴掌脸，不白的，笑起来治愈的。你回去好好照照镜子。"

那应该不用照镜子了。

之后他发短信问她："照了吗？"

冉薇："……"

许乐亦："知道是谁了吗？"

冉薇："为什么是我？"

六年级时，许乐亦永远失去了温柔的妈妈，他的世界一片阴霾。有天放学，家里载着他的车经过街转角时，他无意间看到她灿烂的笑。

那一刻，阴霾破，光乍现。

他们约好了考同一所大学，也真的一起考到南方的一所 985 高校。

领到录取通知书后的一个晚上，名义上是为施桐庆祝生日，实际更是一场好友分别前的狂欢。

散场前明小佳唱了一首《给你们》送给施桐和陈木，"新郎、新娘"的字眼让人眼眶发热，这个也许曾是施桐情敌的漂亮女生不断煽情："祝你们修成正果，以后给我留杯喜酒。"

冉薇不记得自己当时哭没哭。

她只记得大伙儿分开后，许乐亦自然而然牵起了她的手："我们不仅要修成正果，还要早生贵子。"

她还想起了很多很多天前，一个月色美好的晚自习，少年骗过她的手咬了一口——"我好喜欢你。""好想跟你早生贵子。"

大学毕业后，冉薇毫不犹豫答应了这个为她唱《爱转角》，想跟她早生贵子的男人的求婚。

她穿上比明月圣洁的婚纱，嫁给了爱情。

番外四
归来仍是少年

如果有一天，你和你的兄弟同时喜欢上一个女生，怎么办？

余波没这担忧，在他看来，这是概率完全为零的事情。

他和陈木的理想型完全不一样。

木哥的理想型很明确，就是语文课代表施桐，而他不会单恋一枝花，他的理想型有无限可能。

不过余波对早恋兴趣不怎么大，篮球、游戏，才是他的爱。

直到他遇见了一个可以陪他开玩笑、打篮球、玩游戏的女生。

余波和李茉莉的认识，要从一件篮球服说起。

高一上学期学校举行篮球比赛，有天下午，初中班花明小佳来找陈木借篮球服。和她一起来的女生发育得很好，看起来很成熟。

陈木拒绝了明小佳，他不乐意别人穿他衣服。

倒是余波来了兴趣："哟！班花，不跟我和木哥介绍介绍这位美女。"

明小佳还未开口，李茉莉就自我介绍道："我叫李茉莉，木子李，茉莉花的茉莉。"

余波笑嘻嘻地说："茉莉，好名字，好听，好记。我叫余波，年年有余的余，波涛汹涌的波，你要不怕我占你便宜，可以叫我波哥。"

李茉莉笑了一声，反说："我留过级的，比你们大，我不占你便宜，叫声莉姐听听。"

余波乐了，脑子一转，立马改口："莉姐。"

李茉莉应了一声，拍拍他肩膀："小兄弟，把你的篮球服借姐一用。"

余波狗腿奉上："我的荣幸。"

到了高一下学期，文理科分班后，余波走进教室，惊喜地发现李茉莉也来了十七班，她和明小佳站在教室后面黑板旁边说笑。

她也瞧见他了，眼眉一挑，丢了个似笑非笑的眼神过来。

他正想过去搭几句话，前门相熟的男生勾过他肩膀："波子，这下翻身农奴把歌唱，年级大美女明小佳都分到咱班了！"

余波笑说："那可不，还有我莉姐，她可是性感尤物啊！"

这时陈木顶着一头风骚的卷发出场，出足风头，但也被班主任勒令去剪了。

余波没兴趣看他剃头，单独跑去网吧打游戏。好巧不巧，就碰见了李茉莉。

她遇到点麻烦。

李茉莉忽悠网管："你看我长得像未成年吗？我早就满十八岁了，都怪我爹上户口时没仔细看，给我登记迟了两年，你就用你的身份证帮我开台电脑行不行？我叫你恩公，行不行？"

余波没忍住笑出声来。

李茉莉回头瞟他一眼，收回自己的身份证："未成年别想了，走吧。"

余波对管理员说："刘哥，给我开三号包厢。"

李茉莉："……"

余波朝她眨眼："莉姐，今天我请你啊。"

两人进入同一款游戏页面，乱喊乱叫。

很快，余波就脱离三人小分队跟李茉莉混一块了。

李茉莉特对余波胃口，性格直爽大方，什么玩笑都能开，他们打球缺人时，她还能顶上来，充个数。

余波也对李茉莉的胃口，他是个很有趣的男生，幽默、情商高，和他一起玩很开心。

高中阶段，他俩虽勾肩搭背关系亲密，但都只是把对方当作好哥们儿而已。

友情变成爱情，是在大一开学后不久。

有一晚，李茉莉和他聊电话："今天我们班上有个男生跟我告白了。"

余波问："是不是戴了副眼镜，跟我差不多高的那个？"

李茉莉说："你猜对了。"

余波哈哈笑道："什么叫猜对了？前几次碰面，我就发现那小子看你的眼神很火热，寻思着不定哪天他就拜倒在我们莉姐的石榴裙下了。"

李茉莉自恋地说："没办法，我的魅力就是这么大。"

余波问："那你答应没？"

李茉莉说："不合适。"

余波好奇："什么叫不合适？哪样的才合适？"

电话另一端，李茉莉笑出声来："我看你就挺合适的，要不咱俩试试？"

余波咧嘴乐道："行啊。"

"我说真的。"

"我也没说假的。"

他俩就这样爽爽快快地谈起恋爱，大学四年，把"及时行乐"四个字发挥得淋漓尽致，尽情享受彼此带来的精神与身体上的双重愉悦。

他们坦坦荡荡地在一起，分手的时候，同样坦坦荡荡。

步入社会后，两人不再像学生时代那样贪图玩乐。

余波打造溪城童话森林公园项目，忙得天昏地暗，无暇顾及儿女情长。

李茉莉也有自己的事业。她回到青城，在家里的安排下空降公司，上上下下盯着她的眼睛很多，她势必要做出一番成绩。

两个人两地相隔，再加上压力大，给予彼此的关心实在不够，在对方需要的时候未能及时出现，日子一长便有了异心，导致这段感情发展不下去了。

李茉莉在电话里和余波说散伙，余波飞回青城见她，两人促膝长谈一番，有一说一，有二说二，他们都改变不了目前现状，最终确定分开。

庆功宴后，陈木即将回青城见施桐，余波给他出了个求婚的主意。

他很羡慕这两人，深爱彼此，死心塌地，不争五年陪伴，求的是余生朝朝暮暮。

陈木问他有没有别的打算。

他耸肩："我妈托人给我介绍了个，不想见，没意思。"

余波觉得，他仍然爱着李茉莉。

他戏谑道，没想到自己竟然是个专情的男人。

但从社交动态里看，李茉莉过得挺滋润的，身边也有了新的人，所以他没必要去打扰她。

他想，那就相忘于江湖吧。

只是他没料到，李茉莉会拜托明小佳帮忙打听余波的感情状况，得知他单身后，她有了复合的想法。

过尽千帆，她最喜欢的还是余波。

正巧机会就来了。明小佳还打听出，余波正帮陈木筹备盛大的求婚仪式。于是李茉莉打着帮忙的幌子，拉了明小佳一起去溪城。

　　再次见面，她以为多少会有些隔阂，奇怪的是，竟然一点别扭也无。

　　其间两人眼神多次交汇，传情达意，各自能懂。

　　饭后余波送她们回酒店，到了地方，明小佳给他俩留出单独相处的空间。

　　相视半晌，余波笑嘻嘻地说："莉姐，想不想试试破镜重圆？"

　　前两年有句话很火——

　　"归来仍是少年。"